U0893938

# 荣获

新闻出版总署优秀畅销书奖
全国优秀古籍图书普及读物奖
第十七届山西省优秀图书一等奖
第二届山西出版政府奖
山西出版集团2008年度十种好书

**全套藏书累计销售500万册**

**诸子百家卷**

《诗经》《尚书》《礼记》《楚辞》《论语·大学·中庸》《孟子》
《老子》《庄子》《荀子》《韩非子》《孙子兵法·尉缭子·鬼谷子》
《墨子》《周易》《山海经》《吕氏春秋》《三十六计》

**名家选集卷**

《三曹诗集》《陶渊明集》《王勃集》《王维集》《孟浩然集》
《高适集》《岑参集》《李白集》《杜甫集》《白居易集》
《刘禹锡集》《元稹集》《李商隐集》《李贺集》《杜牧集》
《韩愈集》《柳宗元集》《李煜集》《欧阳修集》《王安石集》
《苏轼集》《黄庭坚集》《柳永集》《秦观集》《周邦彦集》
《李清照集》《辛弃疾集》《陆游集》《范成大集》《杨万里集》
《姜夔集》《文天祥集》《元好问集》《唐寅集》《张岱集》
《三袁集》《李贽集》《傅山集》《纳兰性德集》《袁枚集》
《郑板桥集》《龚自珍集》

**史著选集卷**

《左传》《国语》《战国策》《史记》《汉书》《后汉书》《三国志》
《资治通鉴》

**综合选集卷**

《唐诗三百首》《宋词三百首》《元曲三百首》《千家诗》《古文观止》
《汉魏六朝小赋骈文选》《唐宋八大家文选》《明清小品文选》

**笔记杂著卷**

《蒙学六种——三字经·百家姓·千字文·增广贤文·幼学琼林·格言联璧》
《颜氏家训·朱子家训》《世说新语》《金刚经·坛经·心经·地藏经》
《曾国藩家书》《菜根谭·小窗幽记·幽梦影》《浮生六记》《闲情偶寄》
《近思录》《徐霞客游记》《古代书信精选》

**戏曲小说卷**

《元杂剧精选》《西厢记》《牡丹亭》《长生殿》《桃花扇》《今古奇观》
《三国演义》《水浒传》《西游记》《红楼梦》《聊斋志异》《儒林外史》
《封神演义》《话本小说选》《文言小说选》

中国家庭基本藏书　名家选集卷

# 秦观集

—宋—秦观—著

王醒—解评

山西出版集团
三晋出版社

博学工作室

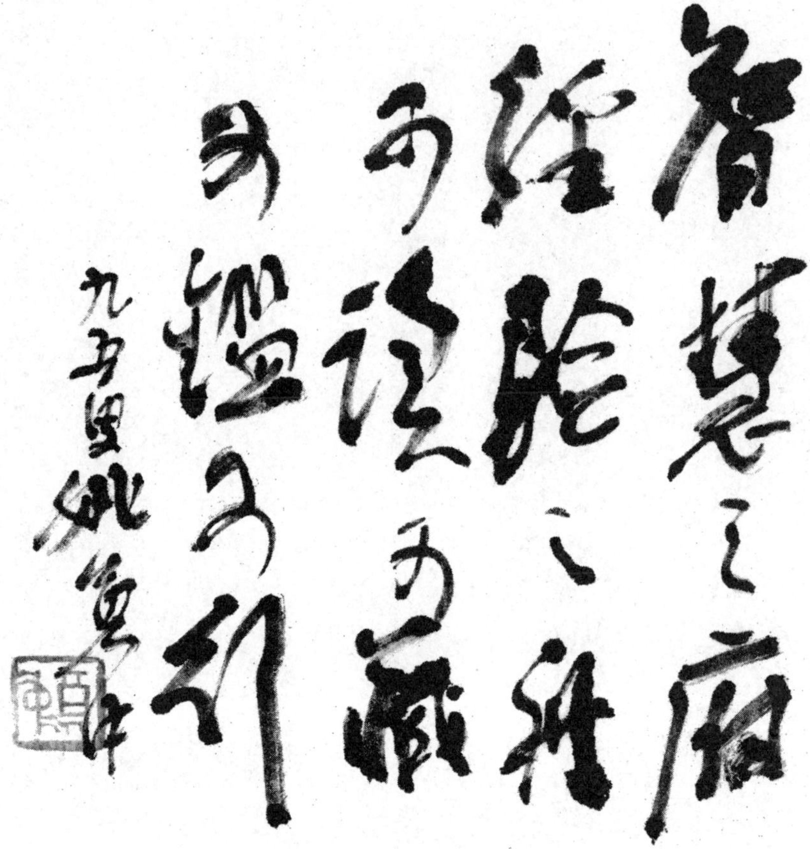

·山西大学教授姚奠中先生为《中国家庭基本藏书》题词

# 前言



秦观是宋代婉约词派的大家，在前人论词"当以婉约为主"传统观念里，秦观的词被尊为"词家正音"(《岁寒居词》)，对以后词的发展产生了重大的影响。

秦观(1049—1100)，字少游，号淮海居士。扬州高邮(今江苏高邮)人。宋神宗元丰八年(1085)中进士，在蔡州做过5年的地方官。从哲宗元祐五年(1090)起，在京都做了4年朝官，先是除太学博士，后兼国史院编修。这4年是秦观一生中最得意的时期，他参加了元祐党人的政治活动，与苏轼、苏辙等旧派人物过从甚密，同时与黄庭坚、张耒、晁补之同游苏轼门下，人称"苏门四学士"。绍圣初，哲宗亲政，新党重新上台，排斥元祐党人。秦观被贬往杭州，中途又被贬往处州，做了两年监酒税的小官。以后贬居郴州一年，横州一年，最后被贬到雷州。元符三年(1100)，徽宗继位，大赦贬臣，秦观也被放还。至滕州而卒，终年52岁。

秦观虽出自苏轼门下，但与苏轼词完全是两种风格。在前代诗人中，他受杜牧和李煜的影响最大，有些词句完全是从这二人的诗词中演化来的。在同代词人中，晏几道和柳永的词对他影响较大，在立意和气质上与这二人比较接近。但秦观词有自己的成就和特点，他汲取了前人的一些长处，然后另辟新径，自成一家。张炎曾在《词源》里对秦观词的特点作过简要的概括，云"秦少游词体制淡雅，气骨不衰，清丽中不断意脉，咀嚼无滓，久而知味"。这个评价是很中肯的。

秦观词集名《淮海词》，又名《淮海居士长短句》，共收词77首。前人对秦观词的分期没有做过认真的研究，本书以秦瀛《淮海先生年谱》为依据，参考一些词话笔记，而着重以思想内容为标准，把秦观词大致分为三个时期。

(一)家居时期。也就是做官以前。这个时期，秦观主要是读书和冶游，词的内容以爱情和怀古、纪胜为主。这个时期的词有以下三个特点：(1)没有确定的人和事，词的主人公也大多是闺妇、妓女之类，词人代她们写愁、抒发感情。(2)自己也没有什么切身之恨，只不过抒点闲愁，表露怀才不遇的惆怅，惟在第一次考场落第后写的词感情比较深沉、挚切。(3)由于村居和冶游，写过一些描写村民生活和水乡风情之类的作品。

(二)京都时期。也就是做官以后，被贬谪以前，包括5年蔡州地方官和4年京官。这个时期，秦观生活稳定，政治得意，词作大致有三类：(1)给心爱的妓女的寄赠之作。(2)模仿京都勾栏艺人的说唱形式而写的通俗作品。(3)记述宴游盛会的应酬之作。

(三)贬谪时期。这是秦观词思想内容和艺术风格都很好的时期。王国维《人间词话》说："少游词境最为凄婉，至'可堪孤馆闭春寒，杜鹃声里斜阳暮'，则变而凄厉矣。"就是指他被贬谪后的作品风格而言。这个时期，他的词作有四个特点：(1)始则对京城怀有眷恋惜别之情，正如《白雨斋词话》所说"恋恋故国，不胜热中"，似乎对以前的政治活动有所悔恨和对当权者有所幻想。(2)继而回归无望，幻想破灭后，渐趋伤感沉郁，对政治开始淡漠，有寄情山水、寻找世外桃源的思想。如《点绛唇》(醉漾轻舟)、《踏莎行》(雾失楼台)等作品。(3)至郴州后，作品中屡屡流露出误入宦途、思乡心切的感情，似乎在为自己寻找后路，但又拿不定主意。(4)在被贬谪中结识了一位长沙义妓，对此妓有患难知音之感，生命最后期的一些作品都是为怀念她而作。

秦观词在长期流传中散佚不少，或误入他人词集，或散见于一些词话笔记中，远不止《淮海词》中所保留的77首。凡《淮海词》以外记有"秦观作”的词，本书都将它们搜集于后，作为补遗部分。

补遗部分共14首。补遗的根据：(1)一种著作或多种著作定为“秦观作”，其他著作没有异议的(《少游诗馀》除外)。(2)有些词，一种或多种书籍定为秦词，其他书籍有异议，但从有关资料可证明是秦观所作。对补遗的词，一般都作新解，个别浅显易懂的，只作题解。

秦观被词名所掩，一般学者只知他是婉约词人的代表，而不知他的诗文也是北宋一大家。明·胡应麟在《诗薮杂编》卷五说：“秦少游当时自以诗文重，今被乐府家推做渠帅，世遂寡称。”可见他的诗文在宋代颇负盛名。

秦观入仕前除了两次漫游、三次应举之外，基本上是在家读书，有时还参加田间劳动。这个时期所写诗甚多。两次漫游，一次是熙宁九年与孙莘老、参寥同游历阳之汤泉，得诗30首。另一次是元丰二年游会稽，得诗百篇。

秦观当了5年地方官，4年京官，这一时期的诗作相当丰富，内容也较复杂，同前期相比，除模范山水外增加了对政治的关心，可以说是他创作上的发展时期。

秦观后期在被贬谪中度过了7年，写诗57首。数量虽少，但无论在抒情的深度上或艺术技巧上，都远远超过以前两个时期，是他创作上的成熟时期。

秦观诗所涉及的内容较为广泛。在居住农村时，他写了不少田园诗和闲适诗。诗中写出了春耕秋收的艰辛生活、农人的情趣和自己对大自然的观感，情味真切，具有较高的艺术价值。如《田居》、《秋日》、《还自广陵》等名作都写于这个时期。在漫游历阳、会稽以及扬州等地时，秦观写了大量的记游诗。像“草隐月崖垂凤尾，风生阴穴带龙腥”(《和孙莘老游龙洞》)、“宿鸟水干迎晓闹，乱帆天际受风忙”(《次韵子瞻赠金山宝觉大师》)，都从不同角度摄下了大自然的美好姿态，表达了诗人热爱山水的愉悦心情。入仕后，秦观雄心勃勃，抒写了大量慷慨激昂的诗篇，以表达志向。如《送蒋颖叔帅熙河》、《送曾逢原》等。秦观后期诗主要反映自己内心的苦闷和焦虑，因此深沉凄厉。《雷阳书事》、《海康书事》等是他后期较好的诗篇，用形象化的艺术手法，再现了岭南地区的风物与历史。

秦观诗感情深厚，意境悠远，风格独特，在两宋诗坛自成一家。如《和王通叟琵琶梦》中的“风惊玉露不成圆，一夜芙蕖泣秋月”，《春日杂兴》中的“雨砌堕危芳，风轩纳飞絮”，都是脍炙人口的名句，或以物态象征人情，或以白描直写风景，都显得清丽幽雅。秦观以充满生活气息和富有生命力的诗作，给宋诗注入了一股新鲜的血液。

秦观的散文也有很大成就。他擅长各种文体，就内容而言，其中以政论、哲理散文、游记、小品文最为出色。

秦观的策论，都是优美的政论文。他文笔犀利，说理透彻，引古证今，富有说服力与感染力，如《主术》、《人材》等。黄庭坚在《晚泊长沙示秦处度》诗中说："少游五十策，其言明且清。笔墨深关键，开阖见日星。陈友论斯文，如钟磬鼓笙。"说明了秦文的特点。秦观的游记和小品文也写得十分出色。如《龙井题名记》，全文不到200字，把从西湖至龙井一段路上的夜景描绘得静美幽丽，充满诗意。《高无悔跋尾》把一个怀才不遇、狂放不羁的人物形象，刻画得栩栩如生。《眇倡传》、《二侯说》都是小品文，以寓言的形式揭示了深刻的哲理，读后发人深思。《清和先生传》则将酒拟人，构思新颖，出语奇特，令人耳目一新。

日本内阁文库藏宋乾道高邮军学本(简称"乾道本")《淮海居士长短句》，是迄今所见最完整的宋本，本书即以此为底本，然后参照其他各本予以注解。秦观的诗文，也以乾道本为底本。本书在注解过程中，参考并吸收了前人及今人的大量研究成果，在此致以深深的谢意。今人中，徐培均先生所著《淮海居士长短句》(上海古籍出版社出版)、《淮海集笺注》(上海古籍出版社出版)、周义敢等先生所著《秦观集编年校注》(人民文学出版社出版)，都是有关秦观作品的最新研究成果，本书也采纳了其中的一些观点。为了方便读者，书末附有"秦观年谱简编"、"秦观研究主要文献"及"《秦观集》名言警句"(正文中用着重号标出)。

王　醒

2008年6月

# 秦观其人（代序）

朱东润

予不学，近益衰耄，不足以知少游。

北宋之初，荡涤晚唐五代之瑕秽，士益有志向学。景德而后，骎骎盛世之音矣。然北困于契丹，澶渊既盟，时君愤切，伪为天书以自欺。及元昊勃兴，辽人索关南诸州，富弼北使，益增岁币以啖辽，然南北皆惫而西事益急。庆历而后，有识者多言陇右，不可谓不知缓急矣。

少游诗词为北宋一大家。或者讥其词多脂粉，然小词之兴，本为酒饱饭馀，歌儿舞女而作，虽从容亦何伤。况乎“山抹微云，天粘衰草”，感慨身世，幽凄怨断，与后主、韦相亦复何异！其诗回肠荡气，直有得于骚雅，而元好问讥之。少游之时，君虽不武而时未大乱。好问值南渡之后，武仙、崔立，不择人而噬，百姓重足而立，好问亦东依严实，乞命于毡裘之君，假息于崩角之帅，而可以女郎少少游哉！

予于少游之书，尤喜读进策三十

篇，观其所得，导源东坡，所见益卓。其论选举与役法者，皆深造而有得，不为世俗之言。《边防》上、下篇，虽贾谊、陆贽，何以尚之？西事既亟，宋人倾全力以事关中，迄无所得。范仲淹世谓延边穷塞主，韩琦以功名自期，然任福之败，死亡近万，琦虽以戒福轻进免罪，然听孀妻孤子，哀号遍野，不能不衋然伤愧。梅尧臣读《孙子》，踊跃奋发，其成败不可知。独少游持论：大兴屯田，而分诸路之兵，岁必一出，如是三年，敌必大困。此真充国之遗计，破敌之上策。当时诸人，盖无有出其右者。

少游已矣，遗编尚在，世必有能真知少游者。

朱东润(1896—1988)，江苏泰兴人。当代著名古典文学专家。复旦大学教授，第一批博士生导师。著有《陆游研究》、《杜甫叙论》、《中国文学批评史大纲》等。

以上“代序”系朱东润先生为徐培均《淮海集笺注》(上海古籍出版社出版)一书所作序言，题目为编者所拟。

# 目录

◎词

**家居时期**



**京都时期**

**贬谪时期**



**补遗部分**



◎文

◎附录

# ◎诗

## 田　居

题解

此诗中抒写的心情较为闲适。《田居》诗是一组组诗，共四首，分别写一年四季的劳作和田野景色。这首诗是其中的第一首诗，以平实直叙的方法描绘了高邮乡村的春耕图，充满了浓厚的乡野气息，代表了秦观早期诗的特色。

鸡号四邻起，结束赴中原。戒妇预为黍，呼儿随掩门。
犁锄带晨景，道路更笑喧。宿潦濯芒屦，野芳簪髻根。
霁色披窅霭，春空正鲜繁。辛夷茂横阜，锦雉娇空园。
少壮已云趋，伶俜尚鸱蹲。蟹黄经雨润，野马从风奔。
村落次第集，隔塍致寒暄。眷言月占好，努力竞晨昏。

新解

鸡号四邻起，结束赴中原——结束，装束。宋·王珪《宫词》："朝朝结束防宣唤，一样珍珠络辔头。"此处谓穿着劳动服装及整治农具。中原，原中，田野中。《诗经·小雅·小宛》："中原有菽，庶民采之。"首二句写农人珍惜春时，鸡刚鸣叫，四邻就起床了，穿戴完毕，拿着农具，到田野中去耕作。

戒妇预为黍，呼儿随掩门——为黍，做好米饭。《论语·微子》："子路从而后，遇丈人……止子路宿，杀鸡为黍而食之。"孟浩然《过故人庄》诗："故人具鸡黍，邀我至田家。"这二句是告诫自己的妻子准备好中午食用的米饭，招呼小儿随大人上地时关闭好大门。

犁锄带晨景，道路更笑喧——首句从陶渊明《归园田居》诗"晨兴理荒秽，带月荷锄归"化来。这二句写早晨赶往田野时的情景：犁锄上闪耀着初日的光芒，人们结伴而行，一路洒满笑声。

宿潦濯芒屦，野芳簪髻根——宿潦，隔夜的积水。芒屦，草鞋。野芳，野花。簪，插戴。辛弃疾《祝英台近》词："鬓边觑，应把花卜归期，才簪又重数。"这二句写隔夜的田野积水虽然打湿了农人们的草鞋，但大家仍兴致勃勃，摘采路边的野花插戴在髻根上。

霁色披窅霭，春空正鲜繁——霁，本指雨止天晴，引申为风雪停，云雾散，天气放晴。《书·洪范》:“曰雨曰霁。”《论衡·感虚》:“于是风霁波罢。”窅霭,迷蒙貌。梁元帝《隐居先生陶弘景碑》:“嶕峣高栋,窅霭修栊。”这二句写田野晨色:昨夜一场春雨,到早晨已云雾散开,天气放晴,但仍然是一派迷蒙景象。春天的空野上正生长着鲜花鲜草,长势繁茂。

辛夷茂横皋,锦雉娇空园——辛夷,植物名,属落叶乔木。皋,土山。《诗经·小雅·天保》:“如山如皋。”雉,野鸡。这二句写天气晴朗后看到的远方情景:生命力强盛的辛夷草异常繁茂,铺满了附近的土山;颜色鲜美的野鸡在空旷的田园里打斗撒欢,翩翩起舞。

少壮已云趋,伶俜尚鸱蹲——云趋,喻众多。三国繁钦《征天山赋》:“辕辐云趋,威孤雨发。”伶俜,孤单,晋潘岳《寡妇赋》:“少伶俜而偏孤兮,痛忉怛以摧心。”古诗《为焦仲卿妻作》:“昼夜勤作息,伶俜萦苦辛。”此处指老弱孤寡。鸱蹲,如鸱之蹲,状蹲下未着地之态。这二句写田野上耕作的人们:年少力壮的青年人已众多,承担起重体力活;老弱孤寡的长辈们还蹲在田野地头,指导着年轻人播种。

蟹黄经雨润,野马从风奔——野马,《庄子·逍遥游》:“野马也,尘埃也。”成玄英疏:“青春之时,阳气发动,遥望薮泽之中,犹如奔马,故谓之野马也。”第一句是实写,谓螃蟹经过春雨的滋润,身上的黄色更加鲜亮。第二句是虚写,谓春风春气结为云团,仿佛野马一样在旷野上奔驰。

村落次第集,隔塍致寒暄——次第,有序地排列。塍,田间的土埂。班固《西都赋》:“沟塍刻镂。”袁桷《赋水车》诗:“昂昂长身卧塍岸,卷地翻涛敌骄暑。”这二句化自陶渊明《归园田》诗:“时复墟里人,披草共来往。相见无杂言,但道桑麻长。”意思是说,农人的村落依次相靠排列在一起,干活时互相见面,隔着田间小埂互致问候,拉着家常话。

眷言月占好,努力竞晨昏——眷言,回顾貌。陆机《赠尚书郎颜彦先》:“眷言怀桑梓,无乃将为鱼。”月占,占卜月之吉凶。《吕氏春秋·勿躬》:“容成作历,羲和作占日,尚仪作占月,后益作占岁。”这二句说:回顾田野,这么祥和的春日,正是一年中最吉利的时光,农人正抓紧播种,起早贪黑地辛勤劳作。

新评

关于这首诗,清人贺裳《载酒园诗话》曾评价说:“少游《田居》诗,描写情景,亦有佳处,但篇中多杂雅言,不甚肖农夫口角,颇有驴非驴、马非马之恨。如‘鸡号四邻起,结束赴中原’,此游侠少年及从军行中语,田叟何烦尔。”这个评语自有一些道理。秦观未入仕途前,在扬州高邮农村读书务农,写过一些反映农村生活的作品,也多用俚语乡言,如《品令》词:“幸自得,一分索强,教人难吃。好好地恶了十来日,恰而今较些不?须管啜持教笑,又也何须肐织!衠倚赖脸儿得人惜,放软顽道不得。”这首词多用方言,仿效乡间小夫妻斗嘴,但乡味太浓,令人难以理解。可见“肖农夫口角”写诗未必就好。

秦观此诗有两个特点：一是明显地受陶渊明《归园田居》诗风影响，一味模拟其语言风格，可见他在此时尚未形成自己独特的诗风。二是语言朴直，雅字俗字并用，不刻意雕饰字句。诗里基本真实地反映了高邮乡村的春耕气象，表现出农人对春时的珍惜和自己对乡居生活的喜爱，是一首较好的有着浓郁乡味的五言诗，与他后期诗歌一味朝着文人化方向发展有着明显的区别。

## 纳　凉

题解

本篇写乡居生活，描绘了江南夏夜的美丽情景，当属早期作品。

携杖来追柳外凉，画桥南畔倚胡床。
月明船笛参差起，风定池莲自在香。

新解

携杖来追柳外凉——一个“追”字，写出了夏夜的炎热。柳树外，凉风习习，令人爽身，所以拿着手杖赶来乘凉。

画桥南畔倚胡床——画桥，绘有图画的桥。胡床，又称交椅，一种可以折叠的轻便坐具。由胡地传入，故名。《后汉书·五行志》：“灵帝好胡服、胡帐、胡床、胡坐、胡饭、胡空侯、胡笛、胡舞，京都贵戚皆竞为之。”这句进一步言明“柳外”就在“画桥南畔”，也就是临河之岸。自己靠在交椅上，享受着河面上的凉风。

月明船笛参差起，风定池莲自在香——这二句写眼中所见、耳中所闻、鼻中所嗅，真是声光色味浑为一体。明月下，船上一片吹笛声，此伏彼起，悦耳动听；小风停息了，池塘中的荷花依然送来阵阵清香，沁人心脾。

新评

吕本中《童蒙诗训》说：“少游此诗，闲雅严重。”此诗写的是夏夜乘凉时的闲情逸致，但对动静、声色、光味的搭配，却是非常讲究的。明月光、船笛声、莲花香、小夜风，组成一幅很美丽的江南夏夜图。“风定池莲自在香”，与杜甫的《江畔独步寻花》诗“留连戏蝶时时舞，自在娇莺恰恰啼”，有着相同的韵味，都抒发了安闲舒适的情调。

## 秋词二首

题解

这两首诗写秋景，心气平和，画面淡雅，完全是没有思想压力下的自然表露，当是早朝作品。

### 其一

云惹低空不肯飞，班班红叶欲辞枝。
秋光未老仍微暖，恰似梅花结子时。

### 其二

无数青莎绕玉阶，夕阳红浅过墙来。
西风莫道无情思，未放芙蓉取次开。

新解

云惹低空不肯飞——惹，招引，挑逗。这句写云彩很调皮，本该在天空飞翔，它却不去，而是贴着地面，引逗着万物。

班班红叶欲辞枝——班班，同“斑斑”，驳杂貌：白居易《石上苔》诗：“漠漠斑斑石上苔，幽芳静绿绝纤埃。”不写风吹红叶落，而写红叶欲辞枝，可见作者的心气是平和的。心气平和了，就觉得红叶辞枝也是一道亮色。

秋光未老仍微暖，恰似梅花结子时——梅花结子时，在春夏之间。这二句言此时尚不是深秋季节，天气还有些微暖和，就好像春夏之际梅花结子时一样。

无数青莎绕玉阶——莎，草名。秋草还茂盛地生长着，颜色青青，环绕着玉阶，仍是一幅喜人的景象。

夕阳红浅过墙来——不说墙浅，而说阳光浅，很有意味。夕阳斜照，红光爬过矮墙，也是招人喜爱的景色。

西风莫道无情思，未放芙蓉取次开——芙蓉，荷花。取次，任意。白居易《病假中庞少尹携鱼酒相过》诗：“闲停茶碗从容语，醉把花枝取次吟。”这二句言：不要说西风季节是没有意思的时节，你看荷花还被西风控制着，没有让它任意开放；等荷花开放了，那才有意思呢。

新评

秦观诗词中的秋色，由于受思想情绪的影响，大多充满悲伤情调。而这两首秋词，却把秋色写得有情有味，招人喜爱，充满了欢快的情调。在这两首诗里，自然物象仿佛有了灵气，有了情感，迷恋人间秋色。如“云惹低空不肯飞”、“夕阳红浅过墙来”，赋予云彩和夕阳以主动姿态，来说明人间秋色之美好。甚至于直接抒情，赞美秋色：“秋光未老仍微暖”、“西风莫道无情思”。通过这些诗句，可以感受到作者的心态是充满阳光的，读者也就随之产生了对秋色的喜爱。

## 和孙莘老游龙洞

题解

熙宁九年(1076)八月，秦观、参寥陪同孙觉访漳南道人于历阳之惠济院，浴汤泉，游龙洞山，谒项羽庙，秦观写诗30首，此即其中之一。惠济院在历阳(今安徽和县)，龙洞山是其风景名胜。莘老，孙觉字，高邮人，曾任吴兴、庐州太守，此时丁祖母忧在家。参寥，杭州僧人，与苏轼、秦观等为诗友。这首诗描写了龙洞山幽凉的气氛和险怪的景色，笔势较为雄沉，代表了秦观诗作的另一个方面。

苇萧传火度冥冥，乍入清都醉魄醒。
草隐月崖垂凤尾，风生阴穴带龙腥。
壁间泉贮千钟碧，门外天横数尺青。
更欲仗筇留顷刻，却疑朝市已千龄。

新解

苇萧传火度冥冥——苇萧，芦苇。冥冥，幽暗貌。这句言龙洞山穴黑暗幽深，只得点燃芦苇草作为火把，一个人又一个人地传来传去，以便于入龙洞时照明。据秦观《游汤泉记》所载：龙洞“门则大穴也，渐下十数丈，窅然深黑，日光所不及，揭炬然后可行”。

乍入清都醉魄醒——清都，旧传天帝所居之地。《列子·周穆王》：“王实以为清都紫微，钧天广乐，帝之所居。”这句言进入龙洞，仿佛突然闯入了天帝所居之地，奇草异石，赫然在目，令人有从醉梦中醒来之感。

草隐月崖垂凤尾，风生阴穴带龙腥——月崖，写仰视所见，山崖极高，可达云天。这二句言：抬头仰视高崖，隐隐可见阴草匍匐在崖缝里，蔓延下来，仿佛凤尾一样；山风从头顶灌下来，在龙洞阴穴里呼呼作响，仿佛带着龙体的腥味。据秦观《游汤泉记》所载：龙洞“腹中空豁，可储粟数万斛。屏以青壁，而泉啮其趾；盖以乳石，而鼠家其窦。仰而视之，或突然傲岸而出，若有恃者；或侵寻而却，若有畏者”。

壁间泉贮千钟碧，门外天横数尺青——山壁间泉水汪汪，仿佛贮藏着千钟碧色的美酒；回首龙洞口外，只能看见一线天，略有数尺宽，呈青色。

更欲仗筇留顷刻——筇，竹名，可以为杖，后因作竹杖代称。这句言自己还想拄着竹杖，在龙洞里多待一会儿。

却疑朝市已千龄——朝市，朝廷和市集，指公众聚集的地方。《左传·襄公十九年》："光杀戎子，尸诸朝，非礼也。妇人无刑，虽有刑，不在朝市。"此处泛指人世。这句借用《幽明录》所载："东汉永平年中，剡人刘晨、阮肇进山采药，误入天台桃源洞，半年后回家，子孙已过七代。"末二句言自己本想在龙洞多待一会儿，却害怕此处是仙人居所，再转回到人世间时，已过了一千年。

新评

人言秦观诗如时女步春，终伤气弱，读此诗却另有一番感受，觉得笔势雄放，思路开阔，有股浩然之气回荡其中。"风生阴穴带龙腥"、"门外天横数尺青"、"却疑朝市已千龄"，都体现了一种豪放的气势。此诗可与孙觉唱诗参照着读，孙觉原诗为："侧径萦纡入杳冥，神铲鬼凿路岩扃。天悬乳石婴华盖，壁隐莓苔矗翠屏。九道寒江云外白，一池阳井雪中青。还同康乐登临海，可供羊何笔不停。"

## 次韵参寥莘老

题解

熙宁九年(1076)，杭僧参寥子来淮南，孙莘老居家丁祖母忧，与秦观三人一起同游汤泉，此诗当作于此时。内容写夜间疾风怒号，忧虑家园或遭圮毁，黎明欲理归棹回乡间，足见其写诗时离乡间不远，或竟在高邮城中。诗风朴实，语言平铺直叙，是其早期诗的特点。

迅风薄高林，万象号虎豹。纷披枳与棘，尔复鼓狂闹。
我垣既已颓，我栋又以桡。岂无一木支？横力难与较。
黎明忽自罢，晴日射鱼罩。死水失狂澜，衰木回故貌。
劳生真梦事，往趋如睡觉。炊黍焚黄鹑，吾其理归棹。

新解

迅风薄高林，万象号虎豹——薄，侵入。《荀子·天论》："寒暑未薄而疾。"万象，宇宙间的一切事物或现象。苏轼《海市》诗："荡摇浮世生万象，岂有贝阙藏珠宫。"首二句笔势突起，写平地忽生大风，快速侵入高高的树林中，顿时，林中所有事物像变成虎豹一样，号声如雷。用虎豹声喻风声，十分生动。

纷披枳与棘，尔复鼓狂闹——枳棘，多刺的树，恶木。《韩非子·外储说左下》："树枳棘者，成而刺人。"《后汉书·仇览传》："枳棘非鸾凤所栖。"这二句描写看到的风中景象：漫天遍野到处披挂着从树林中刮来的枳棘干枝，过了一会儿，这些带刺的树枝成堆成团，在风中旋舞狂闹。

我垣既已颓，我栋又以桡——垣，墙。栋，房梁。桡，弯曲。《易·大过》："栋桡，本末弱也。"这二句写想到的：在这么大的风的摧拉下，我家里的外墙一定被吹倒了，我房子的梁木一定被吹弯曲了。

岂无一木支？横力难与较——这二句是对前二句的回答，意为：难道就没有一根木头支撑着房梁，但是这股蛮风的力量太强大了，撑木难与它进行较量。

黎明忽自罢，晴日射鱼罩——鱼罩，渔具，编细竹以罩鱼。看到这里，我们方才明白，大风是在夜里肆虐的。到早晨忽然停止，天气晴朗，阳光普照，连水边罩鱼的渔具都安然无恙。

死水失狂澜，衰木回故貌——还是写风停后的情景：狂澜过后的水面异常平静，如同死水一般；那些衰弱的树木也恢复了常态，不再被风摇得东倒西歪。

劳生真梦事，往趋如睡觉——劳生，辛劳的一生。杜甫《陪章留后饯嘉州崔都督》诗："劳生共几何？离恨兼相仍。"这二句是感慨，慨叹人生多辛劳，来来往往就如同梦中境界一般，真是人生如梦啊！

炊黍焚黄鹩，吾其理归棹——炊黍，煮米饭。焚黄鹩，烧烤鹌鹑。末二句言吃罢早饭后，自己还是坐上归舟，赶快回家吧。

新评

这首诗有三个特点。一是层次感强，写作角度多有变化。如"万象号虎豹"，是形容风声，是写听到的；"纷披枳与棘"，是写风中景物，写看到的；"我垣既已颓，我栋又以桡"，是写想到的；"岂无一木支？横力难与较"，是自问自答。耳有所闻，目有所见，心有所想，口有所答，构成了诗的前部分对风景的描绘和体验。二是比喻形象生动。以"万象号虎豹"来比喻风声怒吼，令人联想翩翩。三是对时间的交代，自然过渡，不刻意专述。读到"黎明忽自罢"，我们才知道此句前面所描绘的风景，都是始自昨夜黄昏时分的，由此可见大风整整刮了一夜，诗人担心自己家里的墙屋经不起大风的摧折，受了一夜的折磨。

## 秋日三首

题解

此三首写乡居生活，时在熙宁、元丰年间。前二首为宋诗名篇，深得选家青睐。

钱钟书《宋诗选注》云："第一首写船上，第二首写家里。"第三首写宴游，奇想妙喻，欲以虹霓作锦帛赏舞女，语意豪放。

## 其一

霜落邗沟积水清，寒星无数傍船明。
菰蒲深处疑无地，忽有人家笑语声。

## 其二

月团新碾瀹花瓷，饮罢呼儿课楚词。
风定小轩无落叶，青虫相对吐秋丝。

## 其三

连卷雌霓挂西楼，逐雨追晴意未休。
安得万妆相向舞，酒酣聊把作缠头。

新解

霜落邗沟积水清——邗沟，又名邗江，即今江苏境内自扬州入淮之运河。中途经高邮。嘉庆《扬州府志》卷八："运河，皆云古邗沟也。于邗江筑城穿沟，东北通射阳湖，西北至末口入淮。"积水，星官名，属井宿。《晋书·天文志》："积水一星，在北河西北，水河也。"此处一语双关，既云天上星宿，又云邗沟秋水。首句点明写作时间，在深秋季节。白霜满地，邗沟秋水清澈透亮，与天上水星相映成趣。

寒星无数傍船明——傍，依靠。寒夜难眠，繁星点点，仿佛就紧靠在江船边一样，陪伴着我到天亮。

菰蒲深处疑无地，忽有人家笑语声——菰蒲，两种浅水植物。谢灵运《从斤竹涧越岭溪行》诗："蘋萍泛沉深，菰蒲冒清浅。"这二句言邗江周围长满了密密麻麻的浅水植物，诗人心生疑惑，认为草丛里一定无路可行；谁知疑团未散，忽然从草丛深处传来人家的笑语声。晋宋间，沃州山帛道猷诗曰："连峰数千里，修林带平津。茅次隐不见，鸡鸣知有人。"秦观这两句诗即由此化来。秦观诗友参寥亦有诗云："隔林仿佛闻机杼，知有人家住翠微。"王半山"青山缭绕疑无路，忽见千帆隐映来"，陆放翁"山重水复疑无路，柳暗花明又一村"，皆是同一意境。

月团新碾瀹花瓷——月团，即团茶，宋代用圆模制成的茶饼。宋人熊蕃《宣和北苑贡茶录》："太平兴国初，特制龙凤模，遣使臣就北苑造团茶，以别庶饮。"碾，转压茶饼。沦，淹没。此处指泡茶。花瓷，带有花纹的瓷器。这句言把新碾压成的茶饼泡在瓷器里，以备饮用。

饮罢呼儿课楚词——课，学习。饮毕月团茶，把小儿呼来，教他学习楚辞。

风定小轩无落叶，青虫相对吐秋丝——青虫，树上以吐丝悬挂的青绿色软体虫。这二句是个特写镜头，极言环境之安静雅致，小轩无风，也无落叶，只有树上悬挂的青虫，在静静地吐着秋丝。这二句诗意味无穷，很得读者喜爱。

连卷雌霓挂西楼——雌霓：雌虹，副虹。《尔雅·释天》邢疏："虹双出，色鲜盛者为雄，雄曰虹。暗者为雌，雌曰霓。"屈原《九章·悲回风》："上高岩之峭岸兮，处雌霓之标颠。"连卷，屈曲貌。沈约《郊居赋》："驾雌霓之连蜷，泛天江之悠永。"这句言天空弯曲的虹霓，仿佛悬挂在西楼的上空，非常壮丽。

逐雨追晴意未休——民谚"东虹晴，西虹雨"，即言根据虹霓的方位可判断雨天晴天。此句由此而来，言虹霓在天空不断出现，预示着或雨或晴，没有罢休之意。

安得万妆相向舞，酒酣聊把作缠头——万妆，泛指众多歌女。缠头，赠送给歌舞者的锦帛或财物。《旧唐书·仆固怀恩传》："酒酣，怀恩起舞，奉先赠缠头彩。"白居易《琵琶行》："五陵年少争缠头，一曲红绡不知数。"这二句言怎样才能让无数艳妆歌女相对而舞，等我酒酣后，权且把虹霓采来，当作赏给舞女们的锦帛。

新评

秦观此三首组诗，前人多有评议。大多认为词语工丽，富有意味，馀韵无穷。前二首是历代传诵的宋诗名篇，的确也代表了秦诗婉丽奇秀的特点。但第三首却笔意豪放，想喻奇妙，体现了秦诗的另一种风格。《苕溪渔隐丛话》引《艺苑雌黄》云："吟诗喜作豪句，须不畔于理方善。如东坡《观崔白骤雨图》云：'扶桑大茧如瓮盎，天女织素云汉上。往来不遣凤衔枝，谁能鼓臂投三丈？'此语豪而甚工。石敏若《咏雪诗》有'燕南雪花大于掌，冰柱悬檐一千丈'之语，豪则豪矣，然安得尔高屋邪？虽豪，觉畔理。余又观李太白《北风行》云'燕山雪花大如席'，《秋浦歌》云'白发三千丈'，其句可谓豪矣，奈无此理何！如秦少游《秋日》绝句：'连卷雌霓挂西楼，逐雨追晴意未休。安得万妆相向舞，酒酣聊把作缠头。'此语豪而且工。"由此可见，秦观也能写作豪语，这些诗也有着豪气如虹的特质。

## 泗州东城晚望

题解

泗州，州名。北宋时属淮南东路，治所在临淮(今江苏泗洪县)。唐、宋时，州城位于汴水入淮之口，为南北交通要冲。此诗为宋诗名篇，写作时间在元丰元年

(1078)。是年，他秋试落第，过泗州东归。其《送钱秀才序》曰："至秋，余先浮汴决淮以归。"诗里景色如画，描绘了泗州美丽的水光山色。

渺渺孤城白水环，舳舻人语夕霏间。
林梢一抹青如画，应是淮流转处山。

新解

渺渺孤城白水环——渺渺，水远貌。寇准《江南春》词："波渺渺，柳依依。"白水，秋水。这句写站在泗州东城的城墙上晚望，只见秋水白茫茫一片，环绕着泗州孤城。

舳舻人语夕霏间——舳舻，《汉书·武帝纪》："舳舻千里，薄枞阳而出。"颜师古注引李斐曰："舳，船后持舵处也。舻，船前头刺棹处也。言其船多，前后相衔，千里不绝也。"杜宝《大业杂记》："舳舻相继二百馀里。"夕霏，黄昏时的云气。谢灵运《石壁精舍还湖中作》诗："林壑敛暝色，云霞收夕霏。"这句言泗州城外水运繁忙，大小船只绵延相连，看不清有多少船只，但能听见从黄昏的云雾中传来的人语声。

林梢一抹青如画，应是淮流转处山——这是抬头远望时的景象。远处树林梢头有一缕黛青色，在夕阳的斜照下，就像一幅水墨画一样，煞是令人喜爱；那里应该是淮河水流转入山丛之中的地方吧。据《苕溪渔隐丛话》后集卷三十五："淮北之地平夷，并无山。惟隔淮方有南山，米元章名其山为第一山，有诗云：京洛风尘千里还，船头出没翠屏间。莫能衡霍撞星斗，且是东南第一山。此诗刻在南山石崖上。石崖之侧，有东坡《行香子》词，后题云：与泗守游南山作。"此诗所言山，系泛指。

新评

王士禛《香祖笔记》卷五说："宋牧仲中丞行赈邳徐间，于村舍壁上见二绝句，不题名氏，真北宋人佳作也。'横笛何人夜倚楼，小庭月色近中秋。凉风吹坠双梧影，满地碧云如水流'。'渺渺孤城白水环，舳舻人语夕霏间。林梢一抹青如画，应是淮流转处山'。"

把秦观此诗看作北宋人佳作，是言之有理的。此诗写雾色朦胧中的黄昏景象，但见白水渺渺，不见清澈的河流；但闻夕霏人语，不见千里舳舻。对这种模糊物象的描摹，是非常准确的。尤其是后二句，更能看出秦观善于捕捉瞬间景物进行白描的艺术功力。"林梢一抹青如画"，妙就妙在那一个"抹"字上。秦观《满庭芳》词云："山抹微云，天粘衰草。"两个"抹"字，淡淡一缕夕霞油然可见，一幅水彩画如在目前。所以说其诗如画，其词如画，真是诗作能手。

## 睡足轩二首

题解

元丰元年，秦观作《掩关铭》曰："元丰初，观举进士不中，退居高邮，杜门却扫，以诗书自娱，乃作《掩关之铭》。"此诗其二云："终日掩关尘境谢，有时开卷古人游。"从诗意知与《掩关铭》所写相同，故知此诗作于元丰元年(1078)秋。诗里描写了他在高邮闲居的生活情景，抒发的是以诗书自误、不关人间事的情怀。

### 其一

长年忧患百端慵，开斥僧坊颇有功。
地撤蔽亏僧界净，人除荒秽玉奁空。
青天并入挥毫里，白鸟时兴隐几中。
最是人间佳绝处，梦残风铁响丁东。

### 其二

数椽空屋枕清流，一榻萧然散百忧。
终日掩关尘境谢，有时开卷古人游。
鸣鸠去后沧浪晚，飞雨来初菡萏秋。
此处便令君睡足，何须云梦泽南州？

新解

长年忧患百端慵，开斥僧坊颇有功——僧坊，指高邮醴泉寺。秦观《醴泉开堂疏》言："飞鸟衔花，空存胜境。真珠撤帐，未遇明师。逮军旅之荐兴，获法筵之初启。"开斥僧坊即指此。这二句言自己长年忙碌，忧患百事，看来都是庸人所为；只有开启僧坊为人讲解禅理者，才是真正的有功之人啊！

地撤蔽亏僧界净，人除荒秽玉奁空——蔽亏，隐蔽。玉奁，玉镜。此处喻湖水之澄澈。这二句言：僧坊依湖而建，周围的荒秽之物都被清除掉了，因而僧坊不被隐蔽，场界干净，湖面碧波荡漾，澄澈如玉。

青天并入挥毫里，白鸟时兴隐几中——隐几，古人的几用以倚凭身体。《孟子·公孙丑下》："隐几而卧。"此二句为倒装句，意为：挥毫书写时，看到湖面飘着青天的影子；隐几而卧时，看到湖面上的白鸟时时冲天而起。

最是人间佳绝处，梦残风铁响丁东——风铁，即铁铃，悬于寺塔周围，风起则丁东有声。末二句言睡足轩真是人间最好的地方，临近湖边，临近僧坊，从梦中醒来，就能听见寺塔上的铁铃丁东作响。

数椽空屋枕清流，一榻萧然散百忧——这二句写睡足轩的建筑位置和轩内摆设。睡足轩依湖面而建，半周悬空，因而让人有枕清流睡觉之感；轩内摆设简陋，只有一卧榻冷落地放在那里，但可以让人解除百忧。

终日掩关尘境谢，有时开卷古人游——秦观《掩关铭》曰："插架万轴兮星宿悬，口唫目披兮游圣贤，偶然意会兮欣忘餐。"掩关，闭门谢客之意。这二句写自己的日常生活方式，整天闭门读书，不与尘世来往，有时读到意会处，仿佛在与古人同游一样，欣然有得。

鸣鸠去后沧浪晚，飞雨来初菡萏秋——菡萏，荷花。这二句写秋景：随着鸠鸟声一声声消逝而去，睡足轩周围的沧浪也罩在了暮色之中；这时，秋雨淅淅沥沥而下，滴打在晚秋的荷叶上。秋色真是撩人啊！

此处便令君睡足，何须云梦泽南州——末二句本自杜牧《忆齐安郡》诗："平生睡足处，云梦泽南州。"杜牧诗作于黄州，谓黄州地僻而不能施展其才华。秦观反用其意，以自嘲。说睡足轩就让人梦游一生了，何必再到当年楚王游猎的云梦泽去周游一番呢？言外之意，是说在此处便可快乐度一生，何必一定要入仕施展抱负呢？

新评

蔡正孙《诗林广纪》后集卷八引《冷斋夜话》："老杜诗云：红稻啄残鹦鹉粒，碧梧栖老凤凰枝。荆公云：缫成白雪桑重绿，割尽黄云稻正青。郑谷云：林下听经秋苑鹿，溪边扫叶夕阳僧。以事不错综则不成文章。若平直叙之，则曰：鹦鹉啄残红稻粒，凤凰栖老碧梧枝。而以红稻于上，以凤凰于下者，错综之也。言缫成则知白云为丝，言割尽则知黄云为麦也。秦少游得其意，特发奇语而作此。诗中四句，皆有错综之体。"诗中四句，即指："地撤蔽亏僧界净，人除荒秽玉奁空。青天并入挥毫里，白鸟时兴隐几中。"这几句诗的确写得很调皮，韵味无穷，耐人把玩。但第二首诗所言"一榻萧然散百忧"、"有时开卷古人游"，写一种自由自在、返璞归真的生活方式，也令人向往。一榻虽然寂寞，但与古人对话，心灵得到净化，得到升华，就可解除忧愁，此中境况真是让人羡慕。

## 睡　起

题解

诗中言"睡起东轩下"，东轩，盖指睡足轩。由此知此诗作于元丰初。诗中抒写了春眠之后的情景，表现出悠然自得的生活情趣。

睡起东轩下，悠悠春绪长。爬搔失幽哢，欹欠堕危芳。
蛛网留晴絮，蜂房受晚香。欲寻初断梦，云雾已冥茫。

新解

睡起东轩下，悠悠春绪长——开首二句写闲散疏懒的生活。白日里一觉长长的午睡，醒来后百无聊赖，一丝悠悠春愁袭来，让人顿生闲情。

爬搔失幽哢，欹欠堕危芳——爬搔，搔痒。嵇康《与山巨源绝交书》："性复多虱，搔痒无已。"古文人以此为名士风度。幽哢，悦耳之鸟声。欹欠，打哈欠，叹息欠伸。危芳，将落之花。这二句描写他的无拘无束的生活情态：一边搔痒，一边听幽静处悦耳之鸟鸣声；一边打哈欠，一边看将落之花。

蛛网留晴絮，蜂房受晚香——絮，柳絮。香，花香气。这二句写的是春末夏初时的情景：蜘蛛经过一春的吐丝织网，网成后上面挂满了因风而起的柳絮；蜜蜂经过一春的辛劳，蜂房已圆满，被晚春的花香气灌注着。

欲寻初断梦，云雾已冥茫——冥茫，黄昏时水面蒙蒙的雾气。末二句写看来看去，看得无聊了，还想接着睡，还想继续午睡时没有做完的梦，只是此时已是黄昏时分，湖面上云雾茫茫，令人心灵空虚没个着落处。

新评

《永乐大典》卷八二一引袁文《瓮牖闲评》："余酷爱杜工部诗中用受字，如修竹不受暑、双燕受风斜、野航恰受两三人是也。而秦少游诗中学用受字亦可爱，如蜂房受晚香、乱帆天际受风忙是也。然此受字乃出于左氏传，云而受室以归。受字盖出于此。"此诗没有什么思想性，抒写的完全是春眠之后的闲情，正如孟浩然的"春眠不觉晓，处处闻啼鸟。夜来风雨声，花落知多少"。但对闲散疏懒生活的描写，却透露出难得的真实情趣，真实心态。如搔痒，如打哈欠，都一一入诗来，而与"幽哢"、"危芳"结合在一起，真是雅俗鲜明，俗不失雅。全诗自然流畅，不堆典事，语言清丽，写景生动，可谓无我之境。

## 还自广陵四首

题解

广陵，古县名，秦置，治所在今扬州市。隋开皇中改名邗江，大业中改名江阳，五代南唐复名广陵，宋熙宁五年(1072)并入江都。从诗里"南北悠悠三十年"句意看，此组诗当作于元丰年间秦观未仕前。秦观故乡高邮距离广陵无多路，往来是常事，从“赖有东风可人意”句看，是春初返乡途中所作。诗里记述了沿途所见所闻及感受，描写了江南的初春景色，尤其第四首是历代称颂的名诗。

**其一**

薄茶便当乌程酒，短艇聊充下泽车。
坟墓去家无百里，往来仍不废观书。

**其二**

南北悠悠三十年，谢公遗埭故依然。
欲论旧事无人共，卧听钟鱼古寺边。

**其三**

邗沟缭绕上云空，坐阻层冰不得通。
赖有东风可人意，为开明镜玉奁中。

**其四**

天寒水鸟自相依，十百为群戏落晖。
过尽行人都不起，忽闻冰响一齐飞。

新解

薄茶便当乌程酒——乌程酒，古代名酒。《文选》张协《七命》：“乃有荆南乌程，豫北竹叶。”李注引盛弘之《荆州记》云：“渌水出豫章康乐县，其间乌程乡有酒官，取水为酒，酒极甘美。”李注复引《吴地理志》曰：“吴兴乌程县酒有名。”这句言自己饮用着味薄的淡茶，权且当饮用着乌程酒一样兴味悠长。

短艇聊充下泽车——短艇，小船。下泽车，便于在沼泽地行走的小车。《后汉书·马援传》：“乘下泽车，御款段马。”这句言自己乘坐着小船在河水里行路，权当是乘坐着下泽车一样便利。

坟墓去家无百里——坟墓，秦氏祖坟在扬州。秦观《与苏公先生简》：“又安厝亡婶灵柩在扬州，且买地，趁今冬举葬。”从这句看，秦观此次去扬州，当是祭扫祖坟，时间在清明节期间。

往来仍不废观书——言自己还在积极准备应试，刻苦读书，即使在高邮与扬州之间来去匆匆，仍不敢荒废学业。

南北悠悠三十年——秦观在三十岁左右这段时间，曾南赴杭州、绍兴等地，北上汴京应考，故言“南北悠悠”。

谢公遗埭故依然——谢公遗埭，指邵伯埭。嘉庆《扬州府志》卷八云：“晋太傅谢安出镇广陵，修筑湖埭，民思其功，以比邵伯，故名。”此句与上句言物是人非，谢安修筑的湖埭还像往昔一样存在，自己不知看过了多少遍，而年已三十还一事无成。

欲论旧事无人共，卧听钟鱼古寺边——钟鱼，指钟声与木鱼声。古寺，梵行寺。《古今图书集成·扬州》：“梵行寺在江都东北召伯镇，晋宁康二年建。”此二句谓想与别人谈谈扬州一带发生的旧事，可惜没有这样的人，只得在夜深人静时，卧于舟中，听寺中钟声与木鱼声。这与唐人张继的《枫桥夜泊》“姑苏城外寒山寺，夜半钟声到客船”是同一意境。

邗沟缭绕上云空——邗沟，又名邗江，即今江苏境内自扬州市西北入淮之运河，中途经高邮。嘉庆《扬州府志》卷八：“运河，皆云古邗沟也。于邗江筑城穿沟，东北通射阳湖，西北至末口入淮。”这句言邗沟弯弯曲曲，源远流长，仿佛直通云空一般。

坐阻层冰不得通——坐，守定。《左传·桓公十二年》：“楚人坐其北门。”此句言邗沟守定在那里，阻挡着一层层冰块，使其难以流通。

赖有东风可人意，为开明镜玉奁中——玉奁，玉制镜匣，常用以比喻湖水之清澈。这二句紧接上句而言：虽然有层层冰块，但幸亏有东风解冻，可着人意吹来，化开冰层，把湖水吹得如同玉镜般明亮清澈。

天寒水鸟自相依，十百为群戏落晖——此时是轻寒时节，水鸟相依取暖，在落日斜晖里嬉戏取闹。可与“绿杨烟外晓寒轻，红杏枝头春意闹”参照着读，取景略不同，但意境相同。

过尽行人都不起，忽闻冰响一齐飞——行人一拨拨走过，水鸟们都不理，照自戏闹，忽然一声冰裂声响，吓得水鸟们一齐飞逃。可见冰响之声剧烈，有如春雷。

**新评**

这四首诗是一组完整的组诗，记述了秦观自广陵祭扫祖坟归来途中的所见所闻及感受。“卧听钟鱼古寺边”，写夜半无寐，无人共语，孤愁难解，只得卧听佛寺钟声和木鱼声，状烦恼之心情，惆怅之情绪，与“夜半钟声到客船”有着同样的艺术魅力。“过尽行人都不起，忽闻冰响一齐飞”，抓住了生活中一个有趣的镜头，写水鸟一瞬间的敏感动作，非常生动，非常形象。老子曾云：“大音希声，大象无形。”这冰响就是大音，如同天崩地裂，惊人魂魄。读这两句诗时，我们依然能感觉到耳边冰响，眼前鸟飞，一千多年前秦观描述的景象历历在目。

## 送僧归保宁

题解

保宁，禅院名，旧址在杭州。咸淳《临安志》卷七十九："保宁院，天福三年(938)吴越王建，旧额保安无量寿院，治平二年(1065)改今额。"秦观于元丰二年夏季开始入越探望祖父承议公，此诗后面言"伊余久欲窥禹穴，矧今仲父官东越"，说明他写此诗时尚未入越，诗中所写西湖景象是根据传闻想象出来的。此诗塑造了一个"坐客一语不入意，目如明星视飞鸟"的高傲僧人形象。

西湖环岸皆招提，楼阁晦明如卧披。
保宁复在最佳处，水光四合无端倪。
车尘不来马足断，时有海月相因依。
上人弱龄已隶此，心目所证惟瑰琦。
白玉芙蓉出清沼，天然不受缁尘扰。
坐客一语不入意，目如明星视飞鸟。
冠切云兮佩玉环，上人顾之真等闲。
应缘聊入人间世，兴尽扫却湖上山。
伊余久欲窥禹穴，矧今仲父官东越。
行挽秋风入剡溪，为君先醉西湖月。

新解

西湖环岸皆招提，楼阁晦明如卧披——招提，指佛寺。《慧琳音义》："招提，僧坊，此云四方僧坊也。"卧披，卧时披阅。僧德洪《醴陵驿》诗："三湘在图画，阅屏供卧披。"这二句言：环绕着西湖沿岸的都是佛寺，寺院楼阁依山势而建，或在高处明处，或在低处暗处，景色美丽如画，可供人卧时披阅。

保宁复在最佳处，水光四合无端倪——端倪，边际。谢灵运《游赤石进帆海》诗："溟涨无端倪，虚舟有超越。"这二句言：保宁寺在西湖周围的最佳位置，站在这里观望四周，只见水光波影荡漾，漫无边际。

车尘不来马足断，时有海月相因依——保宁寺山高路幽，因而很少有车马往来，没有了人世间的喧嚣，就显得环境幽雅，到了夜间就会有海上明月相伴着它。这两句与陶渊明《饮酒》诗"结庐在人境，而无车马喧"意同。

上人弱龄已隶此，心目所证惟瑰琦——上人，高人，此处指诗中的僧人。弱龄，年幼时。瑰琦，美玉。这二句言：高僧在年幼时就来此寺出家，心中所染，眼中所见，都是那些清洁如美玉的东西，因而心灵得到净化。

白玉芙蓉出清沼，天然不受缁尘扰——芙蓉，荷花。缁尘，指世俗之污垢。此二句化用李白《赠江夏韦太守良宰》诗：“清水出芙蓉，天然去雕饰。”言高僧的品格就如同出自清池中的白玉般的荷花一样，有着天生的高洁之态，不受尘世污浊风俗的干扰。

坐客一语不入意，目如明星视飞鸟——这二句化自《孔子家语·困誓》：“孔子过卫，与卫灵公言伐蒲事，语不合灵公心意，灵公口曰善而卒不果伐。他日灵公又与夫子语，见飞雁过而仰视之。”这里借此写高僧的耿直性格，坐中客人如果有一句话不合他的心意，他的目光就如同明星一样仰视飞鸟，不再搭理客人。

冠切云兮佩玉环，上人顾之真等闲——冠切云，形容高冠。屈原《涉江》：“带长铗之陆离兮，冠切云之崔嵬。”此处与佩玉环一样，都是借指达官富豪之辈。对于那些达官富豪，高僧视之如同等闲之辈一样，都不搭理。

应缘聊入人间世，兴尽扫却湖上山——应缘，缘分相合，意气相投。人间世，尘世。这二句言：如果有尘世之人与他谈得来，意气相投，他就暂且来尘世一游，与朋友相聚；等到兴致消失了，就干脆重返山水之间，在湖山之上遍游。

伊余久欲窥禹穴，矧今仲父官东越——伊，语助词，用于句首，与“维”同。《诗经·小雅·正月》：“伊谁云憎。”禹穴，在今浙江绍兴市南会稽山上。《清一统志》：“禹穴在会稽委宛山，禹藏书之所，唐郑鲂从事越州，大书禹穴二字，立石序之。”矧，况且。仲父，秦观叔父秦定，神宗熙宁三年登进士第，授会稽尉。这二句言：我也很长时间想去东越游览一番，看看西湖，看看会稽的禹穴，况且我的叔父正在会稽做官呢。

行挽秋风入剡溪，为君先醉西湖月——剡溪，水名，曹娥江上游，在今浙江嵊州境内。《太平寰宇记》卷九十六：“剡溪在县南一百五十步，一源出台州天台县，一源出婺州武义县，即王子猷雪夜访戴逵之所也。”李白《秋下荆门》诗：“布帆无恙挂秋风……自爱名山入剡中。”末二句言：等我成行入越游览剡溪时，一定先到西湖拜访高僧，与高僧一起饮酒赋诗，赏月玩情。

## 新评

此诗塑造了一个品质高洁、性格孤傲的僧人形象，他厌恶尘世俗流，蔑视达官贵人，谈得来则暂且一谈，谈不来则目视远方，拂袖而去。在塑造这个形象时，诗里先写了环境对他的影响。他自幼出家，耳目所染，皆是超凡脱俗之语；身之所居，乃是西湖最佳处，“水光四合”，“海月相依”，因此心灵得到净化，如出水芙蓉，不受尘世干扰。尤其是“坐客一语不入意，目如流星视飞鸟”，把这个高僧的倔强脾气刻画得非常生动，真是一个怪僧。秦观此诗出语豪放，笔意雄健，是真正的男儿诗。

## 次韵子瞻赠金山宝觉大师

题解

元丰二年(1079)四月秦观随苏轼、参寥同舟南下,如越省亲,过江宿于金山寺,因大风逗留两日。苏轼于熙宁四年(1071)自汴赴杭,曾游金山寺,与寺中长老宝觉禅师为至交。元丰二年三月,苏轼自徐州移知湖州,秦观同行,途中再游金山寺。苏轼次旧韵赠宝觉,秦观亦次韵赠之。金山寺,在今江苏镇江市,东晋时建,原名泽心寺,至唐时始用今名。此诗抒写了游金山时的喜悦之情,和对前途的渺茫心情。

云峰一变隔炎凉,犹喜重来饭积香。
宿鸟水干迎晓闹,乱帆天际受风忙。
青鞋踏雨寻幽径,朱火笼纱语上方。
珍重故人敦妙契,自怜身世两微茫。

新解

云峰一变隔炎凉——炎凉,气候一冷一热。常以比喻人情势利,亲疏反复无常。费唐臣《贬黄州》第四折:“如今世情皆如此,炎凉趋避,亦时势之自然。”此处一语双关。言到了金山,山峰耸立入云,气候温和,隔断了尘世的炎热和寒冷。

犹喜重来饭积香——积香,积香饭。《维摩诘经·香积品》:“有国名众香,佛号香积,今现在。其国香气比于十方诸佛世界人天之香。于是香积如来以众香钵盛满香饭与化菩萨。”后遂以称僧寺饭曰香积饭。王维《胡居士卧病遗米因赠》诗:“既饱香积饭,不醉声闻酒。”犹喜重来,言明他是再次游金山,且心情愉快。

宿鸟水干迎晓闹,乱帆天际受风忙——宿鸟,在此过夜的鸟。水干,岸边。《诗经·魏风·伐檀》:“坎坎伐檀兮,寘之河之干兮。”这二句言金山寺周围景象:山鸟在岸边嬉戏吵闹,晨曲格外动听,这是近景。遥望大江之中,帆影点点如在天边,迎风疾驶,这是远景。

青鞋踏雨寻幽径,朱火笼纱语上方——青鞋,青色的鞋。朱火,烛光。《文选》傅毅《舞赋》:“朱火晔其延起兮,耀华屋而熺洞房。”吕向注:“朱火,烛也。”上方,佛寺中方丈、住持僧所居之处。上句言白天结伴而游,脚着青色鞋,冒着小雨,到处寻找阴暗的小路探奇。下句写夜晚高谈阔论,在笼罩着纱绸的烛光下,与宝觉禅师谈佛论经。

珍重故人敦妙契——故人,指宝觉禅师。敦,深厚。妙契,意气相合。这句言自己非常珍重与宝觉禅师深厚的友谊，彼此意气相合。

自怜身世两微茫——自怜身世，当是言自己已过而立之年，尚未有所成就。秦观在元丰元年秋试落第，过泗州东归，参寥曾做诗慰之，苏轼亦有和作，并写以书信劝解。此时游金山，与苏轼、宝觉禅师重提旧事，一定顾影自怜，自觉前途渺茫。两微茫，一言与故人分手后，不知何时再相会，故觉茫然；另一言前途未卜，心里茫然。

新评

这首诗乃次韵苏轼诗而成，苏轼原诗为："谁能斗酒博西凉，但爱斋厨法豉香。旧事真成一梦过，高谈为洗五年忙。清风偶与山阿曲，明月聊随屋角方。稽首愿师怜久客，直将归路指茫茫。"所以，可以参照着互读。秦观此诗表达了他这个时期的真实心态，靠朋友的劝解以抚平落第后的惆怅之情，同时又深感前途渺茫，不愿意就此放弃仕途。诗里描写了金山的诱人景色，人置身其中能净化心灵，忘却尘世炎凉，尤其与宝觉大师夜谈，以心映心，使人顿悟。"青鞋"与"朱火"组成色彩上的对比画面，反差明显，喻示着访景、夜谈时情绪的波动。色彩具有表情作用，尤其在古典诗词中，是诗人们借以表情的主要手段之一。青鞋、青雨、青径，色彩淡淡的，与诗人淡泊的心情融为一体；朱火通明，红光四照，与高谈阔论的热烈气氛相映成趣。所以说，这联诗对色彩的运用是成功的。

## 宿参寥房

题解

本诗作于元丰二年(1079)深秋。时秦观在会稽看望祖父和叔父，听说苏轼因乌台诗案入狱，遂渡钱塘江至吴兴探询。据秦观《龙井题名记》："元丰二年中秋后一日，余自吴兴过杭，东还会稽。龙井辩才法师以书邀予入山，比出郭，已日夕，航湖至普宁，遇道人参寥。"诗中描写了山寺的秋色和山僧的生活环境，抒发了与友人重逢的喜悦心情。

乡国秋行暮，房栊日已暝。惊风多犯竹，破月不藏星。
钩箔檐花动，抄书烛烬零。非关相见喜，自是眼长青。

新解

乡国秋行暮，房栊日已暝——乡国，家乡。苏轼《游金山寺》诗："试登绝顶望乡国，江南江北青山多。"房栊，房间窗户上的格子。谢惠连《七月七日夜咏牛女》

诗:“落日隐櫩楹,升月照房栊。”因杭州离家乡扬州很近,故称乡国。言自己到达参寥所在的普宁寺时已是深秋的一个黄昏,落日的光芒照在房栊上,天色将暗。

惊风多犯竹,破月不藏星——惊风,因急风吹得竹林飒飒作响,令人惊恐,故曰惊风。天上云彩不多,被风吹散,时时露出月儿和星星的影子,故曰破月不藏星。

钩箔檐花动,抄书烛烬零——钩箔,一种以绳线钩绕而成的帘子。檐花,屋檐上积土间生长的花草。杜甫《醉时歌》:“清夜沉沉动春酌,灯前细雨檐花落”。零,零落。这二句谓夜风袭来,房门上挂的帘子和房檐上的花草都被吹得一片响动,而屋内的山僧,依然在灯光下抄写经书,直至蜡烛燃尽,烛花零落,烛光熄灭。

非关相见喜,自是眼长青——眼长青:《晋书·阮籍传》记阮籍能为青白眼,以白眼对凡俗之士,以青眼对士君子。居母丧,嵇康携酒挟琴造访;籍大悦,乃见青眼。此处借喻自己受到参寥的礼遇。意为:并不是因久别重逢产生喜悦之情,而是自己受到参寥的礼遇,自然会感到内心激动。

新评

此诗写山寺深秋夜色,很有特点。因自己刚从吴兴探望狱中的苏轼归来,心中尚存惊疑,故“惊风”就不仅仅是写自然界的风声,而是有自己的内心感受、内心世界在内。“破月不藏星”,是一个很好的景色特写。月圆时,月光明亮,自然看不到星星的影子,仿佛被藏了起来。月儿被云片时遮时挡,仿佛撕破一般,月光就暗淡了,星星也就显露出来。用风吹而响起的钩箔声、檐花声反衬僧房的安静,僧人抄写经书时的专注、刻苦。结句借用青眼典故来表明自己与苏轼、参寥皆是君子之交,而非市井俗子,有很多的内涵在其中。

## 和王通叟琵琶梦

题解

秦观《李氏夫人墓志铭》:“至和中,先君游太学……具言太学人物之盛,数称海陵王君观及其从弟觌,有高才。”秦观及其弟秦觌的名字就是由王观、王觌之名而来。王观,字通叟,海陵如皋人,元丰二年因获罪被放逐,后世称王逐客。秦观此诗作于王观被逐后。诗里描写了王观的音乐才能和精美的诗文,表达了对王观的同情,字里行间渗透着对王观的一片深情。

鹈鴂鸣时众芳歇,华堂梦断音容绝。
风惊玉露不成圆,一夜芙蕖泣秋月。
金纹捍面紫檀槽,曾抱花前送酒舠。

庾郎江令费珠璧，小砑红笺挥兔毫。
风流云散令人瘦，忍看曲尘昏锦绶。
楚水悠悠更不西，上天破鉴空依旧。

新解

鹈鴂鸣时众芳歇，华堂梦断音容绝——鹈，杜鹃名。屈原《离骚》：“恐鹈鴂之先鸣兮，使夫百草为之不芳。”华堂，华丽的屋宇，杜鹃鸟每年在春末夏初时鸣叫，故曰“鹈鴂鸣时众芳歇。”这二句盖指王观被逐时间在春夏之际。据史籍记载，王观为嘉祐二年进士，累迁大理丞，知江都县，元丰二年因受贿枉法被除名，放逐永州编管。

风惊玉露不成圆，一夜芙蕖泣秋月——玉露，喻露珠晶莹如玉。芙蕖，荷花。这二句以玉露被风吹破难以成圆和荷花在秋月下哭泣，来写自己心中的感受。自己对王观是仰慕已久的，对王观的遭遇是同情的。所谓的“惊”和“泣”，实际上是写自己的反应。

金纹捍面紫檀槽，曾抱花前送酒舠——捍面、檀槽，皆琵琶上的零件名称，此处代指琵琶。舠，小船，形如刀。吴均《赠王桂阳别三首》：“行衣侵晓露，征舠犯夜湍。”这二句言自己曾在春花盛开的季节里，于酒船上欣赏王观弹奏琵琶曲，那琵琶非常精美，捍面有着金色花纹，架弦的槽是用紫檀木制作的。

庾郎江令费珠璧，小砑红笺挥兔毫——庾郎，指南齐庾杲之，曾为尚书驾部郎。江令，指南朝江总，曾为尚书令。珠璧，形容诗文之美。小砑红笺，一种用石碾磨出的带有图纹的红纸。兔毫，用兔毛制成的毛笔。这二句言王观文采斐然，他的诗文之精美，可令庾郎江令见绌；他在红色笺纸上挥写诗文，洋洋洒洒，一代风流。

风流云散令人瘦，忍看曲尘昏锦绶——风流云散，形容朋友别离。王粲《赠蔡子笃》诗：“风流云散，一别如雨。”曲尘，酒曲所生细菌，淡黄似尘，此处借以形容尘土色。锦绶，丝织的衣物及系带。这二句写自己即将与王观离别，令人感到悲伤，真不忍心看此时的王观尘土满身，与以前判若两人。

楚水悠悠更不西，上天破鉴空依旧——楚水，指流经楚地的长江水。王观被放逐永州，永州在湖南，古楚地，故云。上天破鉴，以半块破镜喻指天上半月。这二句言：王观将被放逐楚地，此别一去，就如同长江水东流一样，再也不能西返了，我很难再见到他了；在以后的时光里，我只能空望着天上的半月，只有那月亮还像我们分别时一样明亮。

新评

明代段斐君本《淮海集》徐渭眉批此诗：“鲜俊在唐人中晚之间。”秦观幼年时，其父因推赏王观的文才，以其名名子。秦观长大后，与王观成为忘年至交，时有诗文来往。在王观获罪贬谪永州编管时，秦观作此诗以送之，表达了他对这位同名人的深切同情。诗里赞颂了王观的精湛技艺和精美诗文，尤其是自己听到王观不幸遭遇时的惊讶："风惊玉露不成圆，一夜芙蕖泣秋月。"以及自己送别王观时的悲伤："风流云散令人瘦。"情真意切，文辞凄美。

## 送陈太初道录

**题解**

陈太初，据苏轼《陈太初尸解》一文云："吾八岁入小学，以道士张易简为师。童子几百人，师独称吾与陈太初者。太初，眉山市井人子也。予稍长，学日益遂，第进士制策，而太初乃为郡小吏。前年惟忠又见予惠州，云太初已尸解矣。蜀人吴师道为汉州太守，太初往客焉。正岁旦日，见师道求衣食钱物。且告别，持所得尽与市人贫者。反，坐于戟门下，遂寂。"道录，道官名。陈太初去世在元丰二三年间，此时秦观尚未仕，此诗应作于这个时期。诗里赞扬了陈太初浪迹江湖治病救人的医术医德，仰慕其淡泊的人生观和达观的处世术。其中"背因书字曲，发为注经华"是传世名句。

先生簪绂后，世系本绵瓜。驻马生枯骨，回车济病蛇。
带云眠酒市，和月醉渔家。落日千山路，西风一枕霞。
几年流俗笑，一旦五侯夸。棋惜春深日，琴憎雨后蛙。
背因书字曲，发为注经华。地转东淮水，天回北斗车。
新宫黄道近，旧隐白云遐。顾我身多累，逢君意谩夸。
空提方士剑，未上客星槎。何日同归去？重飞九转砂。

**新解**

先生簪绂后，世系本绵瓜——簪绂，古时达官贵人的冠饰，用来把冠固着在头上。后喻显贵。陆机《晋平西将军孝侯周处碑》："簪绂扬名，台阁标著。"绵瓜，《诗经·大雅·绵》："绵绵瓜瓞，民之初生。"喻家族繁盛。首二句谈及陈太初的出身，说他是达官贵人之后，家族显赫，子孙繁盛。

驻马生枯骨，回车济病蛇——生枯骨，使死人复活。《左传·襄公二十二年》："吾见申叔夫子，所谓生死而肉骨也。"济病蛇，救活受伤之蛇。《淮南子·览冥训》所说的"隋侯之珠"，高诱注："隋侯见大蛇伤断，以药傅之，后蛇于江中衔大珠以报之。因曰隋侯之珠，盖明月珠也。”此二句言陈太初有着救死扶伤的高明医术，或驻或行，走街串巷，能救人于危难之中。

带云眠酒市，和月醉渔家——“带云”、“和月”皆言陈太初行踪不定，云游四方。“眠酒市”、“醉渔家”言他喜饮酒，醉到哪里就睡在哪里，以四海为家。

落日千山路，西风一枕霞——此二句接前二句而言，说陈太初走遍千山万水，经常在落日时分依然赶路，或前不着村后不着店时就野宿在露天里。

几年流俗笑，一旦五侯夸——流俗，《孟子·尽心下》：“同乎流俗，合乎污世。”朱熹注：“流俗者，风俗颓靡，如水之下流，众莫不然也。”后泛指世俗。司马迁《报任少卿书》：“仆之先，非有剖符丹书之功，文史星历近乎卜祝之间，固主上所戏弄，倡优所畜，流俗之所轻也。”五侯，原指汉成帝同日封其舅王谭平阿侯、王商成都侯、王立红阳侯、王根曲阳侯、王逢时高平侯。后泛指权贵之家。这二句是对前面所述的一个小结，说陈太初平日里浪迹江湖，救人医病，为世俗所嘲笑轻视，但终于有一日他得到权贵们的夸奖称赞。

棋惜春深日，琴憎雨后蛙——此二句言陈太初还精通棋艺琴术。下棋下到了痴迷地步，春日里直到深夜还在琢磨，如此惜时；弹琴时聚精会神，非常专注，很讨厌雨后蛙声来打扰他的雅兴。

背因书字曲，发为注经华——这二句是历代传诵的名句，说陈太初为注解经文，写了许多文字，背也因此而弯曲了，头发也因此而变白了。

地转东淮水，天回北斗车——淮，即指今江苏秦淮河。此处以“东淮”泛指苏浙一带，以“北斗”泛指北方地区。言陈太初曾到过江浙一带，旋即又驾车北上。

新宫黄道近，旧隐白云遐——宫，即宫观。道教祀神之祠庙。黄道，古人想象中太阳绕地球旋转之轨道。《汉书·天文志》：“日有中道，月有九行。中道者黄道。”白云，此处指往昔隐居之所。此二句是泛言，说自己住所附近就有新建的道家宫观，而往昔高士的隐居之地，对自己来说又是那样地远不可及。

顾我身多累，逢君意谩夸——谩，空泛。《庄子·天道》：“孔子……于是缙十二经以说，老聃中其说，曰：大谩，愿闻其要。”言自己为尘世所牵，为功名所累，遇见陈太初，也讲不出什么精深的道理，只能空泛地谈一些感悟。

空提方士剑，未上客星槎——方士，通晓方术的人。起源于战国燕齐一带近海地区，自称能修炼成仙和制成不死之药，后也称道士。星槎，古代神话中往来天上的木筏。《博物志·杂说下》：“旧说云天河与海通，近世有人居海滨者，年年八月有浮槎去来不失期。”刘禹锡《逢王二十学士入翰林》诗：“厩马翩翩禁外逢，星槎上汉杳难从。”此二句言自己想修炼成道却无法实现。

何日同归去？重飞九转砂——九转砂，即道家之九转金丹。转，循环变化之意。如将丹砂烧成水银，又将水银炼成丹砂，烧炼时间愈久，则转数愈多，效能愈强。吴商浩《北邙山》诗：“堪取金炉九还药，不能随梦向浮生。”末二句言自己哪一天也能与陈太初一同归隐，一起烧炼九转金丹。

新评

此诗塑造了一个浪迹江湖、四处行医布道的云游僧形象，对其性格特点的描绘达到了惟妙惟肖的地步。“带云眠酒市，和月醉渔家”，写其嗜酒如命，随处可卧，随时可饮，洒脱不羁，有如野马孤鹤。“落日千山路，西风一枕霞”，写其漂泊无定，行踪无影，如同行云流水，处处无家处处家。“棋惜春深日，琴憎雨后蛙”，写其下棋时的凝思，弹琴时的专注。“背因书字曲，发为注经华”，更是形神兼似，一老僧形象如立目前，呼之即出，挥之即去。

## 游鉴湖

题解

熙宁三年(1070)秦观叔父秦定登进士第，授会稽尉，携秦观祖父承议公赴任。元丰二年(1079)六月秦观赴会稽看望祖父承议公，得以结识州守程公辟，与之游鉴湖，访兰亭，谒大禹庙，互相唱和，写下了不少诗词。鉴湖即“镜湖，在县东二里。东汉永和五年，太守马臻始筑塘立湖，周三百十里，溉田九千馀顷，人获其利。王逸少有云：山阴路上行，如在镜中游。镜湖之得名以此”(嘉泰《会稽志》)。此诗描绘了鉴湖美丽的湖光山色，尤其“翡翠侧身窥渌酒，蜻蜓偷眼避红妆”是传世名句。

画舫珠帘出缭墙，天风吹到芰荷乡。
水光入座杯盘莹，花气侵人笑语香。
翡翠侧身窥渌酒，蜻蜓偷眼避红妆。
葡萄力缓单衣怯，始信湖中五月凉。

新解

画舫珠帘出缭墙，天风吹到芰荷乡——舫，船。《战国策·楚策一》：“舫船载卒，一舫载五十人，与三月之粮。”王粲《赠蔡子笃》诗：“舫舟翩翩，以溯大江。”后来一般指小船，如游舫、画舫。姜夔《凄凉犯》词：“追念西湖上，小舫携歌，晚花行乐。”缭墙，围墙。班固《西都赋》：“林麓薮泽陂池，连乎蜀汉，缭以周墙，四百馀里。”杜牧《华清宫三十韵》：“绣岭明珠殿，层峦下缭墙。”芰荷，荷花的一种。嘉泰《会稽志》卷十七：“芰荷，无藕，卷荷也。与华偶生，出乎水上，亭亭如伞。山阴荷最盛，出偏门至三山多白莲，出三江门至梅山多红莲，夏夜香风，率一二十里不绝，非尘境也。”首二句写自己与会稽州守程公辟乘坐着挂有珠帘的精美游舫，驶出了围墙，来到了鉴湖，只觉天风习习，满湖面上都是荷花的香味。

水光入座杯盘莹，花气侵人笑语香——莹，明亮。《晋书·乐广传》：“此人之水镜，见之莹然。”这二句写游船上宴会的情景：由于湖面水光的照射，坐席上的杯盘都闪耀着明亮的光芒；满湖的荷花香味袭来，仿佛人们的笑语中都充满了香气。

翡翠侧身窥渌酒，蜻蜓偷眼避红妆——翡翠，鸟名。常见的为蓝翡翠鸟，体长约30厘米，喜栖息于开旷平原或山麓多树的溪旁。渌酒，清酒。红妆，指歌女。这二句写得极形象生动，是历代传诵的名句。言翡翠鸟也被美酒所陶醉，侧身窥视着绿色的清酒；蜻蜓也被美女所吸引，偷偷看着歌女美丽的红妆。

葡萄力缓单衣怯，始信湖中五月凉———葡萄，葡萄酒。缓，慢。末二句言：葡萄酒的酒力的确缓慢，身着单衣难以抵御鉴湖的寒气，至此才开始相信杜甫《壮游》诗中所说的“镜湖五月凉”。

新评

“翡翠侧身窥渌酒，蜻蜓偷眼避红妆”化自杜甫《风雨看舟前落花戏为新句》诗：“蜜蜂蝴蝶生情性，偷眼蜻蜓避伯劳。”而比杜诗形象更为新奇有韵味。魏庆之《诗人玉屑》卷十八引《雪浪斋日记》：“少游诗甚丽。如：翡翠侧身窥渌酒，蜻蜓偷眼避红妆。又：海棠花发麝香眠。又：青虫相对吐秋丝。”所言极对。

“花气侵人笑语香”，真是神思、神来之笔，连笑语也有了香味。前人说秦观为诗为词多有奇思妙语，此话不虚。

## 荷　花

题解

元丰二年(1079)六月，秦观赴会稽看望祖父承议公，得以结识州守程公辟，与之游鉴湖，访兰亭，谒大禹庙，留下不少诗篇。此诗中的“遥岑”、“荷花”皆会稽景色，“缅怀平生人”、“天涯有归云”，皆思归之辞，与同时在会稽所作诗取景、抒意大体相同，所以此诗可看作是这一时期的作品。诗中以美人拟荷花，感慨自己与荷花一样，有迟暮不遇之恨，也是早期的代表作之一。

方塘收雨脚，落日半遥岑。芙蕖净娟娟，丽服抚翠衾。
无言意自远，欲渡秋水深。缅怀平生人，对此讵可寻？
弄芳惜畹晚，酒至谁与斟？天涯有归云，聊寄相思心。
心开获清赏，芙蕖一何绮！美人艳新妆，敛袂照秋水。

端如荡子妻，顾自良家子。黄金选燕赵，摇落对江沚。
薄暮风雨来，独立泪如洗。望君君讵知，倾宫定谁似？

新解

方塘收雨脚，落日半遥岑——方塘，一方之水塘。此处指鉴湖。据《会稽志》载：东汉时马臻在会稽筑塘立湖，周三百十里。雨脚，下雨时雨丝与地面形成的线状连接片。遥岑，远方的山峰。首二句言雨后情状，鉴湖的水塘上面失去了雨线，夕阳在远方的山峰上只露出半个脸，一片彤红。

芙蕖净娟娟，丽服抚翠衾——芙蕖，荷花。《诗经·郑风·山有扶苏》："隰有荷华。"郑玄笺："未开曰菡萏，已发曰芙蕖。"曹植《洛神赋》："迫而察之，灼若芙蕖出渌波。"净娟娟，洁美貌。杜甫《狂夫》诗："风含翠篠娟娟净，雨裛红蕖冉冉香。"前句写雨后荷花洁美异常。后句写满湖荷花有如美人身着丽服，在湖面上翩翩而过，飘荡的衣裙仿佛在抚摸着荷叶翠绿的脸面，美人即荷花，荷花即美人，二者相映成趣。

无言意自远，欲渡秋水深——这二句是写自己：面对着丽色美景，竟拂不去心头的愁绪，默默无言，心中的深意是别人难以理解的。有什么愁绪呢？"欲渡秋水深"做了回答。也许是"所谓伊人，在水一方"，自己渡不过去？也许是"坐观垂钓者，徒有羡鱼情"，无人援引的惆怅还依然在？也许两者都有？只有天知道！

缅怀平生人，对此讵可寻——讵，岂。李白《行路难》诗："华亭鹤唳讵可闻。"平生人，据《苕溪渔隐丛话》卷三十三引《艺苑雌黄》云："程公辟守会稽，少游客焉，馆之蓬莱阁。一日，席上有所悦，自尔眷眷不能忘怀，因赋长短句，所谓'多少蓬莱旧事，空回首，烟霭纷纷'是也。"此处的"平生人"可能就是指"席上有所悦"者。自己想念那个眷眷不能忘怀的人，面对着此情此景难道可以寻得到吗？

弄芳惜晼晚，酒至谁与斟——晼晚，迟暮，将暮。宋玉《九辩》："白日晼晚其将入兮，明月销铄而减毁。"这二句言：自己抚弄着花叶，叹惜其已接近迟暮，由此而想到人，那个"平生人"不来，酒至时谁给自己斟酒泥？

天涯有归云，聊寄相思心——自己即将回归故乡了，从此天各一方，有如天涯之别，往后只能略寄相思之情以自慰了。

心开获清赏，芙蕖一何绮——这二句陡然一转，言自己还是忘掉忧愁，开心一点，顿觉满目是清丽的景色，荷花开得多么美丽呀！

美人艳新妆，敛袂照秋水——美人，指荷花，以荷花拟美人。王昌龄《采莲曲》："荷叶罗裙一色裁，芙蓉向脸两边开。"李白《越女词》："笑入荷花去，佯羞不出来。"这二句说荷花犹如美人一般，穿着新艳的衣服，收起衣袖，在秋水上面映照着自己的花容。

端如荡子妻，顾自良家子——荡子妻，游荡少年之妻。《古诗十九首》："盈盈楼上女，皎皎当窗牖。娥娥红粉妆，纤纤出素手。昔为倡家女，今为荡子妇。"良家子，清白人家女子。《史记·外戚世家》："吕太后时，窦姬以良家子入宫侍太后。"薛道衡《昭君辞》："我本良家子，充选入椒庭。"此二句以"荡子妻"和"良家子"喻荷花端庄贞洁。

黄金选燕赵，摇落对江沚——前句典出战国时燕昭王从郭隗之说，筑高台于易水附近，置黄金其上，以招致天下贤士。此处谓以重金选取美女。《古诗十九首》："燕赵多佳人，美者颜如玉。"摇落，指秋之将尽，宋玉《九辩》："悲哉秋之为气也，萧瑟兮，草木摇落而变衰。"江沚，江中小洲。这二句言：即使重金选取的美女，有如燕赵佳人般花容玉貌，也会在秋风萧瑟中摇落变衰，面对江中小洲而枉自哀叹。这是以美人拟荷花，也是以荷花喻美人。

薄暮风雨来，独立泪如洗——薄，迫，接近。到黄昏时分，风雨一起袭来，荷花有如美人一般，独立风雨中，以泪洗面。

望君君讵知，倾宫定谁似——君，指荷花。我脉脉含情地凝望着你，你岂知我的心思；全宫的美人都难以与你的靓丽相比！

新评

这首诗把荷花比拟为美人，处处以美人的姿色、遭遇来写荷花，二者有时融为一体，美人即荷花，荷花即美人，分不清是在写花还是在写人，显示出作者超凡的艺术表现力。"芙蕖净娟娟，丽服抚翠衾"、"美人艳新妆，敛袂照秋水"，都是极美丽的艺术形象，取景十分新奇。

意致淡远，以美人拟荷花，以荷花喻自己；见花而思人，见花而思己；多种情绪浑为一体，读之有扑朔迷离之感，正反映出作者此时复杂的心态。

## 赏酴醾有感

题解

酴醾，蔷薇科，初夏开花，观赏性植物。苏轼《酴醾花菩萨泉》诗："酴醾不争春，寂寞开最晚。"秦观此诗借赏花思人，为表达闲情之作，当属早期作品。

春来百物不入眼，唯见此花堪断肠。
借问断肠缘底事，罗衣曾似此花香。

新解

春来百物不入眼——写整个春天没有情绪，打不起精神，看什么都不顺眼。百物，包括春花、春鸟、春色、春景等，这么美好的事物都引不起他的兴趣，可见他的心绪坏到了极点。

唯见此花堪断肠——这句诗更把坏心情推到了一个极致，"此花"不仅仅是"不入眼"，而是"堪断肠"了，让人悲痛之极。刘希夷《公子行》诗："可怜杨柳伤心树，可怜桃李断肠花。"刘诗见桃李而断肠，秦诗以酴醾为惹人伤感之花。

借问断肠缘底事，罗衣曾似此花香——这两句是自问自答。请问什么事让你悲痛之极呢？是因为见花思人，我心爱的那个人，她身上的香味曾与酴醾的香味相同。而今天香味依然，却见不到人了。张舜民《酴醾》诗："晚风亦自知人意，时去时来管送香。"与秦观此诗韵味相同。罗衣是以物指人，代指女性。

新评

这首小诗在写作上层层推进，先言"百物不入眼"，再言"此花堪断肠"，最后才揭明谜底，之所以"不入眼"，之所以"堪断肠"，是因为想念那个"罗衣"。以香味思人，也是此诗的一个特点。别人的诗都是以物思人，如"去年今日此门中，人面桃花相映红。人面不知何处去，桃花依旧笑春风。"见桃花而思人。秦观此诗却是嗅到了相同的香味，味觉引起感觉，真是构思奇妙。

## 和黄法曹忆建溪梅花

题解

秦观《与黄鲁直简》云："《八音歌》、《次韵斗野亭》、《次韵黄子理忆梅花诗》，凡四首，亦随以呈。"简作于元丰三年冬，可知此诗亦作于元丰三年。黄子理，福建浦城人，时为海陵(今江苏泰州)司法参军。法曹，唐宋时的地方司法机关。《新唐书·百官志》："法曹，司法参军事，掌鞫狱丽法，督盗贼，知赃贿没入。"建溪，在闽北，为闽江上游。此诗为和韵诗，写人对梅花的爱惜和梅花对人的回报，情辞并茂。在同类和韵诗中被苏轼誉为"只有此诗君压倒"。

海陵参军不枯槁，醉忆梅花愁绝倒。
为怜一枝傍寒溪，花水多情自相恼。
清泪斑斑知有恨，恨春相逢苦不早。
甘心结子待君来，洗雨梳风为谁好？

谁云广平心似铁，不惜珠玑与挥扫。
月没参横画角哀，暗香销尽令人老。
天分四时不相贷，孤芳转盼同衰草。
要须健步远移归，乱插繁华向晴昊。

新解

海陵参军不枯槁，醉忆梅花愁绝倒——海陵参军，指黄子理。海陵，郡名，北宋时属淮南东路泰州。黄子理时任海陵参军，与高邮相邻，故与秦观常往来。枯槁，瘦瘠。《楚辞·渔父》："颜色憔悴，形容枯槁。"这二句说：海陵参军黄子理一点也没有憔悴的样了，但醉后写诗回忆起故乡建溪的梅花，那诗里渗透的愁情，可以让人伤心病倒。

为怜一枝傍寒溪，花水多情自相恼——怜，爱惜。白居易《白牡丹》诗："怜此皓然质，无人自芳馨。"这二句写黄子理非常爱惜那些开放在寒冷溪水边的梅花，那些花，那些水，都会引起他的多情，引起他的烦恼。

清泪斑斑知有恨，恨春相逢苦不早——这里的"清泪"，指的是梅花上的露珠。此二句意为：从梅花上的斑斑泪珠上可以知道她也有恨，她恨到了春天才和黄子理相逢，苦恼为什么不早点遇上黄子理这样的惜花之人呢？

甘心结子待君来，洗雨梳风为谁好——这二句写梅花对黄子理的报答：我心甘情愿每天在风雨中洗梳花容，即使一直到绿叶成荫子满枝，我也要等待您的到来，以拟人化的手法写梅花。

谁云广平心似铁，不惜珠玑与挥扫——广平，宋璟。唐邢州南和人，睿宗、玄宗时均为相，开元八年封广平郡公。工文辞，尝作《梅花赋》。皮日休诵后叹曰："余疑宋广平铁肠石心，然观此赋清便富艳，殊不类其为人也。"珠玑，喻诗文之美。这二句以宋璟比黄子理，宋璟为相贞姿劲质，刚态毅状，不解吐婉媚辞，人疑其铁肠石心，乃作《梅花赋》，清艳之辞充满柔情；黄子理也如此，平日在法曹司法，面目冷峻，写起梅花诗来，真是字字珠玑，挥洒自如。

月没参横画角哀，暗香销尽令人老——月没参横，典出柳宗元所撰《龙城绿》："隋开皇中，赵师雄游罗浮。一日，天寒日暮，于松林间酒肆旁舍见美人，淡妆素服出迎。时已昏黑，残雪未消，月色微明。师雄与语，言极清丽，芳香袭人。因与之叩酒家门共饮。少顷一绿衣童来，笑歌戏舞。师雄醉寝，但觉风寒相袭。久之，东方已白，起视，乃在大梅花树下。上有翠羽啾嘈，相顾月落参横，但惆怅而已。"画角，古管乐器。出自西羌，以竹木或皮革制成，因外加彩绘，故名。发声哀厉亮亢。这二句谓月没参星横斜，天色将明，闻画角声而令人悲哀，因为梅花已落尽，暗香已销尽，催人愁老。

天分四时不相贷，孤芳转盼同衰草——贷，变易。转盼，转眼间。这二句意为：老天爷把一年分为四季，这四时节令是无法变易的，刚刚盛开的鲜花，转眼间就会如同衰草一样凋落。

要须健步远移归，乱插繁华向晴昊——晴昊，晴空。此二句用杜甫《苏端薛复筵简薛华醉歌》："安得健步移远梅，乱插繁花向晴昊。"

新评

对秦观此诗，前人多有评述，有褒之者，也有贬之者。如释惠洪《石门文字禅》卷二十七言："少游此诗，荆公自书于纨扇，盖其胜妙之极，收拾春色于语言中而已。及东坡和之，如语中出春色。"明段斐君本《淮海集》徐渭眉批："允称清新流利。末句用杜，妙当！"再如《王直方诗话》："此诗初无妙处，不知坡所爱者何语，和者数四。"平心而论，在此处言及的咏梅诗中，秦观诗与林逋《山园小梅》中的"疏影横斜水清浅，暗香浮动月黄昏"以及苏轼和诗中的"江头千树春欲暗，竹外一枝斜更好"，其意境是有差距的。但秦观此诗也有它的妙处，诗中以花拟人，以人拟花，人爱惜花，花报答人，二者融为一体，分不清是写花还是写人，可谓情景交融。尤其"甘心结子待君来，洗雨梳风为谁好"二句，把梅花的痴情拟写得真实感人。唐杜牧曾有《叹花》诗："自恨寻芳到已迟，往年曾见未开时。如今风摆花狼藉，绿叶成荫子满枝。"秦诗反其意而用之，故气格高于杜诗。

附苏轼和秦观诗："西湖处士骨应槁，只有此诗君压倒。东坡先生心已灰，为爱君诗被花恼。多情立马待黄昏，残雪消迟月出早。江头千树春欲暗，竹外一枝斜更好。孤山山下醉眠处，点缀裙腰纷不扫。万里春随逐客来，十年花送佳人老。去年花开我已病，今年对花还草草。不知风雨卷春归，收拾异香还界昊。"

## 纪梦答刘全美

题解

此诗作于元丰七年(1084)。刘全美，名发，遂州(今四川遂宁)人。元丰八年与秦观为同榜进士，元祐中为华亭主簿。王文诰《苏诗合注》于元丰七年载有苏轼诗，题曰："秦少游梦发殡而葬之者，云是刘发之柩，是岁发首荐。秦以诗贺之，刘泾亦作，因次其韵。"此诗记载了一次梦中情景，在祝贺好友被人荐举的同时也暗示着自己的志向。

岁逢困敦斗申指，辰次庚辰漏传子。
梦出城闉登古原，草木萦天带流水。

千夫荷锸开久殡，前有一人状环伟。
素冠长跪烝酒肴，云是刘郎字全美。
马鸣车响断还续，人境晦明秋色里。
既寤茫然失所遭，河转星翻汗如洗。
世传梦凶常得吉，神物戏人良有旨。
全美声名海县闻，闭久当开乃其理。
娟娟二十四桥月，月下吹箫聊尔耳。
洗眼看君先一鸣，九万扶摇从此始。

新解

岁逢困敦斗申指，辰次庚辰漏传子——困敦，古代历法纪年十二地支中“子”的别称。斗，北斗。斗申指，斗柄指向申位，即夏历七月。“岁逢困敦斗申指”意为：元丰七年(甲子年)七月。辰，十二地支的通称，即时辰。庚辰，庚辰日。漏传子，漏声滴到子夜。这二句谓入梦时间在元丰七年七月庚辰日子夜。

梦出城闉登古原，草木蒙天带流水——闉，《说文解字》注：“闉是门外之城，即今之门外曲城是也。”这二句言梦的开始，自己出了城门，登上了古老的荒原，只见草木与流水连绕在一起，迷迷茫茫，直达天边。

千夫荷锸开久殡，前有一人状环伟——锸，即锹，插地起土的工具。《晋书·刘伶传》：“常乘鹿车，携一壶酒，使人荷锸而随之，谓曰：死便埋我。其遗形骸如此。”殡，殓而未葬。《论语·乡党》：“朋友死，无所归，曰：于我殡。”这二句言：自己梦见许多人拿着铁锹开启殡放了长时间的棺木，其中有一人身形长得很魁伟。

素冠长跪烝酒肴，云是刘郎字全美——烝，进。这二句意思是：那个身材魁伟的人戴着白帽，正长时间地跪着在进献酒食，听说祭奠的死者姓刘名全美。

马鸣车响断还续，人境晦明秋色里——这还是梦中的情景：办完丧事，送殡的马车声断断续续地响动着，再回看场面，人流在似明似暗的秋色里蠕动着。

既寤茫然失所遭，河转星翻汗如洗——寤，醒来。河转，天河移动。醒来后回想梦境，一片茫然，梦中所见全部消失；只见天上的银河已移动了位置，天快亮了，自己也被梦境惊出一身冷汗。

世传梦凶常得吉，神物戏人良有旨——这二句语出《晋书·殷浩传》：“或问浩曰：将莅官而梦棺，将得财而梦粪，何也？浩曰：官本臭腐，故将得官而梦尸；钱本粪土，故将得钱而梦秽，时人以为名言。”旨，意指。这二句言：人们传说梦见凶事常常能得到吉事，看来上天调笑人也是有所意指啊！

全美声名海县闻，闭久当开乃其理——刘全美的声名早已传闻全国各地，他长期不走运，这次能因梦得福也是理所当然。

娟娟二十四桥月，月下吹箫聊尔耳——《扬州画舫录》："二十四桥，一名红叶桥，即吴家砖桥，古有二十四美人吹箫于此，故名。"杜牧《寄扬州韩绰判官》诗："二十四桥明月夜，玉人何处教吹箫？"这二句是借传说故事来祝贺刘全美：二十四桥边的明月非常静美，明月下仙女们正吹箫为你庆贺。

洗眼看君先一鸣，九万扶摇从此始——洗眼看，细看。章孝标《及第后寄广陵故人》诗："马头渐入扬州郭，为报时人洗眼看。"一鸣，《史记·滑稽列传》："此鸟不飞则已，一飞冲天。不鸣则已，一鸣惊人。"九万扶摇，《庄子·逍遥游》："鹏之徙于南冥也，水击三千里，抟扶摇而上者九万里。"李白《上李邕诗》："大鹏一日同风起，扶摇直上九万里。"这二句言从此后当对刘全美刮目相看，他将一鸣惊人，有所作为。

新评

清秦元庆本《淮海集》眉批："梦回景色如画。"此诗是一首纪梦诗，这类诗在古代很多，但大多借梦言事，借梦言志，有所意指，并非一味专记虚幻之境。秦观此诗也一样，梦中所记发生在元丰七年，元丰八年他要与刘全美一起应举，所以诗中也有自己的志向在内。全诗写梦境形象逼真，读者读之如在梦中游，抒情笔势开放，读者读后为之一振。

## 霅上感怀

题解

霅即霅溪，在今浙江湖州市。明成化《湖州府图志》："琏溪，即安定门内江子汇是也。其源从南来者曰馀不溪，曰前溪，曰北流水，三水会于岘山漾而入安定门。从西来者曰苕溪，自清源门而入。四水总聚江子汇，霅然有声，故谓霅溪。"诗中言"七年三过白蘋洲"，初过时为熙宁四年(1071)，孙莘老守吴兴；二过时为熙宁七年至九年(1074——1076)，李公择守吴兴；三过时为元丰二年(1079)，中秋时在会稽省亲，听说苏轼因诗入狱，渡钱塘北上湖州看望。故知此诗作于元丰二年秋，抒发他孤苦无依的愁怀。

七年三过白蘋洲，长与诸豪载酒游。
旧事欲寻无处问，雨荷风蓼不胜秋。

新解

七年三过白蘋洲——白蘋洲，据《湖州府图志》卷六："白蘋洲，在霅溪东南，梁太守柳恽《江南曲》：汀洲采白蘋，日暮江南春。后人因以名洲。”这句是对自己自熙宁四年(1071)至元丰二年(1079)三次到白蘋洲游历的一个总结。前两次是乘兴而来，看望吴兴州守孙莘老和李公择。而这次则是探望因乌台诗案而入狱的苏轼，因此心情是很沉重的。

长与诸豪载酒游———诸豪，指孙莘老、李公择、苏轼、参寥等人，秦观曾与他们一起宴游，对景吟诗。

旧事欲寻无处问，雨荷风蓼不胜秋——吴兴多荷花，苏轼《泛舟城南》诗云：“绕郭荷花一千顷。”蓼，草本植物，花淡红色或白色。不胜，经不起。苏轼《水调歌头词：“我欲乘风归去，又恐琼楼玉宇，高处不胜寒。”这二句言：我想寻找昔日与诗友们“载酒游”的“旧事”，可是到哪里去问呢？只剩下我孤独一人，看着那雨中的荷花，风中的蓼花，真让人忍受不了这孤凄的秋色啊！

**新评**

诗里充满了沧桑之感和隔世之感，七年的悲与乐，浓缩于四句诗之中，万语千言尽在“雨荷风蓼”四字内。所以说，结句把欲问无处问的旧事，把欲抒无法抒的新愁一语打住，用“不胜秋”三字概括进去，读者能够从中体味到人生的酸甜苦辣以及作者的无限忧伤。

## 春日杂兴

**题解**

宋人吴曾《能改斋漫录》卷十一《记诗》云：“李尚书公择初见秦少游上正献公投卷诗云：雨砌堕危芳，风轩纳飞絮。再三称赏云：谢家兄弟得意诗，只如此也。”正献公即吕公著，元丰七年(1084)春正月，吕公著自定州徙扬州。秦观屡试不第，故投卷以干谒。此诗当作于此时。此诗是秦观《春日杂兴十首》组诗中的第一首，前半部分描写了春末夏初时的景色，后半部分抒发了自己落第不遇的惆怅心情。其中“雨砌堕危芳，风轩纳飞絮”是传诵千古的名句。

飘忽星气徂，青阳迫迟暮。鸣飞各有适，赤白纷无数。
雨砌堕危芳，风轩纳飞絮。褰帏香雾横，岸帻云峰度。
林影舞窗扉，池光染衣屦。参差花鸟期，蹭蹬琴觞趣。
抚事动幽寻，感时遗远慕。秣马膏余车，行行不周路。

新解

飘忽星气徂，青阳迫迟暮——徂，过去，逝。韦孟《讽谏》诗："岁月其徂。"青阳，春天。《尔雅·释天》："春为青阳。"孟浩然《岁暮归南山》诗："白发催年老，青阳逼岁除。"首二句言岁月如飞，飘忽之间星光就逝去了，春天也将度尽，接近迟暮。

鸣飞各有适，赤白纷无数——赤白，形容花开情景。元稹《法曲》诗："赤白桃李取花名，霓裳羽衣号天落。"这二句写春末夏初时鸟语花香的情景：各种鸟儿鸣叫着飞舞着，向各自的方向逝去；红色白色及各色的花片纷纷飘落，无边无数。

雨砌堕危芳，风轩纳飞絮——砌，台阶。李煜《虞美人》词："雕栏玉砌应犹在，只是朱颜改。"危芳，落花。江淹《恨赋》："孤臣危涕。"危涕犹言落泪。黄庭坚《次韵师厚雨中昼寝忆江南饼曲酒》诗："雨砌无车马，风帘洒静便。"这二句诗历来受人们称赏，意为：雨中落花纷纷，铺满了石头台阶；风中柳絮飞扬，飘入窗轩之内。

褰帏香雾横，岸帻云峰度——褰，揭起。《诗经·郑风·褰裳》："子惠思我，褰裳涉溱溱。"白居易《新昌新居书事》诗："帘每当山卷，帷多待月褰。"帏，同帷，帐幕，帐子。《古诗十九首》："明月何皎皎，照我罗床帏。"岸帻，帻，头巾，本覆在额上，把帻掀起露出前额叫岸帻。表示态度洒脱，不拘束。孔融《与韦端书》："不得复与足下岸帻广坐，举杯相于，以为邑邑。"此二句言：揭起帐幕，香气袭人，原来是花香味充满了室内；人也潇洒了许多，揭起头巾，仿佛立起一座高峰一般。

林影舞窗扉，池光染衣屦——屦，麻葛制成的单底鞋。《诗经·魏风·葛屦》："纠纠葛屦。"这二句意为：打开窗户，就可看见树林中鸟儿飞舞，花儿飘落；走在池水边，水中的雾气也沾染在衣服上、鞋子上。

参差花鸟期，蹭蹬琴觞趣——参差，差池，犹言错过。白居易《禽虫》诗："疑有凤凰颁鸟历，一时一日不参差。"花鸟期，春日。蹭蹬，失势、失意。韩愈《南山》诗："攀援脱手足，蹭蹬抵积甃。"琴觞趣，谓琴酒之趣。《晋书·陶潜传》："性不解音，而蓄素琴一张，弦徽不具，每朋酒之会，则抚而和之曰：但识琴中趣，何劳弦上声。"这二句是写情：有人错过了赏春的大好时光，错过了花香鸟语之期，感到很失意，很惆怅，就把这种情绪寄寓在琴酒之中，借琴酒消愁。这是喻自己科举不得意，屡试不第后的失意心情。

抚事动幽寻，感时遗远慕——抚事，感慨时事。此处指自己落第事。幽寻，寻幽，探寻幽深的境地。李商隐《闲游》诗："寻幽殊未得，得句总堪夸。"这二句言：自己感慨时事，顾影自怜，动起了探寻幽境的念头，但却遗忘了早就敬慕的高人。此处"远慕"指吕公著，言自己对吕公著早就有敬慕之意。

秣马膏余车，行行不周路——秣马，喂饱马匹。《左传·文公七年》："训卒利兵，秣马蓐食。"膏余车，谓给自己的车辆抹油。不周，传说中的山名，在昆仑山西北。

《山海经·大荒西经》:“西北海之外,大荒之隅,有山而不合,名曰不周。”屈原《离骚》诗:“路不周以左转兮,指西海以为期。”这二句言:自己还要加倍努力,就像喂饱马、抹足油往前赶路一样,刻苦读书,为以后应试做好准备。

新评

秦观曾在元丰元年(1078)、元丰五年(1082)两次应试落第,心情十分沮丧。元丰七年(1084),他准备第三次应试,经人介绍认识了北宋大臣吕公著,希望能够得到吕的推荐。诗里所言“远慕”,即指对吕的敬慕之情。全诗从暮春景色写起,一步步言明自己是“参差花鸟期”之人,是失意之人,希望能够得到“远慕”之人吕公著的提携。这与唐代孟浩然《临洞庭湖赠张丞相》诗的写法是一样的,先写洞庭湖的壮观:“八月湖水平,涵虚混太清。气蒸云梦泽,波撼岳阳城。”再写自己希望在政治上得到当朝宰相张九龄援引的心情:“欲济无舟楫,端居耻圣明。坐观垂钓者,徒有羡鱼情。”

同孟浩然诗一样,后代读者早就忘掉了这两首诗的干谒功能,而记住的是意高千古的名句“气蒸云梦泽,波撼岳阳城”和“雨砌堕危芳,风轩纳飞絮”。关于秦诗中的这两句,前代诗评家多给了很高的评价。如《苕溪渔隐丛话》后集卷二说:“古今诗人以诗名世者,或只一句,或只一联。虽其馀别有好诗,不专在此。然播传于后世、脍炙人口者,终不出此矣,岂在多哉!秦少游有‘雨砌堕危芳,风轩纳飞絮’,以一联名世。”胡应麟《诗薮》谓此二句“宋人一代所无”,王士禛《带经堂诗话》谓此二句是“六朝佳句”等等。可见这二句诗的确形象地写出了春末落英缤纷、飞絮满天的景象,有着妙不可言的意境。但任何佳句都产生于完整的作品中,都产生于作者特定的写作情绪中。这首诗也一样,“雨砌堕危芳,风轩纳飞絮”,与“褰帏香雾横,岸帻云峰度”、“林影舞窗扉,池光染衣屦”,组成一幅完整的春末景色图,为后面的抒情做好了张目或铺垫。

## 宿金山

题解

据秦瀛《淮海先生年谱》云:元丰七年(1084)“冬十月,先生与苏公会于金山”。是年苏轼自黄州移汝州,五月与参寥同游庐山,十月与秦观同游金山,并各赋诗多首。由此可知此诗作于元丰七年十月游金山时。金山,在今江苏镇江市西北。宋代卢宪《嘉定镇江志》卷六:“金山在江中,去城七里。唐时有头陀挂锡于此,忽一日于江际获金数镒,寻以表闻,赐名金山。”此诗描写了金山的壮观景象,抒发了世事如梦的人生感叹,从中可以看到秦观这一时期的思想状况。

山南山北江水流，半空金碧随云浮。
我来仍值风日好，十月未寒如晚秋。
山僧引客寻苍翠，历尽参差到平地。
万里风来拂骨清，却忆人间如梦寐。
夜深无风月入扉，相对老人如槁枝。
流水与天争入海，共笑此心谁得知？
下山却向中泠望，番忆当时在屏障。
老母思儿且欲归，回首云峰已天上。

新解

山南山北江水流，半空金碧随云浮——首二句言金山周围的山川形势：金山在长江中，长江水从山两边汹涌而过，故云“山南山北江水流”。金山寺依山而建，金碧辉煌，高耸如在云雾之中，故云“半空金碧随云浮”。

我来仍值风日好，十月未寒如晚秋——这二句点明游金山的时间，虽是初冬十月，但气温“未寒如晚秋”，所以说“仍值风日好”。

山僧引客寻苍翠，历尽参差到平地——苍翠，高山翠绿之处，此言金山寺所在位置。参差，言山路高低不平。金山寺的僧人引导着我们沿山路往山峰翠绿处爬去，历尽高低不平的路程才艰难地爬到了山峰平顶，金山寺就构筑在这里。

万里风来拂骨清，却忆人间如梦寐——清，凉。这二句写站在峰顶的感觉：凉风无遮无挡地迎面扑来，仿佛从万里之外送来的一样，让人觉得骨头都被吹凉了。站在这里，人世间的一切喧嚣烦恼都被吹得一干二净，所以说回忆世间事，就像在做梦一样。

夜深无风月入扉，相对老人如槁枝——扉，门扇。老人，指金山寺住持宝觉长老。夜深了，自己还无法入睡，只觉金山寺风静月朗，月光从门外斜射进来。与宝觉大师已相谈甚久了，他坐在灯下，骨瘦如柴，如同槁枝枯树一般。

流水与天争入海，共笑此心谁得知——这二句写第二天早晨站在金山寺顶往下望看到的景象：长江水浩浩渺渺向东流去，渐流渐远，与天色浑为一体，慢慢融入大海。我们站在山顶开怀大笑，此时的心情有谁能够理解呢？

下山却向中泠望，番忆当时在屏障——中泠，泉名。周必大《二老堂杂志》：金山“最高处曰金鳌峰、妙高峰。有江天寺、中泠泉、朝阳洞、金玉岩、云根岛诸胜，楼阁壮丽，草木葱郁，为江南有名胜地”。屏障，指障蔽或捍卫之物。《诗经·大雅·板》：“大邦维屏。”这二句写下山后回望金山寺的感觉：站在山下举目向金山最高处的中泠泉望去，金山就如同一座巨大的屏障一样屹立于大江中，反而觉得昨夜今晨就生活在屏障之中。

老母思儿且欲归，回首云峰已天上——云峰，指金山上金鳌峰、妙高峰。末二句言老母年高，一定思念着云游的儿子，自己还是回去吧！坐在归舟上回望渐渐远去的金山高峰，如同在云雾中一样，真是天上人间。

新评

此诗有两个好处值得点评。一是从不同的角度、不同的时间写对金山的感觉。“半空金碧随云浮”、“山僧引客寻苍翠”、“下山却向中泠望”、“回首云峰已天上”，是写从下往上望的情景；“万里风来拂骨清”、“流水与天争入海”，是写从上往下看的情景。“夜深无风月入扉”，是金山夜色；其馀描写则是白日景象。从白天写到黑夜，再从黑夜写到白天；从山下写到山上，再从山上写到山下。有时间层次，也有空间层次。时间不同，角度不同，自然对金山的感觉也就不同。正如苏轼诗所言：“横看成岭侧成峰，远近高低各不同。不识庐山真面目，只缘身在此山中。”二是对心理描写的细致入微，通过心理的细微变化反映出人对大自然界的复杂感情。站在山顶上，“却忆人间如梦寐”；走到山下面，“番忆当时在屏障”。这种在不同时段、不同位置、不同环境中产生的由此及彼、由彼及此的心理感受和心理变化，反映了诗人对人生、对自然界微妙易感的心理特质。由此也能让读者体验到环境改变人，改变人的心态，改变人的心境。

## 金山晚眺

题解

此诗作于元丰七年(1084)十月上旬与苏轼同游金山时。诗人站在金山西津口，于暮色中眺望金山周围的景色，只觉水天茫茫，渔灯点点，一派朦胧气象。于是怅然命笔，写下了这首意象迷离的朦胧诗。

西津江口月初弦，水气昏昏上接天。
清渚白沙茫不辨，只应灯火是渔船。

新解

西津江口月初弦——西津，润州(今江苏镇江市)西面之渡口。江淹《杂体陆平原羁宦》诗：“流念辞南澨，衔怨别西津。”月初弦，阴历每月初七、初八，月亮缺上半，叫上弦；二十二、二十三，月亮缺下半，叫下弦。杜甫《月三首》诗：“万里瞿塘峡，春来六上弦。”月初弦即月上弦。这句说站在金山的西渡口岸，举头高望，只见新月如弦，悬挂天空。

水气昏昏上接天——水气，长江水面的云雾。昏昏，迷茫貌。这句言暮色笼罩下的长江水面，云雾迷茫，浩渺无际，与天色浑然一体，仿佛直通天际一般。

清渚白沙茫不辨——渚，水中的小块陆地。《尔雅·释水》："水中可居者曰洲，小洲曰渚。"《诗经·召南·江有汜》："江有渚。"这句言晴日下清晰可见的江中小洲和周围的白沙滩，现在被暮色云雾所笼罩，都分辨不出在哪里了。

只应灯火是渔船——末句写猜想。云雾茫茫，什么也看不清，只能隐隐约约看到江面上漂浮着点点灯火，那大概就是渔船吧。

新评

此诗描写金山夜色，意象朦胧，韵味悠长，在秦观诗中独具特色。取景很别致，首句是一弯新月高悬，为一亮色；末句是万点渔灯闪闪，又为一亮色；二、三句则是水汽昏昏、白雾茫茫，为一片暗景。亮色与暗色相搭配，高空与地面相错落，静景与动景相比照，组成了画面的丰富性和层次感，所以才有咫尺千里、熔天地于一炉的艺术效果。

## 赠女冠畅师

题解

女冠，即女道士。《桐江诗话》云："畅姓惟汝南有之。其族尤奉道，男女为黄冠者，十之八九。时有女冠畅道姑，姿色妍丽，神仙中人也。少游挑之不得，乃作诗云。"由此可知此诗作于元祐年间，秦观时在蔡州为教官。这首诗描写了畅道姑的美丽姿态，其对人物形象的刻画，栩栩如生。

瞳人剪水腰如束，一幅乌纱裹寒玉。
飘然自有姑射姿，回看粉黛皆尘俗。
雾阁云窗人莫窥，门前车马任东西。
礼罢晓坛春日静，落红满地乳鸦啼。

新解

瞳人剪水腰如束——瞳人，即瞳仁。视他人目，因其能映己，故称瞳人。李贺《唐儿歌》："骨重神寒天庙器，一双瞳人剪秋水。"腰如束，谓腰细如束素帛。宋玉《登徒子好色赋》："腰如束素，齿如含贝。"这句写畅道姑眼睛水灵，腰身秀美。

一幅乌纱裹寒玉——乌纱，黑色的纱巾。寒玉，玉质清凉，故称寒玉。此处以寒玉喻畅道姑肤色洁美，有如冰玉。僧贯休《题淮南惠照寺律师院》诗："仪冠凝寒玉，端居似沃州。"

飘然自有姑射姿，回看粉黛皆尘俗——姑射，山名。《庄子·逍遥游》："藐姑射之山，有神人居焉，肌肤若冰雪，绰约若处子。"后世用为神仙或美女之称。粉黛，搽脸的白粉和画眉的黛黑，妇女的化妆用品。此处借指美女。白居易《长恨歌》："回眸一笑百媚生，六宫粉黛无颜色。"这二句写畅道姑身姿轻盈飘逸，有如仙女，看了她以后，再看那些所谓的美女，都是尘世间的庸俗之物。

雾阁云窗人莫窥，门前车马任东西——雾阁云窗，比喻畅道姑居处高深，不与人接触。韩愈《华山女》诗："云窗雾阁事恍惚，重重翠幔深金屏。"这二句言畅道姑为人冷峻，深居简出，拒人于千里之外。虽然有那么多达官贵人慕名而来，想见她一面，她都回绝了，任凭门前车马来来往往。

礼罢晓坛春日静，落红满地乳鸦啼——礼罢晓坛，指道教之斋戒仪式，每天三次，早曰"清旦行道仪"；午曰"中分行道仪"；晚曰"落景行道仪"。乳鸦，雏鸦。这二句言畅道姑做完早晨的斋戒仪式后，正是春天将要结束之时，只见落花满地，四处静悄悄，偶尔传来几声雏鸦的啼叫，更显得环境幽雅。

新评

近人陈衍《宋诗精华录》卷二言此诗"末韵不著一字，而浓艳独至，《桐江诗话以此道姑为神仙中人，殆不虚也。"全诗描绘了一个美如天仙、冰若寒玉的冷美人形象，她虽然容貌出众，但绝不轻浮，而是洁身自爱，修身养性，更赢得了人们的尊重。末二句以"乳鸦啼"反衬"春日静"，正是用的"蝉噪林愈静，鸟鸣山更幽"的方法。

## 牵牛花

题解

《诗人玉屑》引《桐江诗话》云："少游汝南作教官日，郡将向宗回团练有登城诗，少游次韵两篇。又尝于程文通会间赋《牵牛花》。"由此知此诗作于元祐年间，秦观时在蔡州任教官。此诗以牵牛花喻女道士，写她们的音容姿态和缥缈轻举之美。从诗的内容看，与《赠女冠畅师》一样，也写的是畅道姑。

银汉初移漏欲残，步虚人倚玉栏干。
仙衣染得天边碧，乞与人间向晓看。

新解

银汉初移漏欲残——银汉，即银河。苏轼《阳关曲》："暮云收尽溢清寒，银汉无声转玉盘。"漏，即铜壶滴漏，古代计时器。漏欲残，谓漏滴快完了，天将亮了。这句写时间，在夏夜欲晓时，天上的银河已开始移动，人间的滴漏也快滴完了，正是破晓时分。

步虚人倚玉栏干——步虚人，谓道士。王建《赠王处士》诗："道士写将行气法，家童授与步虚词。"吴兢《乐府古题要解》卷下："步虚词，道观所唱，备言众仙缥缈轻举之美。"此句写女道士们像牵牛花一样美丽，斜依在玉栏干上。

仙衣染得天边碧——写女道士的衣服在晨雾中，如同仙衣一样缥缈轻举，仿佛在天空中飞舞一样，染得天空都成了碧青色。

乞与人间向晓看——这是写希望，我真想把仙衣讨来，等到天亮后细细地欣赏，看看仙衣究竟是什么样子。

新评

这首小诗写得海阔天空，虚无缥缈，给人一种飘飘欲仙之感。诗中的主人公是女道士，诗人把她比喻得像牵牛花一样美丽，她有如仙女，在天空飞翔。于是就有了天上的景物："银汉"、"天边碧"。但她分明又是人间美女，于是也有了人间景物："漏"、"玉栏干"。一会儿是仙，一会儿是人；一会儿是女道士，一会儿是牵牛花；一会儿在天上，一会儿在人间。想象奇丽，比喻新巧，是此诗的艺术特色所在。

## 春日五首

题解

诗中"幅巾投晓入西园"的西园，指金明池，宋时亦称西池，在汴京顺天门外。可见此五首诗乃元祐中作于汴京。诗中描写金屋琴书，散策林塘，颇有逸致；感受春花春雨，鸣禽游鱼，对春色作了细致入微的刻画。其中第二首为宋诗名篇，选家视为秦观代表之作。

### 其一

幅巾投晓入西园，春动林塘物物鲜。
却憩小庭才日出，海棠花发麝香眠。

## 其二

一夕轻雷落万丝，霁光浮瓦碧参差。
有情芍药含春泪，无力蔷薇卧晚枝。

## 其三

夹衣新著倦琴书，散策池塘返照初。
翠碧黄鹂相续去，荇丝深处见游鱼。

## 其四

春禽叶底引圆吭，临罢黄庭日正长。
满院柳花寒食后，旋钻新火爇炉香。

## 其五

金屋旧题烦乙子，蜜脾新采赖蜂臣。
蜻蜓蛱蝶无情思，随例颠忙过一春。

**新解**

幅巾投晓入西园——幅巾，古代男子用来束发的绢布，不著冠。《三国志·魏武帝纪》："汉末王公，多委王服，以幅巾为雅。"西园即金明池，宋时汴京名胜景地。孟元老《东京梦华录》卷七："三月一日，州西顺天门外，开金明池、琼林苑，每日教习车驾上池仪范，虽禁从士庶许纵赏。"这句言早晨打扮得很潇洒入时，来到西园赏春。

春动林塘物物鲜——这是对西园全景的概括总结。在春风的拂动下，林木池水，处处都显得生机勃勃。

却憩小庭才日出，海棠花发麝香眠——却，退。麝香，指麝，兽名。似鹿而小，无角，雄麝有香囊。雍陶《寄襄阳章孝标》诗："闻说小斋多野意，枳华阴里麝香眠。"杜甫《山寺》诗："麝香眠石竹，鹦鹉啄金桃。"这二句言：走累了，退到小庭上休息一会儿，这时才刚刚日出。只见海棠花盛开，麝兽还在那里打着瞌睡，尚未起来。

一夕轻雷落万丝——万丝，比喻雨丝。这句写耳中所闻，喻了一夜的雷声，但很轻，正是春雷的特点，空中洒下了无数雨丝。

霁光浮瓦碧参差———霁光，云层中透射出的阳光。这句写清晨醒来后眼中所见，阳光照在绿琉璃瓦上，反射回来，如同浮动一样。阳光下可见碧瓦房高低错落，参差不齐。

有情芍药含春泪，无力蔷薇卧晚枝——春泪，指雨后未干的水珠。这两句写一宵雷雨之后花草的姿态，芍药花仿佛有着情意，不愿春离去，含着泪珠；蔷薇枝却表现出消极的情态，无力地卧在地上，任凭晚春逝去。

夹衣新著倦琴书——夹衣，双层的衣服。新著，新做成，新穿上。这句言穿着新做成的夹衣，在春日有些困倦，懒得再弹琴看书。

散策池塘返照初——散策，策杖散步。这句言因春困而策杖散步在池塘周围，这时太阳才刚刚照到池面上，反射着光芒。

翠碧黄鹂相续去，荇丝深处见游鱼——翠碧，即百舌鸟。宋祁《益都方物记略》："百舌鸟，一云翠碧鸟，善效他禽语，凡数十种。出中蜀山谷间，毛彩翠碧，蜀人多蓄之。"荇丝，即荇菜，水藻之一种。《诗经·周南·关雎》："参差荇菜，左右流之。"这两句言自己在池水周围散步，翠碧鸟和黄鹂受惊而起，相继飞去，自己只得低头观赏在荇丝深处穿来穿去的游鱼。

春禽叶底引圆吭——圆吭，圆润的歌喉，指鸟鸣声。这句言在屋内听到传来的鸟鸣声，圆亮有力。

临罢黄庭日正长——临，临摹。黄庭，指晋代王羲之《黄庭经帖》，为著名的法帖。这句言临摹完王羲之的黄庭法帖，正是太阳当空，还是走出户外散步去。

满院柳花寒食后，旋钻新火爇炉香——柳花，柳絮。白居易《别杨柳枝》："谁能更学儿童戏，寻逐春风捉柳花。"寒食，节令名，清明前一天。钻，钻木取火。新火，唐宋习俗，清明前一天禁火寒食，次日再起火，称新火。爇，点燃。这两句写户外散步时所见情景：此时正是寒食节后，满院柳絮飞扬，家人忙着钻木取火，点燃火炉，院子里飘荡着木火的香气。

金屋旧题烦乙子——金屋旧题，指皇宫藏书中的旧籍。秦观于元祐六年至元祐八年在京师供职秘书省，校对黄本书籍，这句所言正是指此事。乙子，图书分类名称。《旧唐书·经籍志》："四部者，甲乙丙丁之次也。甲部为经，乙部为史，丙部为子，丁部为集。"这句言每天校对黄本书籍，令人有些厌烦。

蜜脾新采赖蜂臣——蜜脾，蜜蜂营造连片巢房，酿蜜其中，其形如脾，因称蜜脾。蜂臣，与蜂皇相对，指采蜜的工蜂。这句以工蜂自喻，言蜜蜂酿蜜的巢房依赖于辛勤劳作的工蜂，自己正如这工蜂一样，每天在书房里辛勤校对。

蜻蜓蛱蝶无情思，随例颠忙过一春——这二句言：细细想来，蜻蜓和蝴蝶与工蜂比起来，该是没有什么意思了，它们也跟着颠忙了一生，结果一事无成，不像工蜂那样留给人们甜蜜。这也是自喻自慰之语，言自己踏实工作，有所成就。

新评

这五首诗为一完整的组诗，是秦观于元祐年间在京师供职秘书省校对黄本书籍时所作。也并非同作于一朝或一夕，而是随时有感而发，信口吟出，随手拈来，同为春时所写，故曰“春日五首”。诗中描写了京都的春色春景，表现了他一时一地的情思，或有所闻，或有所见，或有所喻，都写得工丽奇巧，悦人耳目。

其中第二首，是历代诗评家争议最多的一首。最有代表性的是元好问《论诗绝句》所评：“有情芍药含春泪，无力蔷薇卧晚枝。拈出退之山石句，始知渠是女郎诗。”元好问此种观点，又见《中州集·拟栩先生王中立传》：“予尝从先生学，问作诗究竟如何。先生举秦少游春雨诗云：有情芍药含春泪，无力蔷薇卧晚枝。此诗非不工，若以退之‘芭蕉叶大栀子肥’之句较之，则春雨为妇人语矣。破却工夫，何至学妇人。”元好问此论一出，遭到许多后评者的反驳。如瞿佑《归田诗话》：“按昌黎诗云：山石荦确行径微，黄昏到寺蝙蝠飞。升堂坐阶新雨足，芭蕉叶大栀子肥。遗山固为此论。然诗亦相题而作，又不可拘以一律。如老杜云：香雾云鬟湿，清辉玉臂寒。俱飞蛱蝶元相逐，并蒂芙蓉本自双。亦可谓女郎诗耶？”薛雪《一瓢诗话》：“先生休讪女郎诗，山石拈来压晚枝。千古杜陵佳句在，云鬟玉臂也堪师。”袁枚《随园诗话》：“元遗山讥秦少游，此论大谬。芍药蔷薇，原近女郎，不近山石，二者不可相提而并论。诗题各有境界，各有宜称。杜少陵诗，光焰万丈，然香雾云鬟湿，清辉玉臂寒；韩退之诗，横空盘硬语，然银烛未销窗送曙，金钗半醉坐添春，又何尝不是女郎诗耶？”“近见毛西河与友札云：曾游泰山，见奇峰怪崿，拔地倚天；然山涧中杜鹃红艳，春兰幽香，未尝无偎条冶叶，动人春思。此泰山之所以为大也。大家之诗，何以异此？”于源《灯窗琐话》：“淮海风流句亦仙，遗山创论我嫌偏。铜琶铁绰关西汉，不及红牙唱酒边。”

这其实是关于诗风的一场争论。元好问喜壮语，认为秦观诗气弱，未必就是谬论。其他人认为诗应多种风格，语丽未必就不好，也是至论。秦观诗也有沉雄之作，但他写得最好的还是这些时女步春式的女郎诗；韩愈诗也有绮丽之语，但他的传世名作还是那些怪硬之篇。正如百花盛开，百鸟飞翔，雄鹰有雄鹰的雄姿，黄鹂有黄鹂的丽态，各得其美，不可因此废彼，扬此抑彼。

## 兴国浴室院独坐时儿子湛就试未出

题解

兴国浴室院，佛寺名，在宋代亦兼作应试者馆舍。孟元老《东京梦华录》卷三：“浴室院在第三条甜水巷。”元祐五年(1090)秋，秦观儿子秦湛在京都应秋试未出，秦观独坐兴国浴室院，等待儿子考试归来。闲坐无事，触景生情，随口吟咏此诗。

满城车马没深泥，院里安闲总不知。
儿辈未来钩箔坐，长春花上雨如丝。

新解

满城车马没深泥——写他来兴国浴室院路途上所看到的情景，秋雨绵绵，道路泥泞，所以整个京城的来往车马都陷没在深泥里。这句是对尘世环境的渲染。

院里安闲总不知——这句与上句形成对比，写浴室院环境幽雅，人员安闲，仿佛世外桃源一般，对尘世的喧嚣一点也不知道。

儿辈未来钩箔坐，长春花上雨如丝——钩箔，把帘子卷起来。箔，用苇子织成的窗帘门帘。参寥《和龙直夫秘校细雨三首》之二："晚来欣小霁，钩箔见疏云"。这二句写儿子在考场应试尚未归来，自己在馆舍闲坐无事，就用钩子勾起门帘，向门外看去，只见秋雨绵绵如丝，落在长春花上。

新评

段斐君本《淮海集》徐渭眉批："句虽平淡，而老情闲致，依然可想。"这首诗是写他等待儿子应试未归时的心态，表面上看似平静，其实心里很着急。"长春花上雨如丝"，是他无意中所看到的景象，他的真实心态也如同这秋雨一样，绵绵没有边际。这首诗反映了父辈的怜子之情，但秦观在写作时，使用了平淡无痕的语言和手法，所以平淡中藏有波澜，闲情中暗含不安。

## 送蒋颖叔帅熙河

题解

蒋之奇，字颖叔，元祐八年(1093)春由户部侍郎知熙州，苏轼、秦观等人作诗送之。熙河，路名。宋熙宁五年(1072)置熙河路经略安抚使，治所在熙州(今甘肃临洮)。此诗写得雄奇奔放，表达了预祝蒋颖叔建功立业的希冀之情。

天马蒲萄隔玉门，汉庭谁更勇如尊？
行台晓日屯千骑，祖道春风属一樽。
莫许留犁轻结好，便令瓯脱复游魂。
要须尽取熙河地，打鼓梁州看上元。

新解

天马蒲萄隔玉门，汉庭谁更勇如尊——天马，骏马。《史记·大宛传》：“初，得乌孙马，好名曰天马。及得大宛汗血马，益壮，更名乌孙马曰西极，名大宛马曰天马。”王维《送刘司直赴安西》诗：“苜蓿随天马，葡萄出汉臣。”玉门，在今甘肃敦煌西北，古为通往西域的要道。尊，王尊。据《汉书·王尊传》：“上以尊为郿令，迁益州刺史。先是琅邪王阳为益州刺史，行至邛郲九折坂，叹曰：奉先人遗体，奈何数乘此险。后以病去。及尊为刺史，至其阪，问吏曰：此非王阳所畏道邪？吏对曰：是。尊叱其驭曰：驱之。后尊迁东郡太守，河水盛溢，堤坏，吏民皆奔走。惟一主簿泣在尊旁，立不动。吏民嘉重尊之勇。”此二句以王尊比蒋颖叔，谓颖叔神勇过人，此去西域，定会马到成功。

行台晓日屯千骑，祖道春风属一樽——行台，东汉以后，称中央政府为台，称代表中央政府的地方机构为行台。蒋颖叔以户部侍郎在外任征讨之职，故以行台尊之。祖道，古人于出行前祭路神曰祖道，后因称饯行也为祖道。这二句言蒋颖叔赴任后将屯兵千骑于熙河，守护西域要塞，我们现在为他饯行，举杯祝他一路高歌猛进。

莫许留犁轻结好，便令瓯脱复游魂——留犁，饭匙。《汉书·匈奴传》：“韩昌、张猛与单于及大臣俱登匈奴诸水东山，刑白马，单于以径路刀、金留犁挠酒，共饮血盟。”瓯脱，边界。《史记·匈奴列传》：“各居其边，为瓯脱。”留犁、瓯脱皆为匈奴语。这二句言：不要像汉朝的韩昌、张猛那样，与匈奴轻易结盟言好；要杀得匈奴胆战心惊，从此一到边界就如同梦中游魂一样感到恐惧。

要须尽取熙河地，打鼓梁州看上元——梁州，州名，治所在沔阳(今陕西勉县东)，唐宋时辖地有今陕西城固以西的汉水流域。此处泛指西域。上元，即正月十五元宵节。末二句是表达愿望，希望蒋颖叔能全部收复熙河失地，来年元宵节在西域打鼓庆贺。

新评

秦观年轻时曾有雄心大志，潜心留意边务，渴望建功立业，写有《将帅》、《奇兵》、《兵法》、《边防》等多篇策论阐述富国强兵之道。进入仕途后，他才知施展抱负很难，因此把希望寄托在友人身上，渴望他们能一改国家积弱之势，有所建树。这首诗就集中体现了他的这种思想。全诗格调雄放，情意真切，是秦诗中言及武略的代表作之一。

## 春词绝句五首

题解

诗中所言“都城春富百花披，长忆人归驻马时”，是对都城生活的回忆。又言

"人远地偏无酒肉",当是谪居贬地时的境况。"匣剑空存侠气销",写报国无门,雄心渐失,是政治失意后的心态。依此,此五首诗当作于绍圣三年(1096)春在处州贬所时。诗中抒写了他当时因贬谪而产生的懒散情绪和灰心丧志的境况。

## 其一

蒲萄裀暖蕙薰微,红日窥轩睡觉时。
人倦披衣双燕出,青丝高罥木兰枝。

## 其二

弱云亭午弄春娇,高柳无风妥翠条。
懒读夜书搔短发,隔垣时听卖饧箫。

## 其三

都城春富百花披,长忆人归驻马时。
浅色御黄应好在,为谁还发去年枝?

## 其四

风驱白雨洗园林,蔽地飞花一寸深。
狂紫浪红俱已矣,老春虽在亦何心?

## 其五

颠毛渐脱风情少,匣剑空存侠气销。
人远地偏无酒肉,春深花鸟谩相撩。

新解

蒲萄裀暖蕙薰微——裀,通"茵",两层床垫。《晋书·刘寔传》:"尝诣石崇家,如厕,见有绛纹帐裀褥甚丽。"蒲萄裀,织有葡萄花纹的褥子。蕙薰,皆芳草名,此谓香气。这句言躺在葡萄花纹的被褥上,感到暖和,且有淡淡的香味。

红日窥轩睡觉时——写他懒散的心态。红日的光芒已从窗缝中射进来,自己还懒得起床,依然在睡懒觉。他这时还作有《蝶恋花》词:"晓日窥轩双燕语,似与佳人,共惜春将暮",都是此时心态的写照。

人倦披衣双燕出,青丝高罥木兰枝——青丝,柳树的细条。王褒《奉和赵王途中》诗:"村桃拂红粉,岸柳被青丝。"高罥,高挂。杜甫《茅屋为秋风所破歌》:"茅飞渡江洒江郊,高者挂罥长林梢,下者飘转沉塘坳。"这二句言:睡懒觉也睡不着,反而觉得困倦，就披衣走出户外。房门开了，房梁上的双燕也随之而出。眼前也无景可看，只见细细的柳条从高处飘下来，牵挂在木兰枝上。这是写无意注意，表露出没有情思，没有心绪。

弱云亭午弄春娇——亭午，中午。孙绰《游天台赋》："尔乃羲和亭午，游气高褰。"这句写中午时分所见：薄薄的云彩飘逸天空，仿佛在卖弄着她的娇姿。

高柳无风妥翠条——妥，下垂。上句写仰视，此句写平视。没有春风的吹拂，高高的柳丝条一动不动地下垂着，毫无生气。

懒读夜书搔短发，隔垣时听卖饧箫——饧(xíng)，古指糖，后特指用麦芽或谷芽等熬成的糖。《本草纲目·谷部》："饴即软糖也，北人谓之饧。"沈佺期《岭表逢寒食》诗："岭外无寒食，春来不见饧。"饧箫，卖糖人所吹的箫。《诗经·周颂·有瞽》："箫管备举，喤喤厥声。"郑玄笺："箫，编小竹管，如今卖饧者所吹也。"宋祁《寒食假中作》："箫声催暖卖饧天。"厉鹗《百字令》："凝想烟月当时，饧箫旧市，惯逐嬉春伴。"由于有上句"高柳无风妥翠条"的铺垫，这二句进一步写无心绪时的懒态：夜里读的书尚未读完，现在也懒得接着读，手搔短发，隔墙听着传来的卖糖人的吹箫声。"搔短发"和"隔垣时听"，都写的是下意识动作，反映的是惆怅无着的心态。

都城春富百花披，长忆人归驻马时——富，富丽。披，《广韵》："披，开也。"这两句是倒装句，意思为：我经常长时间地想起在都城生活的情景，都城春色自然富丽，百花盛开，争奇斗艳；我与朋友郊外踏青归城后驻马赏花，其乐融融。

浅色御黄应好在，为谁还发去年枝——御黄，皇帝身着的黄色龙袍，此处形容花的颜色。这两句是推测：往年那种浅黄色的春花还应当好好地在开放着吗？可是赏花的人已经不在了，被贬谪远方了，它为谁开放呢？它为谁依旧像去年一样艳丽呢？

风驱白雨洗园林，蔽地飞花一寸深——白雨，急雨。苏轼《六月二十七日望湖楼醉书》诗："黑云翻墨未遮山，白雨跳珠乱入船。"这两句写春末夏初时的景象：一阵急风驱来，天空白雨四注，把园林"洗劫"一空，满地的落花铺得大约有一寸多深。

狂紫浪红俱已矣，老春虽在亦何心——狂紫浪红，形容春花怒放时的情态，不论是何种颜色的花，都竞相开放，逞艳一时。如今，在狂风暴雨的摧残下，这些花的生命已经凋谢了，消失了，虽然残春还能延续几日，但赏春的人又有何心思再去观赏呢？

颠毛渐脱风情少——颠毛，头顶上的毛发。风情，犹风采，风神。《晋书·庾亮传》："元帝为镇东时闻其名，辟西曹掾，及引见，风情都雅，过于所望，甚器重之。"这句言，自己才四十多岁，就已经秃顶了，往日的意气风采也一天天地减少了。

匣剑空存侠气销——匣剑，《西京杂记》卷一："高帝斩白蛇剑，剑上有七彩珠、九华玉以为饰，杂厕五色琉璃为剑匣。剑在室中，光景犹照于外，与挺剑不殊。”后以匣剑喻人才埋没。韦庄《冬日长安感志寄献虢州崔侍郎》诗：“未知匣剑何时跃，但恐铅刀不再铦。”这句是自喻，眼见自己一天天衰老，犹如匣中的剑，壮志空存，侠气也一天天地消磨掉了。

人远地偏无酒肉，春深花鸟谩相撩——撩，挑逗。想借酒浇愁，但身居谪所，地偏人远，没有酒肉可供解忧；在心烦之际，又听见深春花丛中的鸟儿互相挑逗，叫个不停，更把人的心绪搅得坐卧不安。

新评

秦观谪居处州，心情一时还难以平静，脑子里还都是在京城时的人和事，所以诗中就充满了对京都生活的怀念和对目前处境的惆怅。此五首诗通过状物写景，把这种心态表达得生动形象。“青丝高罥木兰枝”、“隔垣时听卖饧箫”、“春深花鸟谩相撩”，都写的是无心绪时的无意识动作，所见所闻，都与心绪无关，而恰恰表现了人的无聊，人的无情思。“为谁还发去年枝”，“老春虽在亦何心”，以发问的形式，只问不答，留下无穷的困惑，正是他此时心态的真实写照。另外，这些诗还善于运用自然景物状描人物的情态。如“高柳无风妥翠条”，写无风时的柳丝条，懒洋洋地垂挂着，实际上是暗示自己也如同这柳条一样，“懒读夜书搔短发”。“搔短发”又是一个下意识动作，它与“懒读夜书”是无关的，动作的无意识反映了心态的无聊。

## 题郴阳道中一古寺壁二绝

题解

郴阳，即今湖南郴州市。宋时为郴州，属荆湖南路。据秦瀛《淮海先生年谱》：绍圣三年(1096)，秦观政敌“先是使者承望风指，候伺过失，卒无所得。至是遂以谒告写佛书为罪，削秩徙郴州。先生至郴阳道中题一古寺壁二绝”。由此，知此二诗作于绍圣三年赴贬地郴州道中。与《如梦令》“梦破鼠窥灯，霜送晓寒侵被。无寐，无寐，门外马嘶人起”，情境相似，当为同时所作。诗中描写了夜宿古寺的荒凉境况，抒发了遭贬的幽愤和思乡之情。

### 其一

门掩荒寒僧未归，萧萧庭菊两三枝。
行人到此无肠断，问尔黄花知不知？

## 其二

哀歌巫女隔祠丛，饥鼠相追坏壁中。
北客念家浑不睡，荒山一夜雨吹风。

新解

门掩荒寒僧未归，萧萧庭菊两三枝——萧萧，象声词。此处形容草木摇落声。杜甫《登高》诗："无边落木萧萧下。"此二句描写古寺的荒凉冷落：寺门虚掩着，里面寒气逼人，外出化缘的僧人尚未归来，庭前只有稀稀落落几丛菊花，在寒风中萧萧作响。

行人到此无肠断，问尔黄花知不知——无肠断，形容极度痛苦。"行人"是言自己。以发问的句式，来说自己遭贬后极端痛苦，这痛苦菊花你是否知道呢?

哀歌巫女隔祠丛，饥鼠相追坏壁中——巫女，以装神弄鬼替人祈祷为职业的女人，亦称巫婆。祠丛，即丛祠，荒野丛林中的神祠。《史记·陈涉世家》："又间令吴广之次所旁丛祠中，夜篝火，狐鸣。"这二句写寒夜难以入眠的情景：从远方丛林里传来巫女们祈祷时的哀歌声，身旁又有饥饿的老鼠相追着在觅食，此情此景，真让人难以忍受。

北客念家浑不睡，荒山一夜雨吹风——浑，全。此处言一整夜。自己思念着家人，整整一夜难以入睡，耳旁响了一夜的风声雨声。

新评

此二诗极写古寺的荒凉，借以衬托心情的凄凉。"饥鼠相追坏壁中"，只此一句，就把寺庙的境况形象地描摹出来了。王国维《人间词话》说少游贬谪后之作严重高古，从此二诗中也可看出这一变化，此二诗正是诗风变化的开始。

## 雷阳书事三首

题解

据秦瀛《淮海先生年谱》，元符二年(1099)"先生自横州徙雷州。先是子由自筠州徙雷州，是时已改循州，故不相及。而子瞻尚在琼州。琼雷隔海而实近，子瞻寄子由诗云：莫嫌琼雷隔云海，圣恩尚许遥相望。故先生至是，复得与苏公通问，不至寂寂如横州时矣。先生作《雷阳书事三首》，又作《海康书事十首》。"雷阳，即雷州，宋时属广南西路，治所在海康。这三首诗描写了雷州当地的风土人情，观察细致，语言平实，使人如见千年前的市井活动图。

## 其一

骆越风俗殊，有疾皆勿药。束带趋祀房，用史巫纷若。
弦歌荐茧栗，奴主洽觞酌。呻吟殊未央，更把鸡骨灼。

## 其二

一笛一腰鼓，鸣声甚悲凉。借问此何为？居人朝送殇。
出郭披莽苍，磨刀向猪羊。何须作佳事，鬼去百无殃。

## 其三

旧传日南郡，野女出成群。此去尚应远，东门已如云。
蚩氓托丝布，相就通殷勤。可怜秋胡子，不遇卓文君。

新解

骆越风俗殊，有疾皆勿药——骆越，古族名。古越人的一支，为百越西方部分。秦汉时主要分布在今我国广东、广西及越南北部。与今壮族黎族有密切的渊源关系。《汉书·贾捐之传》："骆越之人，父子同川而浴，相习以鼻饮。"这二句言骆越的风俗与中原大不相同，人得病后不用药草医治。

束带趋祀房，用史巫纷若——祀房，祭祀鬼神的寺庙。《周易·巽》："巽在床下，用史巫纷若，吉，无咎。"孔颖达《正义》："史谓祝史，巫谓巫觋，并是接事鬼神之人也。纷若者，盛多之貌。"此二句谓当地风俗有疾不用药而信巫，头系带子奔往寺庙，依靠巫婆神汉驱除鬼神来治病，而且人很多。

弦歌荐茧栗，奴主洽觞酌——茧栗，《礼·王制》："祭天地之牛角茧栗"。注："茧栗，言角之小，如茧及栗之形也。"谓以小牛祭神。此二句言弹奏着乐器，唱着歌，用小牛祭献鬼神，奴隶们和主人都融洽地举杯饮酒。

呻吟殊未央，更把鸡骨灼——未央，未尽。鸡骨灼，即鸡骨卜，古代占卜之法。《史记·孝武本纪》：元封元年，"乃令越巫立越祝祠，安台无坛，亦祠天神上帝百鬼，而以鸡卜。"宋范成大《桂海虞衡志》："鸡卜，南人占法，以雄鸡雏执其两足，焚香祷所占，扑鸡杀之，以拔两股骨净洗，线束之。以竹筳插束处，使两骨相背于筳端，执竹再祝。"末二句言病人的呻吟声还在继续，巫婆神汉们又用鸡卜之法为病人驱赶鬼神。

一笛一腰鼓，鸣声甚悲凉——写出殡时用的乐器，吹笛打腰鼓，乐声悲凉。

借问此何为？居人朝送殇——送殇，送葬。殇，年不满二十而逝。写他向当地人询问，这是在干什么？回答是早晨为刚死的年轻人送葬。

出郭披莽苍，磨刀向猪羊——郭，外城。古代在城的外围加筑的一道城墙。莽苍，郊野之色。《庄子·逍遥游》：“适莽苍者。”成玄英疏：“莽苍，郊野之色，遥望之不甚分明也。”这二句说送葬的队伍趁着茫茫晨色出了城门，办丧事的人家为了招待送葬者，则杀猪宰羊备酒宴。

何须作佳事，鬼去百无殃——佳事，指备办酒席。这二句是作者的看法：何必一定要办酒宴呢，把鬼魂送去就不会再有什么祸事了。

旧传日南郡，野女出成群——日南郡，秦时置象郡，汉武帝改名为日南郡，辖境约当今越南中部地区。这二句谓：过去就听人说起日南郡一带的风俗，姑娘们不受拘束，成群在外面野游。

比去尚应远，东门已如云——句意出自《诗经·郑风·出其东门》：“出其东门，有女如云。”这二句言离自己居所还很远的城东门一带，姑娘们已云集一起，很多了。

蚩氓托丝布，相就通殷勤——句意出自《诗经·卫风·氓》：“氓之蚩蚩，抱布贸丝。匪来贸丝，来即我谋。”二句谓当地风俗，姑娘与小伙子们来往自由，在贸易中互通恋情。

可怜秋胡子，不遇卓文君——秋胡，人名。《西京杂记》卷六记鲁人秋胡，娶妻三月而游宦，三年后还家。其妻采桑郊外，秋胡不识，见而悦之，乃遗黄金以勾引。妇采桑不顾，秋胡惭愧而退。至家乃知所挑之妇是自己妻子。卓文君，汉代富商卓王孙之女，司马相如之妻。这二句以秋胡子自喻，说自己就没有司马相如的艳遇，碰到像卓文君一样才貌双全的女子。

新评

此三首诗是秦观刚到雷阳时所作，记叙的是他所见所闻的当地风土人情。第一首写的是治病不用医药而信鬼神；第二首写的是送葬的情况；第三首写的是当地姑娘自由自在的恋爱及生活方式。作者以客观叙实的手法，写他眼中所见，耳中所闻，真实自然；不加雕饰，为我们展示了一千多年前的粤南风俗图。写这三首诗时，秦观已没有了初贬谪时的凄厉之音，而是以旁观者的身份观察周围的一切，仿佛扫描一样。我们随着作者的视角的移动，也能感受到异地的风味风情，这就是此三篇诗的特色所在。

## 海康书事

题解

海康，县名，即今广东省徐闻县，宋时为雷州治所。元符二年(1099)，秦观自横州徙雷州，写下了《海康书事》十首，记叙自己对当地风土人情的所见所闻及抒发心中的忧愤之情，此即其中一首。诗中描写了海康人家依山傍水的居住环境，抒发自己渴望回归故乡的心情。

卜居近流水，小巢依嵚岑。终日数椽间，但闻鸟遗音。
炉香入幽梦，海月明孤斟。鹪鹩一枝足，所恨非故林。

新解

卜居近流水，小巢依嵚岑——卜居，择地居住。陶潜《移居》诗："昔欲居南村，非为卜其宅。"杜甫《秋野》诗："系舟蛮井络，卜宅楚村墟。"嵚岑，高险之山峰。《隋书·地理志》："自岭以南二十馀郡，巢居崖处，尽力农事。"这二句言海康人家在流水和高峰之间选择住处，即依山傍水而建房。

终日数椽间，但闻鸟遗音——遗音，哀声。《周易·小过》："飞鸟遗之音，不宜上，宜下。"王弼注："飞鸟遗其音，声哀以求处。"这二句写自己也居住在这样的小巢里，整天听着房梁上飞鸟的哀鸣声。其实是自己心哀，听鸟鸣声仿佛有哀意。

炉香入幽梦，海月明孤斟——幽梦，深远之梦。这是写自己平日里的生活情景，在炉火旁边，伴着香料的燃烧，做着只有自己才知晓的深梦；梦醒后，依然孤身一人，伴着海月独自斟酒。

鹪鹩一枝足，所恨非故林——《庄子·逍遥游》："鹪鹩巢于深林，不过一枝。"这二句说：鹪鹩鸟所求不奢，只巢居一枝就足够了；这是在喻示自己非有贪心，只要有小巢居住就可以了，只是这小巢不是自己的故乡呀，要是故乡的小巢该多好呢！

新评

写海康民居依傍流水高山，虽简朴，自己也心满意足，只是忍受不了孤独之苦，思乡之情日增。这首诗反映了秦观贬谪海康后的真实心态，"鸟遗音"、"幽梦"、"孤斟"都是写眼前处境，"故林"才是心中的郁结。全诗凄美婉转，感情流畅。

# ◎词

## 家居时期

### 品　令

题解

《词律》卷五杜文澜补注："按此调多作俳词，故为彼时歌伶语气，多用入声。"秦观是扬州高邮人，有《品令》二首皆以高邮方言写艳情，当作于宋神宗熙宁年间秦观家居期间，时秦观二十馀岁。

此词用南方方言写成，充满了浓厚的乡土生活气息。主人公是乡间的一对小夫妻，词中女主人公的倔劲，娇态，倔而不刁，娇而天真可爱，令人掩口失笑。写的是日常夫妻间的身边小事，抒发的感情亲切、有人情味。

幸自得，一分索强，教人难吃。好好地恶了十来日，恰而今较些不？　　须管啜持教笑，又也何须肐织！衠倚赖脸儿得人惜，放软顽道不得。

新解

幸自得，一分索强，教人难吃——幸自得：意犹本来是。索强：恃强也。如毛滂《浣溪沙·咏梅》："月样婵娟雪样清，索强先占百花春。"难吃：难受。这句意思是：你本来就个性刚烈，只要有那么一星半点的逞强，就教人受不了。

好好地恶了十来日，恰而今较些不——现在你又平白无故地十几天不理我，与我怄气，我给你道个歉，你觉得好些了吗？较些不：犹今言好些不。上片写一对小夫妻怄气，女的故意使性子，男的则在小心赔不是。

须管啜持教笑，又也何须肐织——啜持：哄骗。《警世通言》卷三十七："当下只留这万秀娘在焦吉庄上，万秀娘离不得是把个甜言美语，啜持过来。"肐织：即疙瘩，此处意为不顺遂。这句意思是：我只管哄逗着教你发笑，你又何必再那样噘着嘴，与我闹别扭。

衠倚赖脸儿得人惜，放软顽道不得——《诗词曲语辞汇释》："衠，犹尽也，纯也。言尽赖着脸儿得人爱也。放软顽，犹云撒娇。"这句写女的不再怄气了，却故意赖着脸儿，越发逗人喜爱，那撒娇的神态，真是用言语道不出来。

下片写小两口言归于好，调情时的情景。

新评

秦观词是文人婉约词的代表，向来以典雅清丽著称。而这首词却别具一格，用乡语村言写成，显得活泼、生动、调皮，有着浓郁的生活气息。这类词在秦词中不多见，因此显得异常别致。秦观写词大多抒发亲身感受，而这二首《品令》词却以旁观者的视角描写生活小插曲，这也是一大特色。

## 品　令

题解

此首与上首全用方言俗语写成，词风别具一格。清哲学家、戏曲理论家焦循在《雕菰楼词话》中说："秦少游《品令》'掉又臞，天然个品格'，此正泰、邮土音，用'个'字作语助，今高邮人皆然也。"焦循乃扬州人，博学多才，重视地方戏曲，所言为确论。此首也作于熙宁年间，写一男子对青楼歌女的痴情。

掉又臞，天然个别格，于中压一。帘儿下时把鞋儿踢，语低低笑咭咭。　　每每秦楼相见，见了无门怜惜。人前强不欲相沾识，把不定脸儿赤。

新解

掉又臞，天然个别格，于中压一——掉又臞，宋时方言，意谓美而瘦。掉，美好意。史浩《如梦令·酴醿金沙同架》词："雪脸间朱颜，各自一般轻妙。忒掉忒掉，真个一双两好。"臞，瘦。掉又臞，犹今言容貌美好，身材苗条。压一：压倒一切之意，犹云第一也。这几句意思是：偶然见到一佳人，天然美态，令人惊愕不已，真是这青楼里的第一人。

帘儿下时把鞋儿踢，语低低笑咭咭——写娇态。一个活泼可爱的撒娇妞儿跃然纸上！你看她，时而钻到帘儿下，踢着鞋儿逗着玩；时而与伙伴们嬉戏打闹着，发出娇滴滴的笑声。

每每秦楼相见，见了无门怜惜——秦楼：原谓秦穆公时萧史弄玉所居的凤台，后世借以指妓楼。无门：无法，无计。这句说：我常常在妓楼里碰见你，但见了又无法向你表达我的爱慕之情。

人前强不欲相沾识，把不定脸儿赤——我还很爱面子，在众人面前假装不想与你接近，但心儿却跳个不停，禁不住脸儿发红。

新评

此词写男主人公与一妓女的相爱，但却是单相思，对方全然不知，因而是纯情式的精神恋。“帘儿下时把鞋儿踢，语低低笑咭咭”，只一句，就写活了一个人，俨然是一个艺术造型，是一特写镜头。“人前强不欲相沾识，把不定脸儿赤”，写恋爱时行为与心理活动的矛盾、不一致，很真切、形象。

## 沁园春

题解

此词上片写江南春景，下片写由此而引起的回忆。情流肺腑，深挚动人。所谓“回首青楼成异乡”，可能指二十八九岁时在扬州的冶游生活。从词意看，应是早年家居期间的作品。

宿霭迷空，腻云笼日，昼景渐长。正兰皋泥润，谁家燕喜，蜜脾香少，触处蜂忙。尽日无人帘幕挂，更风递游丝时过墙。微雨后，有桃愁杏怨，红泪淋浪。　风流寸心易感，但依依伫立，回尽柔肠。念小奁瑶鉴，重匀绛蜡；玉笼金斗，时熨沉香。柳下相将游冶处，便回首青楼成异乡。相忆事，纵蛮笺万叠，难写微茫。

新解

宿霭迷空，腻云笼日——宿霭：隔夜的雨雾。这正是春天的特征。南方多雨，因而雾气总是迷蒙着天空；在湿腻腻的云雾笼罩下，日光也显得很微弱。

昼景渐长——比起冬季，现在的白天是一天天地长了。

正兰皋泥润，谁家燕喜；蜜脾香少，触处蜂忙——兰皋：长着兰草的水边高地，此处指燕子的啄泥处。蜜脾：蜂房的形状如脾，故名。蜜脾香少：是说刚开春，蜂房尚未贮存下蜂蜜。这句抓住最能体现春天活力的两个小动物——燕子和蜂儿，来写春天的景象。燕子在高兴地啄泥垒巢，蜂儿在忙着寻花采蜜，真是春意闹啊。

尽日无人帘幕挂，更风递游丝时过墙——而人却闲得无声无息。帘子挂起来一天了，也不见放下来。房角的尘丝随风飘来飘去，可见主人无心打扫。是人懒呢，还是有什么心思呢？

微雨后，有桃愁杏怨，红泪淋浪——原来是在伤春呢！一场小雨，打得桃花杏花落满地，这本无情，但在有情人眼里，却有“桃愁杏怨，红泪淋浪”的感觉。其实，是人有愁、有怨、有泪呀！

风流寸心易感，但依依伫立，回尽柔肠——人有伤心事，就容易被物候感染啊！你看他，依依不舍地长久站在那儿，伤心得那么厉害。

念小奁瑶鉴，重匀绛蜡；玉笼金斗，时熨沉香——原来是想起了意中人，这会儿她在干什么呢？一定像以前那样，打开小匣，对着镜子，在重新施一层红粉呢；或许手拿熨斗，用薰笼往衣服上熏香料呢。绛蜡：本谓红烛，此处可能指胭脂一类化妆品。玉笼：熏香罩笼的美称。金斗：熨斗，以“金”形容其珍贵。沉香：香料名，入水能沉，故名沉香。

柳下相将游冶处，便回首青楼成异乡——那时我俩曾一起在花前柳下携手相游，恩爱无比，现在却天隔山阻，人各一乡，难以相会。由青楼可知对方是位妓女。

相忆事，纵蛮笺万叠，难写微茫——回想起以前的冶游生活，纵使有万张纸，也难以抒写我这惆怅的心情。蛮笺：即蜀笺，蜀地以产纸闻名。

新评

此词上片写春景尤为出色。用燕子、蜂儿作点缀，则春天气象全出。而在这热闹气氛中，人却闲得出奇。这一动一静，一忙一闲，比照出两种心境，两种情态。“微雨后，有桃愁杏怨，红泪淋浪”，以景启情，急贯下片。全篇无一情字，而处处有情，正如《草堂诗馀》别集卷四所评：“委委佗佗，条条秩秩，未免有情难读，读难厌。”

## 梦扬州

题解

此词上片写闺妇对游子的思念，下片抒游子的思归之情。词中有“频梦扬州”句，当为少游在外冶游时怀恋扬州的一位歌妓而作。据秦瀛《淮海先生年谱》，少游在元丰二年(1079)曾离开扬州游无锡、惠山等地，此词可能作于是时。此词调名为少游自创，取词中结句“频梦扬州”作为词调名。

晚云收，正柳塘烟雨初休。燕子未归，恻恻轻寒如秋。小栏外东风软，透绣帏花蜜香稠。江南远，人何处？鹧鸪啼破春愁。　　长记曾陪燕游。酬妙舞清歌，丽锦缠头。殢酒为花，十载因谁淹留？醉鞭拂面归来晚，望翠楼帘卷金钩。佳会阻，离情正乱，频梦扬州。

新解

晚云收，正柳塘烟雨初休——傍晚时分，一场蒙蒙细雨刚停。

燕子未归，恻恻轻寒如秋——怎么去年的燕子还不见飞回来呢？真让人心烦，正是春天，可让人已有了秋寒的感觉。

小栏外东风软，透绣帏花蜜香稠——东风软：与李商隐“东风无力百花残”一样，点明已到残春。蜂儿经过一春的辛劳，收获甚丰，诱人的蜜香都透过绣帏浓浓地散发着，而自己心里却没有一丝甜意，因为已到残春，恋人尚未归来。

江南远，人何处？鹧鸪啼破春愁——恋人只说到江南一带去了，可江南那样遥远广大，到底在何处呢？正苦苦地想着，耳边又传来鹧鸪讨厌的啼叫声，更使人不胜忧愁。

上片写绣帏中人对游子的思念。

长记曾陪燕游。酬妙舞清歌，丽锦缠头——缠头：《唐书》“旧俗赏歌舞人，以锦彩置之头上，谓之缠头”。白居易《琵琶行》：“五陵年少争缠头，一曲红绡不知数。”这句写游子回忆与歌妓在一起时的情景。这个歌妓就是上片中的绣帏中人，即游子在扬州的恋人。我记得，曾陪你一起宴游，为了报答你优美的舞姿和清妙的歌声，我用丽锦为你缠头。

殢酒为花，十载因谁淹留——殢酒：病酒，困于酒。为花：贪恋花色。十载：借用杜牧“十年一觉扬州梦”，并非确数。这句说：我迷恋酒色，长时间地淹留在扬州，还不是因为你吗？

醉鞭拂面归来晚，望翠楼帘卷金钩——在那些日子里，我经常骑马去游乐，直到天黑了，才喝得醉醺醺地回来。可抬头望翠楼时，你每次都卷起帘子，在等待着我。

佳会阻，离情正乱，频梦扬州——可惜现在我俩远隔千山万水，难以相会。想你想得我心绪烦乱，只能在梦中频频地与你相会了。

下片抒游子之离情。

新评

这首词的主人公，一是在扬州的歌妓，一是在江南的游子。两人远隔千山万水，各自抒发着对对方的思念之情。上片为了衬托人物的情绪，造成了很浓厚的外部氛围，如“晚云”、“烟雨”、“燕未归”、“轻寒”、“东风软”、“蜜香稠”、“鹧鸪啼”，人物的感情都渗透到这些字眼里，自然让人有幽怨、凄凉的感觉，达到了化情入景的艺术效果。

## 满庭芳

题解

少游《龙井题名记》曰："元丰二年中秋后一日，余自吴兴过杭，东还会稽；龙井辩才法师以书邀余入山。比山郭，已日夕，航湖至普宁，遇道人参寥……是夕，天宇开霁，林间月明可数毛发。"所云季节、时间、天光月色，颇与此词境相似。而词中超尘出俗的思想感情，亦受辩才、参寥的影响。故定此词作于元丰二年(1079)中秋后。词中写楚江秋钓，啸傲风月，寄情闲散，胸次恬淡，表达了一种悠闲自得的情怀。

红蓼花繁，黄芦叶乱，夜深玉露初零。霁天空阔，云淡楚江清。独棹孤篷小艇，悠悠过烟渚沙汀。金钩细，丝纶慢卷，牵动一潭星。　时时，横短笛，清风皓月，相与忘形。任人笑生涯，泛梗飘萍。饮罢不妨醉卧，尘劳事有耳谁听？江风静，日高未起，枕上酒微醒。

新解

红蓼花繁，黄芦叶乱——红蓼花与黄芦叶，色彩对比多么鲜明，正是深秋景色。一个"乱"字，点明秋风习习。

夜深玉露初零——夜间露水开始滴落了，表明已有了寒意。

霁天空阔，云淡楚江清——夜色朦胧下，向上看，天高云淡，令人心旷神怡；向远看，楚江之水清波悠悠，显得格外明亮。

独棹孤篷小艇，悠悠过烟渚沙汀——原来前面的景色都是在船上看到的。茫茫夜江上，驾着一叶小舟从沙滩旁悠悠驶过，多么消闲自在！"悠悠过"，无限闲情尽在三字中。

金钩细，丝纶慢卷，牵动一潭星——抛下细细的鱼钩，慢慢拉起渔网，是在捕鱼吗？不，捞起了一潭星星！多么奇妙的场面。一个"牵"字，既表明星随船移，船儿好像牵着星星似的；又表明乘船人抛下渔具只不过是随意消遣而已。

时时，横短笛——夜景这样好，人陶情其中，不吹笛作歌行吗？所以就不时地吹响横笛，抒发心中的惬意。

清风皓月，相与忘形——人醉了，醉得不知道自己是谁了。苏东坡游赤壁说："飘飘乎如遗世独立，羽化而登仙"，不正是这种感觉吗？

任人笑生涯，泛梗飘萍——由别人谈笑去吧，我一生就愿像根小棍或小草似的漂泊在这江湖上。时少游往返漫游于湖州、杭州、会稽一带，故有此言。

饮罢不妨醉卧，尘劳事有耳谁听——尘劳：佛家语，《金刚经》："有大智慧光明，出离尘劳。"谓扰乱身心的俗事。一醉方休，管它什么烦心的俗事。少游受辩才法师的影响，故出此语。此时少游尚未出山，功名心切而又无由获得，所以借用佛家语自我安慰。

江风静，日高未起，枕上酒微醒——俨然一副无意仕进、懒散的名士气度！我随我意，无烦无恼，多快活！这是少游置身大自然的陶冶中产生的超尘脱俗的思想。

新评

《草堂诗馀隽》卷四眉批："一丝牵动一潭星，惊人语也。眠风醉月渔家乐，洵不可谖，值秋宵之景，驾一叶扁舟于凫渚鸥汀之中，潇洒脱尘，有萧萧然自得之意。"可谓抓住了此词的特点。不管秦观的本意如何，就词而论，无意仕进、鄙视功名的思想，在当时还是有进步性的。此词是秦观词中写景佳作，与苏轼《赤壁赋》中的情思相似，可见深受苏轼文风的影响。

## 望海潮

题解

据《淮海先生年谱》，元丰二年(1079)，少游"有大父承议公及叔父定于会稽。……乃东游鉴湖，谒禹庙，憩蓬莱阁。是时，给事广平程公辟领越州。先生相得甚欢，多登临唱酬之作。作会稽唱和诗序，又作会稽怀古诸词。"此词所写与年谱所记完全一致，故知作于元丰二年(1079)春夏之间在会稽时。诸明刻本调下均题作"越州怀古"。可知词中通过对会稽历史名胜的描写，来表达自己对会稽山河的热爱和欲与山水同醉的情怀。

秦峰苍翠，耶溪潇洒，千岩万壑争流。鸳瓦雉城，谯门画戟，蓬莱燕阁三休。天际识归舟。泛五湖烟月，西子同游。茂草台荒，苎萝村冷，起闲愁。　何人览古凝眸？怅朱颜易失，翠被难留。梅市旧书，兰亭古墨，依稀风韵生秋。狂客鉴湖头。有百年台沼，终日夷犹。最好金龟换酒，相与醉沧洲。

新解

秦峰苍翠，耶溪潇洒，千岩万壑争流——秦峰：即秦望山，在会稽东南四十里。

耶溪：即若耶溪，在会稽附近，相传为西施浣纱处，故又名浣纱溪。“千岩”句出自《世说新语·言语》：“顾长康从会稽还，人问山川之美，顾云：千岩竞秀，万壑争流，草木蒙笼其上，若云兴霞蔚。”这三句写会稽周围的山水之美，是登高望远时所看到的景色。

鸳瓦雉城，谯门画戟，蓬莱燕阁三休——鸳瓦：两两相对的瓦。雉城：女墙。谯门：城门楼。画戟：绘有彩图的戟。蓬莱阁在会稽卧龙山下，燕：是形容其势如飞，三休：是形容其高，登临时要休息三次才能到顶。这三句将一串名词连在一起，是在写会稽城的景致：女墙是用鸳鸯瓦盖成的，城门楼上列有手执画戟的士兵，而蓬莱阁则势如飞燕，高达“三休”。

天际识归舟。泛五湖烟月，西子同游。茂草台荒，苎萝村冷，起闲愁——西施原为苎萝村卖柴者之女，由越王勾践献给吴王夫差，夫差甚宠之，为筑姑苏台，高三百丈，游宴其上。吴亡后，归范蠡，同泛五湖而去。五湖：即太湖。这句说：看到那远在天际的一叶扁舟，使我想起了同范蠡浪迹太湖的西施；如果她还活着，看到她当年宴游的姑苏台已荒芜不堪，再看看她的故里苎萝村已今非昔比，她会不会因此而有冷寞惆怅的感觉呢？这几句写的是遐想，抒发的是作者对历史的感慨。

何人览古凝眸？怅朱颜易失，翠被难留——这句问：谁人看史书看得伤了神，总是感叹青春易失，欢娱难久呢？朱颜：红颜，指西施的美容。翠被：此处指范蠡与西施的欢情。

梅市旧书，兰亭古墨，依稀风韵生秋。狂客鉴湖头——梅市：汉九江人梅福，少年饱学，不为世遇，及王莽当权，弃妻子，变名姓，为会稽门卒，故山阴有梅市乡。兰亭：在会稽附近，王羲之曾数往造访，书有《兰亭集序》。狂客：指贺知章，晚年尤加纵诞，无复规检，自号“四明狂客”。这句连用三个典故，借三个愤世嫉俗、狂放不羁的文人自喻，人生在世，当不拘束缚，不为名利所困扰。由于这些典故都发生在会稽，所以作者把它们牵合在一起，组成一个完整的意思。

有百年台沼，终日夷犹。最好金龟换酒，相与醉沧洲——夷犹：逍遥意。金龟：唐代三品以上官员佩龟形金饰，称金龟。沧洲：犹言水滨，古时为隐士所居之处。这句说：这里的山水如此美好，有古老的姑苏台和耶溪水，我们尽可终日逍遥其间；最好把那富贵功禄都换成美酒喝，在这块远离尘世的水滨之地隐居下来，尽情享乐。

**新评**

此词是在会稽写的，所以引用的全是发生在会稽的典故；多堆砌山川地名典事掌故，难免失之于晦涩曲委，词不达意。但词里所表现的思想倾向还是很进步的：①借姑苏台的荒芜讽刺了封建帝王的穷奢极欲。②借狂客的旷达表达了自己对封建伦理的蔑视。③借金龟换酒抒发了自己淡泊功名的思想。

## 满庭芳

### 茶　词

题解

少游在会稽，常与郡守程公辟燕集。此词所咏“使君高会群贤”中的“使君”，就可能指程公辟。词中写名士品茗的雅致，美人歌舞佐酒，描述宴会的盛况，大概就是程公辟设的宴。因此，应作于元丰二年(1079)在会稽时。

雅燕飞觞，清谈挥麈，使君高会群贤。密云双凤，初破缕金团。窗外炉烟似动，开瓶试，一品香泉。轻淘起，香生玉尘，雪溅紫瓯圆。　　娇鬟，宜美盼，双擎翠袖，稳步红莲。坐中客翻愁，酒醒歌阑。点上纱笼画烛，花骢弄，月影当轩。频相顾，馀欢未尽，欲去且留连。

新解

雅燕飞觞，清谈挥麈，使君高会群贤——雅燕：雅致的宴会。清谈：亦称玄言，这里指互相高谈阔论。挥麈：僧人讲经时手执尘拂，辅助动作，此处指高谈阔论时的手态。这句说：只看见一片觥筹交错之影，高谈阔论之声，原来是使君在宴请群贤。

密云双凤，初破缕金团——密云：茶名。双凤：指做成凤凰形状的密云茶饼。缕金团：用金丝或金花包装的茶饼。这句说：宴会上品尝的都是名贵的密云茶，有双凤形状的，有用金丝包装的。

窗外炉烟似动，开瓶试，一品香泉——窗外冒着烹茶的炉烟，宴会上，我们揭开杯盖，品尝这用泉水泡制的香茶。

轻淘起，香生玉尘，雪溅紫瓯圆——玉尘：形容泛起的茶沫。紫瓯：紫砂茶盂。轻轻摇一摇，顿时香气四溢，雪浪般的茶沫就会溅了出来。

娇鬟，宜美盼，双擎翠袖，稳步红莲——这时歌女们来助兴了，她们束着娇美的发式，秀目动人，双手甩袖起舞，脚步轻盈如波，舞姿十分优美。红莲：《南史·齐本纪·废帝东昏侯》：“凿金为莲华以帖地，令潘妃行其上，曰：此步步生莲花也。”后通称美女的脚步。

坐中客翻愁，酒醒歌阑——对酒当歌，使一些远方游子泛起了愁思。他们借酒浇愁，而酒醒后，歌舞正在高潮，浇愁有何用呢？

点上纱笼画烛，花骢弄，月影当轩——宴会开久了，天色昏暗了，点起灯笼烛火继续山吃海喝。窗外透过的斑驳月影，仿佛菊花青的形状一样在摇晃。画烛：刻有彩图的蜡烛。花骢：青白色马，又称菊花青，这里是形容月光树影摇晃着映在窗轩上的图案。

频相顾，馀欢未尽，欲去且留连——宴会结束了，大家频频相呼话别，但总觉得兴致仍未了，真舍不得离开这儿。

新评

此词上片单写一个"茶"字，茶的品种、形状、颜色、味道，好像在介绍品茗知识。下片则写赏美，美人的舞姿、美人的愁情、馀欢未尽的遗憾。

## 虞美人

题解

少游在会稽，有《游龙门山次程公韵》诗云："路转横塘入乱峰，遍寻潇洒兴无穷。"所写景物，与此词境相似。此词写的是野外游兴，偶见渔家子女的恋情，充满水乡生活气息。当作于元丰二年(1079)在会稽时。

行行信马横塘畔，烟水秋平岸。绿荷多少夕阳中，知为阿谁凝恨背西风？　　红妆艇子来何处？荡桨偷相顾。鸳鸯惊起不无愁，柳外一双飞去却回头。

新解

行行信马横塘畔，烟水秋平岸——秋季信马在堤岸上漫游，水波浩荡，几乎与堤岸一般齐平，正是江南秋季特征。横塘：东西走向的池塘。《吴郡图记续记》卷下："或五里七里而为一纵浦，又七里或十里而为一横塘，因塘浦之土以为堤岸。"

绿荷多少夕阳中，知为阿谁凝恨背西风——这二句翻自杜牧《齐安郡中偶题》："多少绿荷相倚恨，一时回首背西风"，语意却更加新奇。在夕阳西风中，绿荷像含愁似的翻卷着。既点出秋季万物将肃杀的景象，又含有诗人伤秋的情绪。

红妆艇子来何处？荡桨偷相顾——这是写恋情。红妆：女子。艇子：船夫。船上的一男一女来自何方？男的摇着桨，偷瞧女子。是在相恋吗？

鸳鸯惊起不无愁，柳外一双飞去却回头——船上的"鸳鸯"惊动了柳中的鸳鸯，它们含着愁，向远方飞去，却回头瞧着船上的这一对。这真是一幅妙景，两对鸳鸯，一对为人，一对为鸟，两两相对，点化出无限情趣。

新评

此词写得清新秀丽，饶有情趣，表现的是水乡男女青年的恋情。在秋天的烟水中，地上的鸳鸯和水中的恋人互相顾盼，相映成趣，有浓厚的生活气息。“绿荷凝恨”，拟人笔法，明写荷实则写人。“柳外一双飞去却回头”，情中有情，其憨态很逗人，完全是情化了。

## 满庭芳

题解

《苕溪渔隐丛话》卷三十三引《艺苑雌黄》云：“程公辟守会稽，少游客焉，馆之蓬莱阁。一日，席上有所悦，自尔眷眷不能忘怀，因赋长短句，所谓‘多少蓬莱旧事，空回首，烟霭纷纷’是也。”此词写与一歌女的恋情，可能就是“席上有所悦”者。结合“衰草”、“寒鸦”等字眼，可断定作于元丰二年(1079)岁暮将离开会稽时。此词是秦观词中的名作，尤其“山抹微云”一句更是流传千古。

山抹微云，天粘衰草，画角声断谯门。暂停征棹，聊共引离樽。多少蓬莱旧事，空回首，烟霭纷纷。斜阳外，寒鸦万点，流水绕孤村。　销魂，当此际，香囊暗解，罗带轻分。谩赢得青楼，薄幸名存。此去何时见也？襟袖上，空惹啼痕。伤情处，高城望断，灯火已黄昏。

新解

山抹微云，天粘衰草，画角声断谯门——这句写明季节、地点。衰草：说明已到秋末冬初。远远望去，淡云绕在山峦上，像抹了一笔似的，茫茫白草与天际浑然一色。这时，城门楼上传来了令人悲哀的画角声。谯门：城门楼。点明分别的地点在城门外。“抹”字有画意，像人在作水彩画；“画角声”含有催征之意。

暂停征棹，聊共引离樽——我就要离开这里了，随扁舟浪迹天涯；乘船儿尚未出发，我们暂且共饮一杯离别的酒吧。这是写饯别场面。此时少游离会稽回扬州高邮故乡，为他饯行的可能就是那个“席上有所悦”的歌妓。

多少蓬莱旧事，空回首，烟霭纷纷——少游在会稽时“馆之蓬莱阁”，在这里他可能与那位歌妓相会过，所以有此语，这句说：我们过去有多少相爱的日子，现在回想起来，就像那满天的烟云一样虚无缥缈，令人惆怅不已。

斜阳外，寒鸦万点，流水绕孤村——“斜阳”点明话别的时间长，已到黄昏，得分手了。“寒鸦”带有人的情绪，人的心情不好，看乌鸦也觉得有寒意。话别到斜阳时分，该说的话都说了，又舍不得分开，无意中看到远方“寒鸦万点，流水绕孤村”，这幅凄凉的景象，更增加了离别的悲伤气氛。

销魂，当此际，香囊暗解，罗带轻分——让人受不了呀，这个时分！哪个时分呢？互赠信物之时。为了表示对爱情的忠贞，我悄悄地解下香囊送给她，她也轻轻地分开罗带赠给我。“暗”和“轻”字，点明众人在场，两人的羞态。同时又说明两人已无语可说，无限深情恨意都融进这信物里。

谩赢得青楼，薄幸名存——这句化自杜牧诗“十年一觉扬州梦，赢得青楼薄幸名”，是说自己终要离去，空辜负了你的一片痴情。

此去何时见也？襟袖上，空惹啼痕——你问我：这一去，啥时才能再见呢？我答不上来。你扑在我身上哭泣开了，沾了我一身泪痕。

伤情处，高城望断，灯火已黄昏——分别的时刻到了，回头望那高高的城楼，已万家灯火，临近黄昏了。“望断”二字，正是肠断啊！

新评

地点在会稽城外。时间是初冬季节。人物一为秦少游，一为少游所爱的歌妓。两人话别从日中到“斜阳”，再到“黄昏”。“寒鸦”句化自隋炀帝诗：“寒鸦千万点，流水绕孤村。”清代贺贻孙《诗筏》评论说：“余谓此语在隋炀帝诗中，只属平常，入少游词特为妙绝。盖少游之妙，在斜阳外三字，见闻空幻。又寒鸦流水，炀帝以五言划为两景，少游用长短句错落，与斜阳外三景合为一景，遂如一幅佳图。此乃点化之神。”可谓佳评。结句“望断”、“黄昏”，既是眼前景，又是心中情，充满惆怅、无可奈何之意。全词在立意上与柳永的《雨霖铃》“寒蝉凄切”很相似，词意凄凉，情意缠绵，无怪乎苏东坡说少游“学柳七作词”。

## 雨中花

题解

宋代惠洪《冷斋夜话》云：“少游元丰初梦中作长短句曰：指点虚无征路……既觉，使侍儿歌之，盖雨中花也。”元丰三年(1080)少游与苏辙一起游金山，作诗唱和，多言谈神山仙境。此词与诸诗意境构思相仿，可定为同时之作。

指点虚无征路，醉乘斑虬，远访西极。正天风吹落，满空寒白。玉女明星迎笑，何苦自淹尘域？正火轮飞上，雾卷烟开，洞观金碧。　　重重观阁，横枕鳌峰，水面倒衔苍石。随处有奇香幽火，杳然难测。好是蟠桃熟后，阿环偷报消息。任青天碧海，一枝难遇，占取春色。

**新解**

指点虚无征路，醉乘斑虬，远访西极——虚无：指虚幻的境界。杜甫《送孔巢父谢病归游江东兼呈李白》诗："蓬莱织女回云车，指点虚无是征路。"西极：西方极远之地。屈原《离骚》："朝发轫于天津兮，夕余至乎西极"。这句说：我们骑着斑驳的虬龙，一起指点着虚无缥缈的前方，准备去访问西方极远之地。

正天风吹落，满空寒白——正好赶上一场天风吹过，吹散了满天的寒雾。这样就更好行路了。

玉女明星迎笑，何苦自淹尘域——迎面走来华山神女，她们笑着说：这儿有多好，你们何苦淹留在尘世呢？《集仙录》："明星玉女者，居华山，服玉浆，白日升天。"可见为华山之神女。

正火轮飞上，雾卷烟开，洞观金碧——正谈着话，只见一轮红日升起，顿时满天云雾散开，露出一个金碧辉煌的世界。火轮：太阳。

重重观阁，横枕鳌峰，水面倒衔苍石——这是写神女居所的奇观。往上看，层层楼台亭阁，依山势而起伏；往下看，一水如镜，倒映出青碧色的山石。鳌峰；即金鳌峰，在金山的最高处。所以说横枕鳌峰。

随处有奇香幽火，杳然难测——这是写神仙世界的奇妙、神秘。到处可嗅到奇异香味，看到幽幽的火苗，也摸不准是有多深多大。

好是蟠桃熟后，阿环偷报消息——蟠桃：神话中的仙桃。《海内十洲记》："东海有山名度索山，上有大桃树，蟠曲三千里，曰蟠木。"《汉武帝内传》："西王母曰：此桃三千年一生实，中夏地薄，种之不生。"阿环：神话中的上元夫人，此处指西王母的信使。蟠桃三千年一熟，吃后可长生不老，王母娘娘轻易不许人，所以阿环就悄悄地透露给我们消息：你们正赶上了好时候。

任青天碧海，一枝难遇，占取春色——听到此消息，我们就开始寻找，可任凭走遍青天碧海，也找不到一枝充满春色的蟠桃。这句意谓想成仙而不能。

**新评**

此词是写梦境，然于现实中亦有所寄托，可以窥见作者此时迷茫惆怅的心情，对前途感到渺茫。在写法上，受李白的《梦游天姥吟留别》影响较大。上片透露出"何苦自淹尘域"的思想，下片写既然不想在人世，那就要成仙，想吃仙桃又不能。正是走投无路之时。

## 望海潮

题解

神宗元丰三年(1080),少游《与李乐天简》云:"自还家来,比会稽时人事差少。杜门却扫,日以文史自娱。时复扁舟循邗沟而南,以适广陵。泛九曲池,访隋氏陈迹,入大明寺,饮蜀井,上平山堂。……遂登摘星寺。寺,迷楼故址也。仆每登此,窃心悲而乐之。"此词中所咏"有迷楼挂斗",正与简中所记相同,故此词作于元丰三年(1080)家居闲游时期。词中描写了扬州的繁华景象,并通过对历史典事的回顾,抒发了一种抚今追昔的感慨。

星分斗牛,疆连淮海,扬州万井提封。花发路香,莺啼人起,珠帘十里东风。豪俊气如虹。曳照春金紫,飞盖相从。巷入垂杨,画桥南北,翠烟中。　　追思故国繁雄。有迷楼挂斗,月观横空。纹锦制帆,明珠溅雨,宁论爵马鱼龙。往事逐孤鸿。但乱云流水,萦带离宫。最好挥毫万字,一饮拚千钟。

新解

星分斗牛,疆连淮海,扬州万井提封——写扬州的地理位置和规模。星分:古代分野法,以天上星宿相对地下野域。依此,扬州是在斗宿和牛宿之间。淮海:《书·禹贡》:"扬州北据淮,南据海。"井:古制八家为井,引申为家宅乡里。提封万井,犹言通共万井耳。这句是说:扬州上对斗牛二宿,地连淮海二水,大约有万户人家。

花发路香,莺啼人起,珠帘十里东风——化自杜牧《赠别》诗:"春风十里扬州路,卷上珠帘总不如。"极言扬州的繁华。一路鸟语花香,沿街珠帘琳琅满目。

豪俊气如虹——豪俊:指四方冶游之士。

曳照春金紫,飞盖相从——金紫:达官贵人所佩金印紫绶。飞盖:急行的车辆。言显贵们云集扬州观光。

巷入垂杨,画桥南北,翠烟中——垂杨荫笼着幽深的小巷,远远望去,小桥隐现在苍翠的烟霭中。画桥:绘有彩图的桥。

上片写扬州的形势和繁华。

追思故国繁雄。有迷楼挂斗,月观横空。纹锦制帆,明珠溅雨,宁论爵马鱼龙——写扬州在隋炀帝时的繁华雄伟景象。隋炀帝建筑的迷楼高得可以悬挂星斗,游玩的月观阁横绝天空。他用锦缎做船帆，洒明珠似雨点，真是富贵帝王家，更不用谈爵马鱼龙这些珍奇玩物了。《大业拾遗记》："炀帝色荒愈炽，乃建迷楼，择下俚稚女居之。"又："炀帝幸月观，烟景清朗，中夜独与萧妃起临前轩。"又："炀帝幸江都，至汴，帝御龙舟，萧妃乘凤舸。锦帆彩缆，穷极侈糜。"《隋遗录》："炀帝命宫女洒明珠于龙舟上，以拟雨雹之声。"鲍照《芜城赋》："吴蔡齐秦之声，鱼龙爵马之玩。"爵：即雀，指鸟禽。

往事逐孤鸿。但乱云流水，萦带离宫——往事如烟，炀帝已矣！现在只有乱云流水萦绕在炀帝当年的行宫废墟上。扬州曾是炀帝的别宫，所以此词有"故国"、"离宫"之称。

最好挥毫万字，一饮拚千钟——欧阳修《朝中措送刘仲原甫出守维扬》："文章太守，挥毫万字，一饮千钟。"这句感慨炀帝富贵难再，时过境迁，认为人生最痛快的就是诗酒文章，自娱而乐，不必追求那些身外之物。拚：不在乎的意思。

下片写炀帝当年的豪华生活。

新评

此首在秦观词中具有暴露性和讽刺性，把炀帝当年的奢侈生活活脱脱地勾勒了出来。结句感慨富贵如浮云流水，难以持久，人生当寄情于文章美酒，这种超脱的思想在当时还是有进步性的。全词用典事和前人诗句较多，但都恰到好处，没有斧凿的痕迹，可以看出作者点铁成金的艺术功力。

## 满庭芳

题解

词中"豆蔻"两句，借杜牧诗喻扬州冶游生活。"芜城"即扬州。据秦观《与李乐天简》，他曾在元丰三年(1080)适广陵，也就是扬州。所以此词应作于从扬州返回高邮家后，为追忆之作。词中描写了扬州的秀丽春色，回忆了在扬州的冶游生活。文辞优美，景境俱佳，是秦观婉约词风的代表作之一。

晓色云开，春随人意，骤雨才过还晴。古台芳榭，飞燕蹴红英。舞困榆钱自落，秋千外，绿水桥平。东风里，朱门映柳，低按小秦筝。　　多情，行乐处，珠钿翠盖，玉辔红缨。渐酒空金榼，花困蓬瀛。豆蔻梢头旧恨，十年梦，屈指堪惊。凭栏久，疏烟淡日，寂寞下芜城。

新解

晓色云开，春随人意，骤雨才过还晴——下了一场急雨，滋润了万物，又很快变成了晴天，所以说“春随人意”！晓色：点明是早晨时分。

古台芳榭，飞燕蹴红英——古老的楼台阁榭旁，长着鲜嫩的芳草，喻示着春天的新生。燕子飞来飞去，碰得树上的红英纷纷落下，所以说“蹴红英”。一个“蹴”字，把燕子人化了，活脱了，很形象。

舞困榆钱自落，秋千外，绿水桥平——前句写近景：榆钱花败了，随风旋转着落下，像“舞困”了，也是拟人笔法。后句写远景：透过秋千看，远方的小桥与绿水似乎齐平了。

东风里，朱门映柳，低按小秦筝——就在这一片春色中，我坐在自己家里的柳树下，轻轻地弹着小秦筝。筝：古乐器，秦地产，故名秦筝。弹什么呢？抒发什么感情呢？

多情，行乐处，珠钿翠盖，玉辔红缨——原来是想起了自己以前的行乐生活。珠钿翠盖，形容车辆的华丽。玉辔红缨：形容马匹的美丽。

渐酒空金榼，花困蓬瀛——金榼：贵重的酒器。蓬：蓬莱；瀛：瀛洲，传说中的海上仙山，此处指妓院。这句说：渐渐地，囊中的钱耗完了，也无钱沽酒了。长期迷恋女色，也有些厌倦了。

豆蔻梢头旧恨，十年梦，屈指堪惊——化用杜牧诗：“娉娉袅袅十三馀，豆蔻梢头二月初”和“十年一觉扬州梦，赢得青楼薄幸名”。旧恨：与恋人分别时的离恨。屈指堪惊，算一算，分别已这么长时间了，再也没见到她，真让人有些心伤。

凭栏久，疏烟淡日，寂寞下芜城——就这样久久地倚栏想着往事，直到黄昏，看着几缕轻烟淡淡地向扬州飘去。此句与“晓色云开”，首尾照应，由早晨一直写到黄昏。“寂寞下芜城”，写心境，自己心里难受，一想到芜城，就觉得寂寞。

新评

这首词上片写雨后春景，很惬人意，兴奋之至，弹起小秦筝。下片写由弹筝引起对扬州行乐生活的怀恋，思念之深，直至黄昏。《词综偶评》说：“晓色云开三句，天气；高台芳榭四句，景物；东风里三句，渐说到人事；珠钿翠盖二句，会合；渐酒空金榼四句，离别；疏烟淡日二句，与起处反照作收。”心情愉快时，有“飞燕蹴红英”之句；旧恨堪惊时，又觉得“疏烟淡日寂寞”；景随情迁，可喜亦可悲。

## 醉桃源

题解

此首写艳情，约作于青年时期。上片对情景的描摹较好，表现了一对情人初次幽会时的娇羞场面。

碧天如水月如眉，城头银漏迟。绿波风动画船移，娇羞初见时。　　银烛暗，翠帘垂，芳心两自知。楚台魂断晓云飞，幽欢难再期。

新解

碧天如水月如眉，城头银漏迟——幽会的时间，在一个月夜，时间已很晚了。城头：指从城头传来的报更声。银漏：即漏斗，用以计时，根据漏斗显示的时刻来报更。

绿波风动画船移，娇羞初见时——幽会的地点，在一个华美的船上。由于初次幽会，女方难免娇羞。

银烛暗，翠帘垂，芳心两自知——在船上的阁房里，两人亲昵时的情景。

楚台魂断晓云飞，幽欢难再期——写两人交欢时的娱情。楚台：即楚王台，出自宋玉《高唐赋》，指楚襄王约会神女之阳台，以后专用以形容男女幽会之地。

新评

此词用写实手法表现男欢女爱，受花间词影响的痕迹很明显。

## 迎春乐

题解

此词笔法新奇，立意巧妙，以蜂喻人，暗寓艳情。王灼《碧鸡漫志》曰：“少游屡困京洛，故疏荡之风不除。”其写词有时为遣兴娱乐，或应歌女之请。此首传唱于青楼，当为早期作品。

菖蒲叶叶知多少？惟有个蜂儿妙。雨晴红粉齐开了，露一点，娇黄小。　　早是被晓风力暴，更春共斜阳俱老。怎得香香深处，作个蜂儿抱？

新解

菖蒲叶叶知多少？惟有个蜂儿妙——菖蒲：草名。以一代百，泛指春草。春草有多少呢？不知道。只能看见个蜂儿在草丛里钻来钻去，它多快乐，多妙！妙在哪里呢？

雨晴红粉齐开了，露一点，娇黄小——就妙在这里。雨后天晴，百花吐艳，娇小的蜂儿钻入花丛，只露出那么一点点黄色的躯体。“红粉”、“娇黄”，色彩鲜明，煞是可爱。“妙”字、“娇”字，都是作者眼里的情字。

早是被晓风力暴，更春共斜阳俱老——暴：疾也。伤暮春疾风摧草，红粉凋零。渐言到人事。人正值青春年少，转瞬即衰老，难免有欢娱未尽的伤感。

怎得香香深处，作个蜂儿抱——人如何也能像蜂儿一样，在花香深处，搂抱在一起。此句喻意全出。

新评

对少游这首词，前代人评价不一。如《草堂诗馀》别集卷一：“巧妙微透，不厌百回读。”而《古今词话》词品卷下却说：“谀媚之极，变为秽亵。”平心而论，此词如果从艺术角度看，还是写得极好的。“惟有个蜂儿妙”，“露一点，娇黄小”，都是很美妙的艺术语言，捕捉到了一瞬间的动态。从寓意看，也有佳处，以蜂喻人，新奇巧妙。

## 望海潮

题解

从词意看，写的是一对情人的离恨。或者是少游写自己，或者是完全出于想象的创作。属于早期闲愁一类作品。明代徐渭评点此词时说：“寻常浅语，自是生情。”可见此词在表情上自有特色。

奴如飞絮，郎如流水，相沾便肯相随。微月户庭，残灯帘幕，匆匆共惜佳期。才话暂分携，早抱人娇咽，双泪红垂。画舸难停，翠帏轻别，两依依。　　别来怎表相思？有分香帕子，合数松儿。红粉脆痕，青笺嫩约，丁宁莫遣人知。成病也因谁？更自言秋杪，亲去无疑。但恐生时注著，合有分于飞。

新解

奴如飞絮，郎如流水，相沾便肯相随——这三句是以女子的口吻说的，自比飞絮，一沾到流水，就相随而去，表明了女子的依附性。

微月户庭，残灯帘幕，匆匆共惜佳期——这是写欢会。“微月”、“残灯”，都表示夜深了，时间长了。“匆匆”二字，说明这次相会是短暂的，相会了就要分开，所以显得格外珍惜。

才话暂分携，早抱人娇咽，双泪红垂——果然，男的终于说出了分别的话。其实女方也明白，不分开是不行了，但从感情上一下子接受不了，所以有“抱人娇咽，双泪红垂”的动作。胭脂和泪而流，故曰红泪。

画舸难停，翠帏轻别，两依依——从“画舸”二字，可看出男的是乘船冶游路过这里的，今夜暂与所爱之人相会，天明就要启程的。“画舸难停”，是以男子的口吻说的。你想让我多住几天吗？不行，人家的船儿是不肯再停留的。

别来怎表相思？有分香帕子，合数松儿——那就只好分别了。但分别后，相思时怎么办？两人早就安排好了，女方送的是带有香味的手帕，男方送的是双双成对的松子。相思时，就看看这些信物，如同看见了对方。

红粉脆痕，青笺嫩约，丁宁莫遣人知——女子很痴情，临别时，还送给男方一封情书，反复叮咛说：你到船上再看吧，可千万不要让别人知道了这些。信上留有胭脂泪的痕迹，故曰“红粉脆痕”。青笺：青色的纸。嫩约：约会，此处指情书。

成病也因谁？更自言秋杪，亲去无疑——这是女子情书上的内容。她说：你走后，我会害病的，什么原因呢？还不是因为你吗？到今年秋末时，你一定要再来看我，千万不要毁约。杪：树木的末梢，引申为年月季节的末尾，秋杪即秋末。

但恐生时注著，合有分于飞——还是女子情书上的内容：如果你如约来了，我死了，也就罢了，只要我还活着，我们就有夫妻的缘分。于飞，《诗经·大雅·卷阿》：“凤凰于飞，翙翙其羽。”喻夫妇和好之乐。

**新评**

此词重点在写女方的痴情和坚贞。起头三句，是她对男方的剖白，表示自己对他的依赖。“才话”几句是她对“匆匆佳期”的遗恨。下片写她很细心，不但赠了信物，而且写了情书。男子在上船后所看到的情书上的那一段誓词，是和泪泣血写成的，耿耿之心，指天可证。相比之下，男子的形象则显得淡薄些。

## 浣溪沙

**题解**

《词则大雅集》卷二评此词“宛转幽怨，温韦嫡派”，说明了它与花间词的渊源关系。此词是代一闺妇抒写闲愁的，写得婉转凄怨，下片奇语尤其惊人，比喻新巧，可看做少游早期的代表作。

漠漠轻寒上小楼，晓阴无赖似穷秋，澹烟流水画屏幽。
自在飞花轻似梦，无边丝雨细如愁，宝帘闲挂小银钩。

新解

漠漠轻寒上小楼——初春季节，天气乍暖还寒，故称轻寒。漠漠，状寒气无边无际。

晓阴无赖似穷秋——晓阴无赖：早晨的光景无所凭借。因为刚入春，万物尚未复苏，眼前所见一片光秃秃的，犹如晚秋景象。上楼想散心，没有可看的景色，真无聊！

澹烟流水画屏幽——还是回房里去吧，房里虽幽暗，但还可以看看屏风上的山水画，借此聊以度日。

自在飞花轻似梦，无边丝雨细如愁——这是开窗看到的景象。飞花：柳絮。飞絮随风起落，轻盈如梦，可又下起了蒙蒙细雨，打得飞絮无影无踪，连“梦”也给破了，好不惹人烦啊！

宝帘闲挂小银钩——坐也愁，立也愁，消磨了一天，看看天黑了，也懒得放下帘子，由它去吧！“闲”字，点明人的无头绪。

新评

时间在初春。地点在小楼。人物是一个闺中少妇。内容是抒发闲愁。作者用轻描淡写的笔法绘制了一幅春景，而人物情绪都渗透在这些景物里。尤其是“自在”二句，既写了人物内心的空虚，又写了因物候变化而引起的心理上的细微的变异，具有韵味无穷的艺术表现力。

## 浣溪沙

题解

此词写的是美人困春的无聊情绪，没有确定的人和事，当为少游早期作品。

香靥凝羞一笑开，柳腰如醉暖相挨，日长春困下楼台。
照水有情聊整鬓，倚栏无绪更兜鞋，眼边牵系懒归来。

新解

香靥凝羞一笑开——香靥：施了胭粉的脸庞。凝羞，像含羞草似的。一笑开，像花儿一样，开了才美，才有魅力。

柳腰如醉暖相挨——腰细如柳，所以显得无力，像醉了酒似的。暖相挨，互相搀扶着，说明不是一个，是两个或几个。

日长春困下楼台——点明下楼的原因。天长了，也暖和了，闷在楼中没意思，就一起下来散散心。

照水有情聊整鬟——下来了，又无处可玩，就照着水面，又料理开了发型。整鬟，并不是因为头发乱，而是无聊。有情，有什么情呢？有闲情。

倚栏无绪更兜鞋——没有可干的了，就一起靠在栏杆上，拉扯着闲话，脚挑着鞋下意识地点着。

眼边牵系懒归来——突然，被什么东西吸引住了，眼睛一直盯着看，很长时间了，也懒得动身去上楼。

新评

写的是春暖天长，美人娇懒的情景。"照水有情聊整鬟"，是一个很美的剪影：在清悠悠的池水边，坐着几个线条优柔的姑娘，在嘻嘻哈哈地料理着头发。如果说这写的是美态，那么，"倚栏无绪更兜鞋" 就是俏态了，更能显出少女的调皮劲和赖劲。《续编草堂诗馀》评此词："上句妙在照水，下句妙在兜鞋，即令闺人自模，恐未到。" 可谓点中了要旨。

## 河 传

题解

此词写的是男女行欢的情景，格调直白显露，在艺术造型上有刻意模仿李煜词的痕迹，当为少游早年放荡生活的写照。

恨眉醉眼，甚轻轻觑著，神魂迷乱。常记那回，小曲栏杆西畔。鬓云松，罗袜刬。　　丁香笑吐娇无限，语软声低，道我何曾惯。云雨未谐，早被东风吹散。闷损人，天不管。

新解

恨眉醉眼，甚轻轻觑著，神魂迷乱——这是写酒醉后的神态。酒醉了，欲火难耐，又没个可发泄的地方，所以横眉竖眼的，到处乱看，好像被什么迷住了心窍。

常记那回，小曲栏杆西畔。鬓云松，罗袜刬——于是想起了以前行乐的情景。罗袜刬：只穿着袜子走路。这是写女方赴约时怕发出声响的神态。李煜词："刬袜步香阶，手提金缕鞋。”

丁香笑吐娇无限，语软声低，道我何曾惯——丁香：喻女子舌头。李煜词：“向人微露丁香颗。”写女子笑吐丁香，娇美无比，欢爱时所说的情话。

云雨未谐，早被东风吹散。闷损人，天不管——又回到眼前。想完以前的交欢情景，愈发愁闷不堪，难以忍受。

新评

少游词中，类似这首直接描写男女欢爱场面的为数不少，这是其中的情词部分。这个阶段，他受李煜和柳永词的影响比较深。他学李词和柳词的优点，又津津有味地吸取其中的欢情描写，这表明他在思想和艺术上的模仿还是盲目的。

## 浣溪沙

题解

此词写男女房帏欢爱之事，抒发的是幽情，当定为少游早期作品。

霜缟同心翠黛连，红绡四角缀金钱，恼人香爇是龙涎。
枕上忽收疑是梦，灯前重看不成眠，又还一段恶因缘。

新解

霜缟同心翠黛连——霜缟：素白色的绢，此处指卧室的帐子。翠黛：青黑色的颜料，此处指黑线。这句说：白色的帐子是用黑线缝制成的，一条黑线连来连去，所以说同心。暗喻男女情投意合。

红绡四角缀金钱——帐子的四角扎着红丝布，红丝布上结着铜钱，作为点缀品。

恼人香爇是龙涎——香爇：香料。龙涎：香料中的名贵品。卧室里散发着浓重的香料味，浓得让人受不了。

枕上忽收疑是梦——枕上忽收，言男女交欢完毕。将信将疑，总觉得是在梦里一般。

灯前重看不成眠——交欢完了，总不相信是真的。于是，又点起灯，细细端详她的姿容，难以入睡。

又还一段恶因缘——轻薄语。说：看来我们是有缘分的，现在又了却了一桩风流心愿。

新评

此词也属于少游早期言情作品之列，结句极不负责，是花花公子的口吻，也是少游青年时放荡生活的自我写照。

## 浣溪沙

题解

从词中“恨人何事苦离家”之“家”字，可知主人公是位闺妇。此词是以闺妇的口吻写离情的，思丈夫而不得，幽怨深沉，无可发泄。当为少游早期代人写愁的作品。

锦帐重重卷暮霞，屏风曲曲斗红牙，恨人何事苦离家。
枕上梦魂飞不去，觉来红日又西斜，满庭芳草衬残花。

新解

锦帐重重卷暮霞——从“暮霞”，可知是黄昏时分。锦帐还一团一团地卷着，懒得放下来，说明主人公心事重重，无意去睡。斜阳照在卷起的锦帐上，故曰“卷暮霞”。

屏风曲曲斗红牙——红牙：乐器名，即檀板，亦名牙板；因其色红，故名。斗：拼凑，玩的意思。写主人公的无聊，坐在弯曲排放的屏风后面，在玩檀板，借以消磨时光。

恨人何事苦离家——这才是心思。原来是在恨丈夫久游不归。外边有什么好，就值得你这么长时间不回来！写女子孤寂过甚，怨丈夫轻离别。

枕上梦魂飞不去——此句写梦境。见不到丈夫，就做梦梦他吧，还果真梦着了，但不论我怎样追他，总到不了他身边。

觉来红日又西斜——看来梦是在白天做的，比照起句，写又一天就这样浑浑噩噩地过去了，日复一日，天天如此！

满庭芳草衬残花——写残春景色。意谓：我就这样天天想着他，直到残春时节，他还是不回来。

新评

此词写孤身独居的妻子日夜思念久出不归的丈夫，百无聊赖，终成幽恨。“恨人何事苦离家”，表达了她对丈夫的不理解；“枕上梦魂飞不去”，是心灵煎熬的痛苦。《蓼园词选》沈际飞曰：“前人诗：‘梦魂不知处，飞过大江西。’此云‘飞不去’，绝好翻用法。按：‘重重’，‘曲曲’，写得柔情旖旎，方唤得下句‘何事’字起。即第二阕‘飞不去’，亦从此生出。写闺情至此，意致浓深，大雅不俗。”说明了此词的特色。

## 八六子

题解

这是一首写离别后相思之情的词。从词意上看，“红袂”当为主人公所钟爱的一位歌女，由于某种原因，两人分别了，别后又十分懊悔痛苦。从内容风格上看，当属于少游早期作品。

倚危亭，恨如芳草，萋萋刬尽还生。念柳外青骢别后，水边红袂分时，怆然暗惊。　　无端天与娉婷。夜月一帘幽梦，春风十里柔情。怎奈向欢娱渐随流水，素弦声断，翠绡香减。那堪片片飞花弄晚，濛濛残雨笼晴。正销凝，黄鹂又啼数声。

新解

倚危亭，恨如芳草，萋萋刬尽还生——危亭：高耸的亭子。点明地点，亭子就是主人公所在的地方。倚危亭本来是为了赏心悦目，但看到的却是一川芳草，就反而引起他无限的愁思。芳草生命力极强。第一年刬尽了，第二年又长上来。而这正如人的恨一样，不论你怎样排遣它，它仍不断地滋长着。恨什么呢？

念柳外青骢别后，水边红袂分时，怆然暗惊——是恨离别。柳外水边，是分别时的地点。我牵着青骢，她穿着红衣，色彩多鲜明！当时轻别意中人，别时容易见时难，现在每每想起这个场面，就让人“暗惊”不已。

无端天与娉婷——是什么原因，老天爷赋予你那样苗条的身姿呢？你如果没有那样美丽，我也就不恨了；偏偏你天生丽质，我不恨行吗？

夜月一帘幽梦，春风十里柔情——恨有什么用，又见不上你。于是我就在梦中来梦你，还果真梦到了，两人柔情绵绵，真快乐啊！

怎奈向欢娱渐随流水，素弦声断，翠绡香减——可偏偏梦醒了，梦中的欢娱都像流水一样消失了，不仅听不到你在梦中弹奏的乐曲，就连你留在我的青巾上的香气也好像减退了。

那堪片片飞花弄晚，濛濛残雨笼晴——偏偏窗外又响起了风声雨声！晚风卷着落叶，似晴又不晴，天空懒洋洋地下着濛濛细雨。真让人受不了啊！

正销凝，黄鹂又啼数声——正愁得人销魂凝神，呆呆地不知如何是好，不知趣的黄鹂又来耳边啼叫，真是愁上加愁啊！

**新评**

这首词的主人公是作者自己，时间在春末，地点在危亭，内容是悔恨自己与恋人的离别。“无端天与娉婷”，将惹恨的根源，推向老天爷，真是恨得奇怪！“正销凝，黄鹂又啼数声”，埋怨黄鹂搅乱思绪，与“打起黄莺儿，莫叫枝上啼，啼时惊妾梦，不得到辽西”是同一心理状态。《草堂馀隽》卷四眉批：“别后分时，忆来情多。花弄晚，雨笼晴，又是一番景色一番愁。全篇句句写个怨意，句句未曾露个怨字。”可谓佳评。

## 如梦令

**题解**

这首词写的是美人伤春，亦属闲愁之类，当为早期作品。

门外鸦啼杨柳，春色著人如酒。睡起熨沉香，玉腕不胜金斗。消瘦，消瘦，还是褪花时候。

**新解**

门外鸦啼杨柳——第三句有“睡起”，那么就是这“鸦啼”声给吵醒了。

春色著人如酒——正是春暖花开时节，人容易招困，所以说有“如酒”的感觉。

睡起熨沉香，玉腕不胜金斗——睡起了，昏昏沉沉的，还是干点活解解困，给衣服熨点沉香吧，可拿起熨斗，那么重。什么原因呢？

消瘦，消瘦，还是褪花时候——原来是人消瘦的缘故。看到满地落花，春天就要结束了，人伤春，也伤自己红颜易逝，就消瘦了。

**新评**

这首小词写的是美人困春伤春的情绪。由“玉腕不胜金斗”追问起，是因为“人消瘦”，人消瘦是因为“褪花时候”，归结到伤春的根源。采用的是先果后因的笔法。

## 如梦令

**题解**

从词意看，写的是一个女子失恋后或恋人久久不归而引起的痛苦，也是少游代人写愁，属前期作品。

幽梦匆匆破后，妆粉乱痕沾袖。遥想酒醒来，无奈玉销花瘦。回首，回首，绕岸夕阳疏柳。

新解

幽梦匆匆破后——幽梦：与恋人相会的梦。匆匆，梦很短。老天爷不作美，好梦不长。

妆粉乱痕沾袖——衣服上沾满了乱痕，证明在梦中流了泪，看来这梦太令人激动了，是不是梦到了意中人？

遥想酒醒来，无奈玉销花瘦——遥想：长时间地想。因为见不到意中人，就拼命地借酒浇愁，整天浑浑噩噩的，长久了我就告诫自己：别泡在酒中醒不来，可就没办法了，原来多美的花容月貌，就这样一天天地消瘦下去了。

回首，回首，绕岸夕阳疏柳——出去走走吧，可除了夕阳疏柳外，一无可看，更让人心烦。烦什么呢？自己不正如这夕阳疏柳，还能鲜艳几天呢？

新评

写失意女子的苦恋，借梦，借酒，都恋不成；想借景消消愁，也消不了。难怪她“玉销花瘦”了。这四个字警奇，一切愁苦尽囊其中。

## 画堂春

题解

宋神宗元丰五年(1082)，少游应礼部试，落第罢归。这首词中有“杏园憔悴杜鹃啼”，杏园在长安曲江池西南，是唐代新中进士游宴之地。“杏园憔悴”，就是写自己考场失意了。那么，这首词当为写落第心情无疑，当为元丰五年(1082)春末作。

落红铺地水平池，弄晴小雨霏霏。杏园憔悴杜鹃啼，无奈春归。　柳外画楼独上，凭栏手捻花枝。放花无语对斜晖，此恨谁知？

新解

落红铺地水平池——由“落红”，可知是残春节令了。只有到了夏季，才有“水平池”的现象。可知此时正是春夏交替之际。

弄晴小雨霏霏——要么就晴了，要么就下得痛快些，偏偏这晴不晴、阴不阴的气候，最惹人心烦。

杏园憔悴杜鹃啼——原来是考场失意了。怪不得又恨“落红铺地”，又恨“弄晴小雨”。杜牧曾有诗：“莫怪杏园憔悴去，满城多少插花人”，想不到我秦观今天也成了“杏园憔悴”者了。杜鹃啼，啼春归；可今天听起来，格外刺耳。

无奈春归——是伤春归呢？还是伤自己呢？

柳外画楼独上——就这样漫无目的地走着，一个人登上了柳林外边的画楼。登楼干什么呢？

凭栏手捻花枝——自己也不知道！只是身靠着栏杆上，手牵着花枝晃来晃去。心情多空虚啊。

放花无语对斜晖——放花无语：表示心情很痛苦而又无可奈何。斜晖：说明待在这里的时间已很长了。

此恨谁知——这是由心底发出的恨语：谁会理解我此时的心情呢？

新评

这首词写落第后的愁苦心情。“愁”本来是无形的，抽象的，得借助具体形象才能表达出来。此词就善于捕捉这具体的动作来体现愁。比如，“手捻花枝”，是无意中的一个动作，却能体现作者心绪烦乱，愁苦无聊；“放花无语”，可看出作者面对既定事实，无可奈何的情态。全篇语词凄婉，寓意深沉，由于写的是自己的切身感受，所以比代人写闲愁的作品要真切得多。

## 长相思

题解

此词作于镇江城，上片回忆往昔的欢娱，下片感慨自己有衰老之态。秦观落第后，曾在第二年，即元丰六年(1083)，作《精明骑序》说：“比数年来，颇发愤自惩艾，悔前所为，而聪明衰耗，殆不知曩时十一二。”其心情与此词意相吻合，故定此词作于元丰六年(1083)秋。

铁瓮城高，蒜山渡阔，干云十二层楼。开尊待月，掩箔披风，依然灯火扬州。绮陌南头，记歌名宛转，乡号温柔。曲槛俯清流，想花阴谁系兰舟？　　念凄绝秦弦，感深荆赋，相望几许凝愁。勤勤裁尺素，奈双鱼难渡瓜洲。晓鉴堪羞，潘鬓点吴霜渐稠。幸于飞，鸳鸯未老，不应同是悲秋。

新解

铁瓮城高，蒜山渡阔，干云十二层楼——铁瓮：镇江城古名。蒜山：在镇江府治西三里西津渡口，北临大江，无峰岭，山多泽蒜，故名。这三句点明写作地点，是在镇江城楼头。楼有十二层高，故曰干云。“城高”、“渡阔”，是登临俯视所看到的景象。

开尊待月，掩箔披风，依然灯火扬州——箔：帘子。这句写在楼上的阁房里，品着酒以待赏月，夜寒了，就放下帘子挡挡风。居高临下，看着黄昏时镇江城的万家灯火，就像看到了扬州城。

绮陌南头，记歌名宛转，乡号温柔——于是想起了以前在扬州的一段欢娱生活。绮陌南头：指歌妓所在地。宛转：晋刘妙容《宛转歌》：“歌宛转，宛转凄以哀。愿为星与汉，光影共徘徊。”此处借指歌妓所唱的歌。乡号温柔，《飞燕外传》：“是夜，后进合德，帝大悦，以辅属体，无所不靡，谓为温柔乡。”此处指歌妓很温柔，惬和人意。

曲槛俯清流，想花阴谁系兰舟——曲槛：指妓楼。俯清流：依水而居。花阴：指女色。兰舟：舟的美称，此处指嫖客的船。这句说：那座妓楼依河流而居，我曾在那里泡了很长时间。

念凄绝秦弦，感深荆赋，相望几许凝愁——秦弦：即秦筝，相传为秦蒙恬所造，故名。荆赋：即楚辞，代指自己所吟的诗词。这句说：我估量着，自分别以后，你一定每每弹着凄凉的曲调，思念着我；而我呢，也每每吟哦着哀怨的词句，思念着你；关山相隔，我们相望了多少次都看不见，只能把愁恨凝聚在乐曲里和词章里。

勤勤裁尺素，奈双鱼难渡瓜洲——尺素双鱼：汉乐府《饮马长城窟行》：“客从远方来，遗我双鲤鱼。呼儿烹鲤鱼，中有尺素书。”瓜洲：扬州城外的渡口。这句意谓：我屡屡想给你写情书，无奈山高路远，到不了你那边。

晓鉴堪羞，潘鬓点吴霜渐稠——鉴：镜子。潘鬓：潘岳《秋兴赋序》：“余春秋三十有二，始见二毛”，后因以潘鬓指白发。吴霜：李贺《还自会稽歌》：“吴霜点归鬓，身与塘蒲晚。”这句言自己清晨临镜，白发日渐见多，老态堪羞。

幸于飞，鸳鸯未老，不应同是悲秋——于飞、鸳鸯：本指夫妇合欢，此处应单指女方。这句说：有幸的是，你尚未见老，不应像我这样，为衰老而悲伤。秋，寓有衰老意。

新评

此词写作地点在镇江楼头，时间在秋末，内容是回忆在扬州时与一歌妓的恋情。“晓鉴”句写衰老之感，结句谓求偶难成，抒有不遇之情，这些似乎都与他落第后的悲伤情绪有关。因此，此词不仅仅只写苦相思，在仕途上的困顿落魄情绪也掺杂在其中。

## 阮郎归

题解

这首词也是借伤春抒发离情，从“秋千”来看，主人公当是位闺妇。人事不确定，属早期作品。

褪花新绿渐团枝，扑人风絮飞。秋千未拆水平堤，落红成地衣。　　游蝶困，乳莺啼，怨春春怎知？日长早被酒禁持，那堪更别离。

新解

褪花新绿渐团枝——团枝：树冠一天天就要圆满了。褪花新绿，与李清照的“绿肥红瘦”是一个造型，谓时在春夏之际。

扑人风絮飞——风絮：柳絮随风飘动。也是春末景色。

秋千未拆水平堤——秋千是在春日里搭起的，现在是“水平堤”时节了，既不见人荡，也不拆除掉，为什么呢？埋一伏笔。

落红成地衣——落花满地，像铺了一层红毯子，可也无人去打扫。“落红成地衣”与上句“秋千未拆”都暗暗点出主人公的无心绪。

游蝶困，乳莺啼，怨春春怎知——渐言到人事。在人的眼里，因春归了，无花可飞了，蝶儿也显得困乏，小莺儿没个快乐的玩处，也在不满地啼叫着。不说人怨春，而说蝶莺怨春，此为移情。

日长早被酒禁持，那堪更别离——到这时人才出来了。禁持：摆布意。原来是人伤春，又伤离别，被酒摆布得受不了，才无心绪去拆秋千，去扫落红。怨春伤春是借口，怨丈夫不归，伤自己红颜渐老才是实情。

新评

前面先写残春景象，再写蝶莺怨春，一步步引起，最后才点明真情。然后反思一一迹象，使人自觉回味无穷。

## 一落索

题解

此词以“杨花”喻游子无信，以“海潮”表达自己对真诚爱情的渴望。是秦观拟怨妇的口吻写的，属早期作品。

杨花终日空飞舞，奈久长难驻。海潮虽是暂时来，却有个堪凭处。　　紫府碧云为路，好相将归去。肯如薄幸五更风，不解与花为主。

新解

杨花终日空飞舞，奈久长难驻——意谓丈夫如同杨花，很轻浮，一会儿东，一会儿西，朝三暮四，就是不肯在家里久留。

海潮虽是暂时来，却有个堪凭处——化自唐李益《江南曲》：“嫁得瞿塘贾，朝朝误妾期。早知潮有信，嫁与弄潮儿。”言丈夫还不如海潮。

紫府碧云为路，好相将归去——紫府：仙宫。写女子平日的宿愿：丈夫啊，我一直思量着，如果真的有仙宫的话，夫妻俩应是相互帮扶着赶向那里。

肯如薄幸五更风，不解与花为主——写女子的失望：谁知道你就像摧花的残风一样，那么薄幸，根本不懂得替我做主，我还有什么盼头呢？

新评

此词是模拟失意女子的口气写的，把无信丈夫比做“杨花”一样轻浮，“五更风”一样薄情，很贴切。潮来有信，人会无凭，是这首词的主题，也反映了当时一般妇女遭受遗弃的普遍命运。

## 丑奴儿

题解

此词写的是一轮天上月，分照两地人。一对离别后的恋人，在月夜里，各自抒发着对对方的情思。当属于早期作品。

夜来酒醒清无梦，愁倚栏干。露滴轻寒，雨打芙蓉泪不干。
佳人别后音尘悄，瘦尽难弃。明月无端，已过红楼十二间。

新解

夜来酒醒清无梦，愁倚栏干——临睡前心烦，喝了些酒，想做个好梦，可夜里酒醒后，压根儿就没做过梦。于是，睡不着了，就到房外去散心。

露滴轻寒，雨打芙蓉泪不干——房外景象更惨：荷叶上正淅淅沥沥地滴着雨珠，联想自己，那不正像人的泪珠吗？

上片写女方。

佳人别后音尘悄，瘦尽难弃——别来多日了，毫无她的音讯，想念她都想得瘦尽了，还是想。

明月无端，已过红楼十二间——白天想，夜里更想。直到月儿西斜了，还在想。无端：无故地，此处犹言无情。十二楼：《汉书·郊祀志》应劭注："五城十二楼，仙人之所居。"此处指一排排的楼房住宅。

下片写男方。

新评

上片有"雨"，下片有"明月"，可见是两地景。两地两人，遥遥相望，景不同，但情一样。"雨打芙蓉泪不干"，既是眼前景，又是离人情；"明月已过十二间"了，还在想，夜思及旦，情深至此，离恨可知。

## 南歌子

题解

这首词写一个女子在精心打扮自己，但打扮好了，恋人不在，让谁来欣赏呢？惹起了她一阵愁思。属早期代人抒写闲愁之类作品。

香墨弯弯画，燕脂淡淡匀。揉蓝衫子杏黄裙，独倚玉栏无语点檀唇。　　人去空流水，花飞半掩门。乱山何处觅行云？又是一钩新月照黄昏。

新解

香墨弯弯画，燕脂淡淡匀——香墨：画眉的螺黛。燕脂：胭脂。这句写女子精心打扮时的情态。"弯弯"、"淡淡"，既写出了打扮得恰到好处，又写出了女子的细心、认真。

揉蓝衫子杏黄裙，独倚玉栏无语点檀唇——揉蓝：古代人从蓝草里提取蓝色，故称揉蓝。檀唇：檀色的唇，形容女性唇吻之美。前句写衣着，衫子是蓝色的，裙子是杏黄色的，色彩对比很艳丽，可见是她精心选择的。面部呢？眉画好了，粉施好了，这会儿她正在点唇呢！可“独倚玉栏无语”却埋下一伏笔。

人去空流水，花飞半掩门——果然，恋人走了，如同流水，再也不回来了，打扮得这样好有什么用？难怪她“独倚无语”。明知恋人不在，为啥还要打扮？我们且看，“门”是“半掩”着呢，原来女子心不死，门儿还在为他半开着。

乱山何处觅行云？又是一钩新月照黄昏——行云：喻恋人踪迹不定。想去找他，山高路远，到哪里去找呢？最怕夜里一个人孤苦，可偏偏又是一个黄昏来了。一个“又”字，寓含着多少个愁日。

新评

起句调子很轻松，似有娱情，一到“无语”二字，才知是佯做欢笑强打扮。明知恋人回归无望还在精心打扮，正说明了女子的怀旧心理：他过去不正喜欢我这个模样吗？明知恋人今夜不会来，还为他半开着门，正说明了女子的痴情，怀有一份侥幸心理。

## 蝶恋花

题解

这首词写的是春光易逝，佳景难再，抒发的是美人伤春的情绪，它属于早期代人写愁的作品。

新解

晓日窥轩双燕语，似与佳人，共惜春将暮。屈指艳阳都几许，可无时霎闲风雨。　流水落花无问处，只有飞云，冉冉来还去。持酒劝云云且住，凭君碍断春归路。

晓日窥轩双燕语，似与佳人，共惜春将暮——“窥轩”二字，写双燕探头探脑状，煞是可爱。它们与佳人在窃窃私语，就奇了。人惜春就是人惜春，还要把燕子也拉扯上，这就是情移它身了。

屈指艳阳都几许，可无时霎闲风雨——她在干什么呢？原来在扳着手指儿盘算着，今春有几个艳阳天呢，算来算去，几乎没有！不是怨风，就是恨雨，怪不得春天快要结束了，原来是让它们逼的。把一腔怨恨发泄在“风雨”身上，又奇了！

流水落花无问处，只有飞云，冉冉来还去——这句写寻春。春跑到哪儿去了呢？问流水，问落花，它们都不知道。那就去问云吧！

持酒劝云云且住，凭君碍断春归路——又是一奇举。让云儿先喝杯酒，央求它去拦住春天，不要让春归去。

**新评**

这首词立意新巧，造语奇特。主燕惜春引出人惜春，惜春惜到了怨风恨雨的地步。由求流水落花引出求飞云，求飞云求到了持酒相劝的地步。为了留住春，她使出了浑身解数，真让人百思不解：留春干什么呢？是不是看到春归，就联想到自己红颜将衰呢？这就是这首词的言有尽而意无穷之处。

## 点绛唇

**题解**

此词也是代人抒写情怀，没有作者自己的感情，应是早期混迹青楼时的作品。

月转乌啼，画堂宫徵生离恨。美人愁闷，不管罗衣褪。
清泪斑斑，挥断柔肠寸。嗔人问，背灯偷揾，拭尽残妆粉。

**新解**

月转乌啼，画堂宫徵生离恨——画堂：涂有彩画的堂屋，一般用于堂屋的美称，诸如画舟、画角、画桥之类，并非确有彩画，习惯称呼。宫徵：古代五音中的二种，此处指乐曲。这句说：夜已经很深了，从屋外传来乌鸦的哀叫声，屋内呢，回响着凄凉的乐曲声，声声都带着离情恨意。

美人愁闷，不管罗衣褪——弹乐曲弹到伤情处，弹不下去了，就躺在床上生闷气。“不管罗衣褪”，是不脱衣服和衣躺下的意思。秦观另词中的“闷即和衣拥”，也是这个意思。

清泪斑斑，挥断柔肠寸——躺在床上想心事，想到伤情处，就禁不住泪如泉涌。“清泪斑斑”，好一副可怜相！“挥断柔肠寸”，极喻伤心状。

嗔人问，背灯偷揾，拭尽残妆粉——还嫌人问呢！意谓：我什么时候哭了？我没哭！是怕人笑话呢？还是生就的这副倔劲呢？可终究掩饰不住，趁人不注意，她就躲在背灯处在偷偷擦泪呢。连脸上的胭脂也都擦光了，还说不哭呢！

**新评**

美人愁什么？闷什么？不写自明。全词没一个“思”字，可处处有情思。只一句“嗔人问，背灯偷揾”，就将一少女的倔劲、内向性格活脱了出来，妩媚之态正在这一动作中。

## 阮郎归

题解

宋杨偍《古今词话》云:"秦少游在扬州刘太尉家,出姬侑觞。中有一姝,善掰箜篌。此乐既古,近世罕有其传,以为绝艺。姝又倾慕少游之才名,偏属意。少游借箜篌观之。既而主人入宅更衣,适值狂风灭烛,姝来且亲,有仓卒之欢,且云:'今日为学士瘦了一半。'少游因作《御街行》以道一时之景。其词曰:银烛生花如红豆,这好事而今有。夜阑人静曲屏深,借宝瑟轻轻招手。可怜一阵白蘋风,故灭烛,教相就。花带雨冰肌香透,恨啼鸟辘轳声晓,岸柳微风吹残酒。断肠时至今依旧。镜中消瘦。那人知后,怕你来僝僽。"此词另见《山谷琴趣外编》,牌名《忆帝京》,调下题作"私情"。《御街行》究竟是否秦观作,还不敢确定。仅作这首《阮郎归》的参考资料,故暂依此解。

宫腰袅袅翠鬟松,夜堂深处逢。无端银烛殒秋风,灵犀得暗通。　身有恨,恨无穷,星河沉晓空。陇头流水各西东,佳期如梦中。

新解

宫腰袅袅翠鬟松——宫腰:即细腰,《韩非子·二柄》:"楚灵王好细腰,而国中多饿人。"这句写歌妓的身姿。翠鬟松,似乎头发蓬乱了一些,而真正美人则蓬头乱发也,故此态更妩媚动人矣。

夜堂深处逢——夜堂:依题解,应是刘太尉家宴会处。此时主人入宅更衣去了,只剩下这两人了。

无端银烛殒秋风——无缘无故地,一阵过堂风,刮灭了宴席上的蜡烛。真是天赐良机!只恐非无端也。

灵犀得暗通——灵犀:《神州异物志》:"犀有神异,表灵以角,因名灵犀也。"李商隐《无题》诗:"身无彩凤双飞翼,心有灵犀一点通。"此处指彼此心心相许,爱慕之情已神会了。

身有恨,恨无穷,星河沉晓空——那时的情景还历历在目,可从此再也没见面了,真让人痛恨啊!这恨没个完。恨到什么程度呢?就恨到"星河沉晓空"这程度!星河被晨空吞噬了,没办法!我再也见不到她了,没办法!

陇头流水各西东,佳期如梦中——用"流水各西东"比喻二人天各一方,不可能再相会了。但不相会又不行，思念得受不了，那就只好在梦中相会了，真是可怜了他！

新评

上片是回忆，下片写眼前。“无端银烛殒秋风”，恐未必“无端”，抑或被人吹灭，不愿直言罢了。“殒”字好，把刮、吹、灭的一组动作都括进了，且含蓄，形象。用“星河沉晓空”喻恨之大，喻恨之无可奈何，也是很新巧的。

## 菩萨蛮

题解

这首词也是代怨妇抒写心中的愁闷，夜深天寒，孤灯一盏，惟其恨长，是以眠为不成。属于早期作品。

虫声泣露惊秋枕，罗帏泪湿鸳鸯锦。独卧玉肌凉，残更与恨长。　阴风翻翠幔，雨涩灯花暗。毕竟不成眠，鸦啼金井寒。

新解

虫声泣露惊秋枕——正梦得好香，却被窗外的唧唧虫声给吵醒了。唉，也难怪，秋深了，夜深了，虫儿们也快乐不了几天了，听它们的叫声，好像在哭泣呢！人呢？

罗帏泪湿鸳鸯锦——人在帐子里也哭了！刚才在梦中还梦到他，醒来一场空。看着被面上绣的鸳鸯那样亲密，怎不令人伤心呢？

独卧玉肌凉，残更与恨长——他不回来，我每夜就独自一人冷落落的，有什么意思！真让人恨哪！残更有多长，恨就有多长！

阴风翻翠幔，雨涩灯花暗——偏偏老天爷又来了一场凄风苦雨，更让人愁上加愁！“灯花暗”，蜡烛亮了一夜，快熬完了，说明与一盏孤灯相对，人愁思时间长。

毕竟不成眠，鸦啼金井寒——就这样，一夜风雨一夜愁，怎么也睡不着。窗外井架上又传来老鸦的哀叫声，真让人心寒呀！

新评

此词写愁思苦境。“毕竟”二字，写尽一夜之辗转，其苦情可知。“残更与恨长”，以残喻心，以更长喻恨长，正所谓恋人觉夜短，愁人恨更长。《草堂诗馀隽》卷二评语说：“点缀处最是针门一线，洵是天孙妙手。”正说明了此词善于化情入景的特点。

## 鹊桥仙

题解

这首词借民间传说的七夕牛郎织女相会的故事，赞美了纯洁而又坚贞的爱情，指出两情在于久长，不在于朝暮，是秦观爱情作品中最具有进步性的，也是早期代表作品之一。

纤云弄巧，飞星传恨，银汉迢迢暗度。金风玉露一相逢，便胜却人间无数。　　柔情似水，佳期如梦，忍顾鹊桥归路。两情若是久长时，又岂在朝朝暮暮。

新解

纤云弄巧——一丝一丝的云彩在编织着巧妙的图案。这正是七夕啊，天上有巧云，地下的妇女们或许正在乞巧呢！古代妇女七夕乞巧以求得织女传授给她们纺织技术。所以此处的“巧”字含有双层意。

飞星传恨——但飞星的态度就不一样了，它匆匆忙忙地跑来跑去，跨越银河，好像在为牛郎织女传达各自的离别之恨，又在为他俩约定会期呢！

银汉迢迢暗度——终于，飞星为他俩定好了会面的时间，你看，他俩不正在遥遥相隔的银河两岸，悄悄地渡河吗？民间传说每年七夕牛郎织女渡河相会。

金风玉露一相逢，便胜却人间无数——金风玉露：秋天的风称为金风，这里点明相会在秋季；写天上也有风和雨。“一”与“无数”相对。这句说：牛郎织女每年只能在秋天相会一次，但爱得多么坚贞、深沉啊，比起人世间那些天天厮守在一起的夫妻来说，不知要胜过多少倍。无数：指人间夫妻相会的次数。

柔情似水，佳期如梦，忍顾鹊桥归路——难得相逢一次，两人在尽情享受爱的欢乐。然而欢爱之日，也就是离别之时。想想又要回到银河两岸，让人怎能忍心去回顾那条分别时要走的鹊桥呢！民间传说每年七夕，喜鹊上天为牛郎织女搭桥铺路，令其相会。

两情若是久长时，又岂在朝朝暮暮——这是牛郎织女在分别时互相安慰的话，也是他俩的誓言。两人如果真心相爱，那这爱情就是永久的，又何必在乎那时时刻刻的相会呢！

新评

结尾句出语不凡，为百代流传佳句。《草堂诗馀》正集卷二评语说：“七夕以双星会少别多为恨，独谓情长不在朝暮，化臭腐为神奇。”欧阳修的《七夕诗》也曾云：“莫云天上稀相见，犹胜人间去不回。”都歌颂的是坚贞的爱情。其实，这词是秦观借牛郎织女的故事在宣泄自己心中的幽恨。他自从落第后，曾一度闭门读书，不事冶游，苦闷之情，可想而知。与恋人又何尝不想朝朝暮暮守在一起呢，只是不能，这是无可奈何时发出的痛恨，也是自安自慰之语。

## 京都时期

### 水龙吟

题解

《苕溪渔隐丛话》引《高斋诗话》云：“少游在蔡州，与营妓娄琬字东玉者甚密，赠之词曰小楼连远横空，又云玉佩丁东别后是也。”秦观在元丰八年(1085)37岁时中进士。羡慕马少游的为人，改字少游。被授为蔡州(在河南)教授，奉母赴蔡州。那么，这首词当作于少游在蔡州任上时。

小楼连远横空，下窥绣毂雕鞍骤。朱帘半卷，单衣初试，清明时候。破暖轻风，弄晴微雨，欲无还有。卖花声过尽斜阳院落，红成阵，飞鸳甃。　　玉佩丁冬别后，怅佳期参差难又。名缰利锁，天还知道，和天也瘦。花下重门，柳边深巷，不堪回首。念多情但有，当时皓月，向人依旧。

新解

小楼连远横空，下窥绣毂雕鞍骤——“小楼”是主人公所在的地点。站在小楼上望远碧空万里，所以说“连远横空”。下看呢，可以看见街道上华贵的车辆，雕饰的马鞍，正在纷纷竞相奔驰。关于这两句，宋曾季狸《艇斋诗话》说，“词中欲藏娄琬二字”，可能是实情。宋俞文豹《吹剑三录》：“东坡曰，十三个字只说得一个人骑马楼前过。”其实，从“骤”字看，就是一幅热闹景象，并不是“只说得一个人骑马”。苏轼嫌秦观语失累赘，未免欠公允。

朱帘半卷，单衣初试，清明时候——因为是清明时节，天气开始暖和了，所以他就卷起红色的帘子，让通气透风。也因为天气暖和，他也就卸掉冬装，换上刚刚做好的单衣，到楼上赏春来了。“半卷”、“初试”，说明天气乍暖还寒，一种小心翼翼的动作。

破暖轻风，弄晴微雨，欲无还有——这句写清明时节的气候真是变化无常。一会儿微风轻拂，有点儿凉；一会儿又是欲有欲无的毛毛细雨，好像在逗弄着晴天。穿上这单衣，也就最能体会到这乍暖乍冷的滋味了。王维有诗“山色有无中”，与这“微雨欲无还有”，都是写朦胧境态的佳句。

卖花声过尽斜阳院落，红成阵，飞鸳甃——夕阳时分了，楼外传来卖花人的吆喝声，那声音穿街走巷，渐渐遥远了。但卖花声却勾起了楼上人的心思，他低头俯视，只见楼下已是落英缤纷，恰似一片红雨，飘洒在用两两对称的砖瓦砌成的井台上。看到这，他会有什么心思呢？

玉佩丁东别后，怅佳期参差难又——原来他触景生情，想起了他和恋人的离别。又一残春过去，但离别至今，岁月蹉跎，竟没再见一面，心情不免惆怅啊！这句里隐藏有“东玉”二字，这秦少游最善词里藏娇娃。

名缰利锁，天还知道，和天也瘦——唉，都怪我，为追求功名，竟舍情与你分别了。现在名像缰绳，利像锁链，束缚得我不能有一点儿自由，真是做官如做囚啊！如果老天爷知道了我这番苦情，连他也会消瘦的。后句化用李贺的“天若有情天亦老”，而愈加形象。

花下重门，柳边深巷，不堪回首——这句回忆两人相聚时的情景。或是在充满花香气息的层层庭院里，或是在柳丝轻拂的深深小巷里，我俩互相爱恋，有着多少“不堪回首”的往事啊！

念多情但有，当时皓月，向人依旧——唉，往事如烟！眼前也就只有这颗明月还像以前我们相会时那样多情，依旧爱怜地照着我们。

新评

这首词的主人公是一位在小楼赏春的游子。上片写他居高临下所看到的景象，下片写他由此而引起的对往昔恋爱生活的回忆。起句轻风微雨，写出暮春景色；结句有见月不见人之憾。此词有三点值得注意：(1) 名缰利锁，把名和利看作是束缚人性的绳子和锁链，是少游做官以后才认识到的，此后的作品也屡屡写到。(2) 明王世贞《弇州山人词评》：“词内‘人瘦也，比梅花瘦几分’，又‘天还知道，和天也瘦’，‘莫道不销魂，帘卷西风，人比黄花瘦’，三‘瘦’字俱妙。”说明文人们大都多愁善感，其艺术造型是好的。(3) 宋陈鹄《西塘集耆旧续闻》：“伊川(程颐)尝见秦少游词‘天还知道，和天也瘦’之句，乃曰‘高高在上，岂可以此渎上帝？’又见晏叔原词‘梦魂惯得无拘检，又踏杨花过谢桥’，乃曰：‘此鬼语也！’盖少游乃本李长吉‘天若有情天亦老’之意，过于亵渎。”少游一句词，竟引起宋代理学家群起而攻之，正说明这是人性对理性的挑战，是对封建伦理的嘲笑。

## 南歌子

**题解**

《高斋诗话》云："少游在蔡州……又赠陶心儿词曰：天外一钩横月带三星，谓心字也。"又《词苑丛谈》卷三："少游赠歌妓陶心儿南歌子，末句暗藏心字。"由此可知，这首词作于秦观在蔡州任上时，是赠给歌妓陶心儿的。

玉漏迢迢尽，银潢淡淡横。梦回宿酒未全醒，已被邻鸡催起怕天明。　　臂上妆犹在，襟间泪尚盈。水边灯火渐人行，天外一钩残月带三星。

**新解**

玉漏迢迢尽——玉漏：报时的漏斗里的水，美称。迢迢：谓长夜漫漫，又谓漏水一点一点地慢慢滴着。尽：快滴完了，谓天快亮了。

银潢淡淡横——银潢：银河。淡淡横：谓银河西斜了，也不再那么耀亮了。与上句一样，都是写黎明前的特征。

梦回宿酒未全醒，已被邻鸡催起怕天明——人从梦中醒来了，可还昏昏沉沉的，看来，昨夜喝的酒还没有全醒呢，从后句可知是两人了。如果是一人，只能是"愁人恨更长"，现在"怕天明"，显然是"恋人觉夜短"了。后句写：邻鸡喔喔，催着天明，可天明了，我们又要分别了，天永远不明该有多好啊！

臂上妆犹在，襟间泪尚盈——怕天亮，天还是要亮，这时，不分别也不行了。我的衣臂上还留着你昨夜染上的妆粉，现在衣襟上又落满了你伤别的泪。正是卿卿我我时分。

水边灯火渐人行，天外一钩残月带三星——该分手了，你看看窗外吧，水边的灯火下已有了行人的影子，西边的天空上也只剩下了一钩残月和几个晨星。不分手行吗？

**新评**

这首词写一对恋人在黎明前不得不分别的情景。"已被邻鸡催起怕天明"，人怕天明，可鸡偏催着天明，这矛盾无法解决，表现的是恋人恨夜短的心情，很切情切理。结尾句"渐人行"和"残月"，都是天明时的特征，人想留客天不留，有什么办法呢？表现的是无可奈何的情绪。

## 南歌子

题解

《桐江诗话》云："畅姓惟汝南有之，其族尤奉道，男女为黄冠者十之八九。时有女冠畅道姑，姿色妍丽，神仙中人也。少游挑之不得，作诗云：瞳人剪水腰如束，一幅乌纱裹寒玉……"即少游于元祐四年(1089)在蔡州写的《赠女冠畅师》诗。此词亦云："娇眸水玉裁"，所描写很似畅道姑的形象，也可能是赠给她的，故依此解。

愁鬓香云坠，娇眸水玉裁。月屏风幌为谁开？天外不知音耗百般猜。　玉露沾庭砌，金风动琯灰。相看有似梦初回，只恐又抛人去几时来。

新解

愁鬓香云坠，娇眸水玉裁——香云：带有粉香味的头发，古代妇女束发多盘高髻，故用云来形容。水玉：水晶，喻明亮的眼睛。前句写女子因无心思，懒得整发，一副愁态；后句写就在这蓬头乱发中，一双眼睛明亮得像水晶做出的。正是画龙点睛之笔。

月屏风幌为谁开？天外不知音耗百般猜——原来心思在这里！"月屏风幌"，月儿照着屏风，风儿吹着帷幔，写开门动作。为了等他回来，夜已深了，天也寒了，我还为他开着门，可他偏偏不回来，我这是何苦呢？"不知音耗"，谓吉凶难卜，他是不是遭到凶难呢？我就这样胡思乱想着。

玉露沾庭砌，金风动琯灰——金风、玉露，是秋天的特征，秦观《鹊桥仙》有"金风玉露一相逢"，这句是说：啊，他终于回来了，是在秋季的一个月夜。琯灰：葭灰，古代用以预测节气，烧葭成灰，置于律管内，至相应节气，葭灰即从律管内自行飞出，从而知节令。

相看有似梦初回，只恐又抛人去几时来——他不回来，盼着他回来；回来了，又令人难以置信，总觉得是在梦中一样。我吃尽了离别的苦，重逢之际，心里又害怕着你还会扔下我去冶游四方呢。

新评

(1)"天外不知音耗百般猜"，离别后的愁思全在这"猜"字里，而"猜"又大都是凶多吉少，故猜越多，愁亦越多。

(2)结句写相看又恐去，未去先问来，正是一种因愁思之苦而产生的复杂的变态心理，很是切情。

## 一丛花

题解

元祐五年(1090)五月，秦观被召至京师，除太学博士，开始了他长达四年的京都仕宦生活。在京都时，他被权贵者诋为“不检”，“薄于行”，就是指他常与妓女们往来。《词品拾遗》云：“秦少游赠汴城李师师生查子”，生查子词已不可查，后人常认为此“李师师”乃宋徽宗时那位京都名妓，但宋徽宗时的李师师距元祐以下二十多年，此时不过一婴孩，秦观绝不可能赠她词。据此，可推断：(1)此词中的师师绝不是宋徽宗时的李师师，而是另一名妓，秦观与她在汴城相会过。(2)词中云“年时今夜”，又云“对秋色嗟咨”，那么，这首词大约作于元祐六年(1091)的秋天。

年时今夜见师师，双颊酒红滋。疏帘半卷微灯外，露华上烟袅凉飔。簪髻乱抛，偎人不起，弹泪唱新词。　佳期谁料久参差，愁绪暗萦丝。想应妙舞清歌罢，又还对秋色嗟咨。惟有画楼，当时明月，两处照相思。

新解

年时今夜见师师，双颊酒红滋——去年今夜我见到师师时，她刚喝过酒，双颊被酒浸得红润润的。酒后美人自是一番风态。

疏帘半卷微灯外，露华上烟袅凉飔——露华：秋夜露珠。因为“疏帘半卷”，所以能够借着“微灯”，看到“房外”正“露华上”呢！凉飔：凉风。谢朓《在郡卧病呈沈尚书》诗：“珍簟清夏室，轻扇动凉飔。”也正因为“疏帘半卷”，所以房外的凉风吹了进来，吹得房里的灯烟一缕一缕的。

簪髻乱抛，偎人不起——又是一个蓬头乱发的美人。正因为“偎人不起”，在撒娇，在打情骂俏，才把簪髻给闹乱了，而越乱则越有一番魅力，真正美人就在这一个“乱”字上。

弹泪唱新词——乐够了，想到明天就要分手了，又来了愁。她就弹着乐器唱起了新近学会的歌词。“弹泪”，既有“弹”的动作，又流着“泪”，那就说明这歌词是凄凉的，是与这离别的气氛相合拍的。

佳期谁料久参差——佳期，不是去年的“佳期”，而是盼望着再会的“佳期”。原来预料分别不久又会见面的，谁想会拖了再拖，误了又误，至今见不上面。

愁绪暗萦丝——愁如萦丝，一团一团的，解不开。

想应妙舞清歌罢，又还对秋色嗟咨——这句是推测着写对方。我料想着，你在白天卖笑生活以后，夜晚孤寂一人，也该是望着秋月，在唉声叹气吧！

惟有画楼，当时明月，两处照相思——画楼：去年相会时的那座楼。明月如昨，如在那座楼时一样，只是人已非昨，人已分隔两地，在遥望明月寄着思情呢。这句与《水龙吟》的结句"念多情但有，当时皓月，向人依旧"，是同一个造型。

新评

(1)"簪髻乱抛，偎人不起"，写娇态，很形象。

(2)"佳期"句写自己，是实写。"想应妙舞"句写对方，是虚写。结句则写自己又写对方，虚实融合在一起。手法变化无穷。

## 满园花

题解

此词用方言俚语写夫妻之间怄气，很像当时汴京勾栏艺人的说唱形式，可能是秦观在汴京时有意模仿习作，故依此解。

一向沉吟久，泪珠盈襟袖。我当初不合苦㨿就，惯纵得软顽，见底心先有。行待痴心守，甚捻着脉子，倒把人来僝僽。

近日来非常罗皂丑，佛也须眉皱。怎掩得众人口？待收了孛罗，罢了从来斗。从今后，休道共我，梦见也不能得勾。

新解

一向沉吟久，泪珠盈襟袖——这是女子的口吻。是说：我忍受了好长时间啦，不想与你吵，暗地里也不知流过多少泪。一向：长久意。

我当初不合苦㨿就，惯纵得软顽，见底心先有——想起来真有些后悔，我当初就不该太迁就了你，现在惯纵得你只知道淘气，什么事都任着你性子来。苦㨿就，犹云太迁就。黄庭坚《归田乐》词："是人惊怪，冤我忒㨿就。"软顽：撒娇，淘气意。见底：《诗词曲语辞汇释》："底，犹何也，甚也。"见底，见什么。见底心先有：犹言见什么就想要什么，此处则指拿主意都由男方，先打定主意的意思。

行待痴心守，甚捻着脉子，倒把人来僝僽——我本打算狠着心不理你，你却厚着脸皮来拉扯我的手臂，使着劲儿纠缠我，惹我怄气。捻着脉子：本为医生用手给病人把脉，这里指男方在拉扯女方手臂。僝僽：犹云怄气或骂詈也。黄庭坚《忆帝京》词："恐那人知后，镇把你来僝僽"，犹云把你来骂詈也。

上片写女方埋怨男方。

近日来非常罗唣丑——这些日子来你就是爱唠唠叨叨。罗唣：谓纠缠不休，《水浒传》第五十一回："孩儿们快放了手，休要罗唣。"此处指为了某件事爱唠唠叨叨，说个不停。丑：此处形容罗唣的程度，意谓：你说的话太难听啦。

佛也须眉皱——就是老佛爷那样的好性子也忍受不了。这也是宋时方言，佛教是劝人行善的，和气的，如果连佛也皱眉，那就说明此人或此事太恶了，故如此云。

怎掩得众人口——难怪众人笑话我俩爱斗嘴。

待收了孛罗，罢了从来斗——还不如趁早一刀两断，各走各的路。收了孛罗罢了斗，宋时俗语，意谓从此罢休。

从今后，休道共我，梦见也不能得勾——从今后，不用说你别想看到我，就是做梦，也别想梦见我。

下片写男方埋怨女方。

**新评**

(1)此词用俚语写两口子吵嘴斗气，很富有生活情趣，读起来令人感到既亲切又好笑。如"惯纵得软顽"，放纵得你撒娇，本是大人对小孩、尊辈对下辈说的话，现在用来训斥丈夫，与其说是训斥，倒不如说是疼爱。又如男方咒女方：不用说想见到我，做梦也别想梦见我。真是咒得绝，连梦也给管住了。令人一笑。

(2)所说的话也很符合人物性格。女方怄气时说的话很有怨气，但语调是缠绵的，温和的。男方就不一般了，说的话口气很硬，很决绝，是在诅咒发誓。尤其是"怎掩得众人口"，吵架了还嫌旁人笑话，大丈夫的自尊心可见一斑。但决绝不等于绝情，其实是刚中藏柔，结尾一句就藏有无限蜜意。

## 满庭芳

**题解**

北苑茶是贡品，此词中有"万里名动京关"，就是说作者曾在汴京时听说过它或品尝过它。依词意，是写一次群贤集宴，品茶喝酒，品的就是北苑茶。故此词作于元祐间在汴京时。

北苑研膏，方圭圆壁，万里名动京关。碎身粉骨，功合上凌烟。尊俎风流战胜，降春睡，开拓愁边。纤纤捧，香泉溅乳，金缕鹧鸪斑。　　相如方病酒，一觞一咏，宾有群贤。便扶起灯前，醉玉颓山。搜搅胸中万卷，还倾动三峡词源。归来晚，文君未寝，相对小妆残。

新解

北苑研膏，方圭圆璧，万里名动京关——北苑：是古代产茶地，在福建。《苕溪渔隐丛话》前集卷四十六："北苑在富沙之北，隶建安县，去城二十五里。北苑乃龙焙，每岁造贡茶之处。"研膏：茶名。《画墁录》："贞元中，常衮为建州刺史，始蒸焙而研之，谓之研膏茶。"方圭圆璧：方和圆是谓茶饼的形状，圭和璧是对茶饼的美称。这句说：北苑产的研膏茶，茶饼多制为方形或圆形，虽产地在万里以外的福建，但盛名早就誉满京都了。

碎身粉骨，功合上凌烟——碎身粉骨：指茶被研成碎末，然后做成茶饼。凌烟：即凌烟阁，唐太宗平定天下后，曾绘制开国功臣画像，挂在凌烟阁里以示念旧臣。这句意思是：为了给人们带来享受，茶甘愿自己被研成茶末，这种功绩也该上凌烟阁。

尊俎风流战胜，降春睡，开拓愁边——这三句写茶的用途。尊俎风流：指饮酒，此处谓茶能解酒。降春睡：春睡泛指困睡，疲劳，谓茶能提神解乏。《博物志》："饮真茶，令人少眠睡。"开拓愁边：谓茶能使人兴奋，忘记忧愁。

纤纤捧，香泉溅乳，金缕鹧鸪斑——纤纤捧：纤纤喻美人手指之细长，此处指筵席上美人捧茶敬客。香泉：喻茶味之美。溅乳：泛出白色的茶沫。皮日休《煮茶诗》："香泉一合乳，煎作连珠沸。"金缕：欧阳修《归田录》卷二："然金可有，而茶不可得，每因南郊致斋，中书枢密院各赐一饼，四人分之。宫人往往缕金花于其上，盖其贵重如此。"鹧鸪斑：形容沏茶后碗面呈现的斑点。这几句写茶味美，色美，包装美，又是美人捧来的，可谓四美。

相如方病酒，一觞一咏，宾有群贤——相如：即司马相如，《西京杂记》卷二："长卿素有消渴疾(今名糖尿病)，及还成都，悦文君之色，遂以发痼疾，乃作美人赋，欲以自刺，而终不能改，卒以此疾至死。"病酒：因酒而病，谓相如因贪酒好色而得消渴疾。此句以相如喻诗友们，即"群贤"。王羲之《兰亭集序》："群贤毕至，少长咸集。……引以为流觞曲水，列坐其次，虽无丝竹管弦之盛，一觞一咏，亦足以畅叙幽情。"这句是说：汴京的诗友们都聚集在一起，一边喝着酒，一边吟诗助兴。

便扶起灯前，醉玉颓山——玉山，喻人躯体。《世说新语·容止》："嵇叔夜之为人也，俨俨若孤松之独立；其醉也，傀俄若玉山之将崩。"李白《襄阳歌》诗："清风明月不用一钱买，玉山自倒非人推。""灯"字点明喝酒已喝到天黑了，一个个已经是醉得东倒西歪。

搜揽胸中万卷，还倾动三峡词源——三峡：即长江三峡，指巫峡、瞿塘峡、西陵峡，此处借以喻才思满腹。杜甫《醉歌行》："词源倒流三峡水，笔阵横扫千人军。"

是说：酒后诗友们更是才思敏捷，词源层出不穷，纷纷吟诗联唱。

归来晚，文君未寝，相对小妆残——以文君照应“相如方病酒”，并非实指。或者以文君喻妻室、歌妓之类。《古今词统》卷十二：“少游夫妇不减赵明诚，固应深谙茶味与赌茗之乐”，以为喻妻室，依此解。是说：我很晚了才回到家，这时妻子还没睡，在等着我，彼此都已是疲惫不堪了。

新评

(1)上片可作为科学小品文来读，茶的产地、包装、炮制法和功用，都写得头头是道，俨然是茗中老手了。

(2)下片则是附庸风雅，无非是诗酒美人，自娱其乐，是落魄文人的生活情趣。

## 调笑令

### 王昭君

题解

调笑令是北宋的一种民间演唱形式，也叫调笑转踏。王国维《宋元戏曲史》说：“北宋之转踏，恒以一曲连续歌之。每一首咏一事，共若干首，则咏若干事。”这种演唱形式在当时汴京的瓦栏艺人中很流行，秦观很可能受此影响而写了十首调笑令。每首以一诗一词配套，咏一事，共十首，咏十事。此首咏的是历史上著名的昭君和亲的故事。王昭君，西汉南郡秭归(今属湖北)人，名嫱，字昭君，晋避司马昭讳，改称为明君或明妃。元帝时被选入宫。竟宁元年(公元前33年)，匈奴呼韩邪单于入朝求和亲，她自请嫁匈奴。入匈奴后，被称为宁胡阏氏。为汉蒙和好做出了贡献。她成为汉以后文学作品中的重要形象，但大都是以红颜薄命的形象出现的，秦观此词也没有跳出这个窠臼。

### 诗　曰

汉宫选女适单于，明妃敛袂登毡车。
玉容寂寞花无主，顾影低徊泣路隅。
行行渐入阴山路，目送征鸿入云去。
独抱琵琶恨更深，汉宫不见空回顾。

### 曲　子

回顾，汉宫路，捍拨檀槽鸾对舞。玉容寂寞花无主，顾影偷弹玉箸。未央宫殿知何处？目送征鸿南去。

新解

回顾，汉宫路，捍拨檀槽鸾对舞——捍拨：弹琵琶时用的拨器，用以弹弦。檀槽：用紫檀木做的琵琶槽。张籍《宫词》："黄金捍拨紫檀槽，弦索初张调更高。"鸾对舞：张说《观妓》诗："镜前鸾对舞，琴里凤传歌。"这句说：王昭君在前往匈奴的途中，不时地回望着汉宫的方向，弹着琵琶，抒发着她对汉元帝的一片深情。

玉容寂寞花无主，顾影偷弹玉箸——箸：筷子。玉箸：形容泪水连滴成线。花无主：比喻昭君离开了汉元帝，像无主的花儿，被掳去匈奴。自伤自悼，顾影自怜。

未央宫殿知何处？目送征鸿南去——未央宫殿是西汉的宫殿。这句写王昭君在途中一直怀念着自己和元帝居住的未央宫，渐行渐远了，还在遥望着南下的鸿雁，借以寄愁思。

新评

历史上的王昭君，与作为文学中的人物形象，完全是两回事。《后汉书·南匈奴传》记载："昭君入宫数岁，不得见御，积悲怨，乃请掖庭令求行。"这就说明：⑴昭君和元帝并没有什么恩情；⑵她是自愿请求和亲的。此后的文学作品，或悲昭君远嫁胡地，薄命红颜；或借悲昭君以悲自己坎坷不遇，已经与史实大相径庭了。王安石就写过："家人万里传消息，好在毡城莫相忆；君不见咫尺长门闭阿娇，人生失意无南北"，"汉恩自浅胡自深"，为王昭君翻案。秦观此词也属于悲悼昭君薄命之列，写得哀怨凄幽，自作多情。

## 调笑令

乐昌公主

题解

《本事诗情感》："陈太子舍人徐德言之妻，后主叔宝之妹，封乐昌公主，才色冠绝。时陈政方乱，德言知不相保，谓其妻曰：'以君之才容，国亡必入权豪之家，斯永绝矣。倘情缘未断，犹冀相见，宜有以信之。'乃破一镜，各执其半，约曰：'他日必以正月望日卖于都市，我当在，即以是日访之。'及陈亡，其妻果入越公杨素之家，宠嬖殊厚。德言流离辛苦，仅能至京，遂以正月望日访于都市。有苍头卖半镜者，大高其价，人皆笑之。德言直引至其居，设食，具言其故，出半镜以合之，乃题诗曰：'镜与人俱去，镜归人不归。无复嫦娥影，空留明月辉。'陈氏得诗，涕泣不食。素知之，怆然改容，即召德言，还其妻，仍厚遗之，闻者无不感叹。仍与德言陈氏偕饮，令陈氏为诗，曰：‘今日何迁次？新官对旧官。笑啼俱不敢，方验作人难。’遂与德言归江南，竟以终老。”此词即写此事。

## 诗　曰

金陵往昔帝王州，乐昌主第最风流。
一朝隋兵到江上，共抱恓恓去国愁。
越公万骑鸣箫鼓，剑拥玉人天上去。
空携破镜望红尘，千古江枫笼辇路。

## 曲　子

辇路，江枫古，楼上吹箫人在否？菱花半壁香尘污，往日繁华何处？旧欢新爱谁是主，啼笑两难分付。

新解

辇路，江枫古，楼上吹箫人在否——吹箫人：《列仙传》：“萧史者，秦穆公时人也，善吹箫，能致孔雀白鹤于庭。穆公有女字弄玉，好之，公遂以女妻焉。日教弄玉作凤鸣。居数年，吹似凤声，凤凰来止其屋。公为作凤台，夫妇止其上，不下数年，一日皆随凤凰飞去。”此处以吹箫人喻德言。这句是说：乐昌公主被隋车马掳而北去，望着江边古苍的枫树，她在暗想：自己的丈夫还在吗？

菱花半壁香尘污，往日繁华何处——菱花：镜子，宋陆佃《埤雅释草》：“旧说镜谓之菱华，以其面平，光影所成如此，”半壁：半块镜子。香尘污，乐昌公主一直保藏着它，故曰。人落到这个地步，“往日繁华”（指诗里的“乐昌主第最风流”）也就烟消云散了，落难公主不及民家女啊！

旧欢新爱谁是主，啼笑两难分付——旧欢：指丈夫德言。新爱：指越公杨素。见了丈夫当然高兴，该笑；可是又得与新爱分手，该啼；该哭该笑，不可兼得，方验做人真难啊！

新评

(1)陈后主荒淫误国，致使其妹历尽人间坎坷。此词咏这一历史题材，意在说明夫妻恩爱安然相守比荣华富贵更珍贵

(2)结句“新爱旧欢谁是主，啼笑两难分付”，是一个饱患沧桑之苦的落难公主对人生的感慨，她所咏的“笑啼俱不敢，方验作人难”乃泣血之语，真该让世人好好体会。

## 调笑令

崔　徽

**题解**

据《全唐诗》元稹《崔徽歌并序》:"崔徽河中府娼也。裴敬中以兴元幕使蒲州,与徽相从累月。敬中便还,崔以不得从为恨,因而成疾。有丘夏善写人形,徽托写真寄敬中曰:'崔徽一旦不及画中人,且为郎死。'发狂卒。"此词即咏此事。

### 诗　曰

蒲中有女号崔徽,轻似南山翡翠儿。
使君当日最宠爱,坐中对客常拥持。
一见裴郎心似醉,夜解罗衣与门吏。
西门寺里乐未央,乐府至今歌翡翠。

### 曲　子

翡翠,好容止,谁使庸奴轻点缀。裴郎一见心如醉,笑里偷传深意。罗衣中夜与门吏,暗结城西幽会。

**新解**

翡翠,好容止,谁使庸奴轻点缀——翡翠:即翡翠鸟。《格物论》:"翡翠,形小不盈握,一种二色,翡,赤羽;翠,青羽。"郭璞《游仙诗》:"翡翠戏兰苕,容色更相鲜。"此处喻崔徽轻盈如翡翠鸟。容止:仪容举止。这句说:崔徽多美呀,就像翡翠鸟一样,容色鲜艳,这是天生的丽质,哪里用得着那些庸奴们替她打扮呢!

裴郎一见心如醉,笑里偷传深意——裴郎:即题解中的裴敬中。这句写两人一见钟情。

罗衣中夜与门吏,暗结城西幽会——城西:即诗里所说的西门寺,指幽会的地点。罗衣:是崔徽的衣服,让门吏拿去,作为信物,以与裴敬中约会。

**新评**

⑴崔徽本身就是一个悲剧,是使君们发泄肉欲的牺牲品,秦观没有认识到这一点,反而对其幽情大加渲染,这是他世界观的局限使然。

⑵写崔徽"轻似南山翡翠儿",造型很美,然就全篇而论,终是小瑜大瑕。

## 调笑令

### 无　双

题解

据唐薛调所作传奇《无双传》。无双是朝臣刘震的女儿，姑母新寡，携表兄王仙客投奔她家。她自幼与表兄青梅竹马，母也常戏呼仙客为王郎子。仙客母临死前乞无双为儿妻，刘震答应了这门亲事。适逢朱泚作乱，仙客送母灵柩归葬襄江，刘震惨死，无双被没入掖庭。后经仙客设计救出，二人艰难走窜后，得归襄江故乡，为夫妇五十年。此词即咏此事。

### 诗　曰

尚书有女名无双，蛾眉如画学新妆。
姊家仙客最明俊，舅母惟只呼王郎。
尚书往日先曾许，数载睽违今复遇。
闻说襄江二十年，当时未必轻相慕。

### 曲　子

相慕，无双女，当日尚书先曾许。王郎明俊神仙侣，肠断别离情苦。数年睽恨今复遇，笑指襄江归去。

新解

相慕，无双女，当时尚书先曾许——相慕：《无双传》写两个初见时“皆幼稚，戏弄相狎”。及许亲，仙客“又于窗隙间窥见无双，姿质明艳，若神仙中人”。又写仙客幼时，“震之妻常戏呼仙客为王郎子”，郎子就是郎君，犹如说小女婿、小姑爷。尚书：《无双传》：“时震为尚书租庸使。”

王郎明俊神仙侣，肠断别离情苦——神仙侣：指无双，“若神仙中人”。两人自朱泚乱后，无复相见，故曰别离情苦。

数年睽恨今复遇，笑指襄江归去——睽恨：离别之恨。襄江：仙客的故乡。

新评

仙客和无双的曲折爱情经历，反映了当时社会的动乱和政治的腐败，秦观显然没认识到这一点，他仍然是从“情”的角度来歌颂的。

## 调笑令

### 灼　灼

题解

韦庄《伤灼灼》诗："尝闻灼灼丽于花，云髻盘时未破瓜。"自注："灼灼，蜀之丽人也。"宋张君房《丽情集》："灼灼，锦城官妓也，善舞柘枝，御史裴质与之善。裴召还，灼灼每遣人以软绡聚红泪为寄。"御史裴质就是诗里所写的"相君上客河东秀"，可见裴质是河东人，即今山西永济人。

### 诗　曰

锦城春暖花欲飞，灼灼当庭舞柘枝。
相君上客河东秀，自言那复傍人知。
妾愿身为梁上燕，朝朝暮暮长相见。
云收月堕海沉沉，泪满红绡寄肠断。

### 曲　子

肠断，绣帘卷，妾愿身为梁上燕。朝朝暮暮长相见，莫遣恩迁情变。红销粉泪知何限，万古空传遗怨。

新解

肠断，绣帘卷，妾愿身为梁上燕——此句是以灼灼的口吻写的。绣帘卷，人不来，所以她发出了愿为梁上燕的呼喊。燕儿尚能双双作对，人独不能，此恨难忍。时裴质已离蜀，故灼灼有此恨。

朝朝暮暮长相见，莫遣恩迁情变——与上句一意，化自冯延巳《长命女》词："一愿郎君千岁，二愿妾身常健，三愿如同梁上燕，岁岁常相见。"莫遣：莫使。

红绡粉泪知何限？万古空传遗怨——因灼灼是舞女，故用红绡揿泪。这泪何时才有个完呢？不能见到你，我每每遣人给你寄红泪，那不是在空传送我的遗怨吗？

新评

(1)灼灼的命运与崔徽很相似，不过，此词秦观寄予了灼灼很大的同情，"莫遣恩迁情变"，"万古空传遗怨"，都是灼灼发自内心的呼喊。

(2)秦观《鹊桥仙》写"两情若是久长时，又岂在朝朝暮暮"，此词却写"妾愿身为梁上燕，朝朝暮暮长相见"，原因是灼灼的爱情随时都有"恩迁情变"的可能性，她的情人不像牛郎对织女那样忠诚，所以只好渴望朝夕相见免得情变了。

## 调笑令

盼　盼

题解

盼盼，即关盼盼，唐代歌妓，徐州人。白居易《燕子楼诗序》云："徐州故尚书有爱妓曰盼盼，善歌舞，雅多风态。予为校书郎时，游徐泗间。张尚书宴予，酒酣，出盼盼以佐欢。欢甚，予因赠诗云：'醉娇胜不得，风袅牡丹花。'一欢而去，尔后绝不相闻。迨兹仅一纪矣。昨日司勋员外郎张仲素缋之访予，因吟新诗，有《燕子楼》三首，词甚婉丽。诘其由，为盼盼作也。缋之从事武宁军累年，颇知盼盼始末，云：尚书既殁，归葬东洛，而彭城有张氏旧第，第中有小楼名燕子。盼盼念旧爱而不嫁，居是楼十馀年，幽独块然，于今尚在。"

### 诗　曰

百尺楼高燕子飞，楼上美人颦翠眉。
将军一去音容远，只有年年旧燕归。
春风昨夜来深院，春色依然人不见。
只馀明月照孤眠，惟望旧恩空恋恋。

### 曲　子

恋恋，楼中燕，燕子楼空春日晚。将军一去音容远，空锁楼中深怨。春风重到人不见，十二栏杆倚遍。

新解

恋恋，楼中燕，燕子楼空春日晚——楼中燕：一语双关，既写燕，又喻盼盼寡居独守。楼空春日晚，更增添了孤独的气氛，一个"空"字，盼盼的精神状态可知；而"晚"字，又点出寒夜长长孤灯一盏的苦状。苏轼在彭城夜宿燕子楼，梦盼盼，因作《永遇乐》词曰："燕子楼空，佳人何在？空锁楼中燕。"可见盼盼之事在宋代仍然很流传。

将军一去音容远，空锁楼中深怨——将军：指张愔，彭城人，官徐州刺史七年，元和初召为工部尚书。他死后，盼盼为他守寡，曾写燕子楼诗三首，其中曰："楼上残灯伴晓霜，独眠人起合欢床。"白居易亦和诗，有句曰："满窗明月满帘霜，被冷灯残拂臣床。"传说盼盼见白居易和诗后，"反复读之，泣曰：自公薨背，妾非不能死，恐百载之后，以我公重色，有从死之妾，是玷我公清范也，所以偷生耳"（《全唐诗话》)。此句所写的“深怨”即指盼盼的这份苦情。

春风重到人不见，十二栏杆倚遍——谓盼盼尚在青春年华，见春思人，终日无聊地徘徊在燕子楼里外。十二栏杆：《乐府诗集·西洲曲》：“鸿飞满西洲，望郎上青楼。楼高望不见，尽日栏杆头。栏杆十二曲，垂手明如玉。”

新评

⑴盼盼以歌妓为张愔所宠爱，惟当时社会形势使然，也就罢了，只是在张死后还要为其守寡，苦度青春，可见是个痴情人。

⑵此词在客观上暴露了盼盼守寡时的苦情，也就提醒人们：盼盼这样做是不可效取的。

## 调笑令

### 莺　莺

题解

本自唐元稹传奇《莺莺传》。贞元中，有张生者游于蒲州，寓普救寺。适有故崔相国孀妇及女莺莺亦止宿该寺之西厢。张生偷窥莺莺容貌，为之惊魂。未几，遭兵乱，强索莺莺，崔母言能退兵者许以莺莺。张生自告奋勇，设计相救。兵去，崔母毁诺，张生因此成忧疾。莺莺侍女红娘为张生真情所动，于中穿梭，遂使二人得以幽会。如是者几一月。后张生赴京，遂不复见。

### 诗　曰

崔家有女名莺莺，未识春光先有情。
河桥兵乱依萧寺，红愁绿惨见张生。
张生一见春情重，明月拂墙花树动。
夜半红娘拥抱来，脉脉惊魂若春梦。

### 曲　子

春梦，神仙洞，冉冉拂墙花树动。西厢待月知谁共？更觉玉人情重。红娘深夜行云送，困亸钗横金凤。

新解

春梦，神仙洞，冉冉拂墙花树动。西厢待月知谁共？更觉玉人情重——《莺莺传》：“是夕，红娘复至，持彩笺以授张，曰：崔所命也。题其篇曰《明月三五夜》。

其词曰：待月西厢下，迎风户半开。拂墙花影动，疑是玉人来。”此句即写莺莺写信约张生相会。

红娘深夜行云送，困亸钗横金凤——《莺莺传》：“俄而红娘捧崔氏而至。至，则娇羞融，力不能运支体，曩时端庄，不复同矣。”前句即言此。困亸：疲惫。这里则是写莺莺钗上的饰物金凤凰下垂貌，以喻莺莺的困态。

新评

此词肯定了莺莺这个叛逆女性，重点写她以贵族少女的身份，竟夜半主动地向张生表示爱情，而没有写张生抛弃等情节，说明秦观在取舍上是正确的。他对莺莺的大胆行为是加以歌颂的。

## 调笑令

### 采　莲

题解

本自李白《采莲曲》：“若耶溪旁采莲女，笑隔荷花共人语。日照新妆水底明，风飘香袖空中举。岸上谁家游冶郎，三三五五映垂杨。紫骝嘶入落花去，见此踟蹰空断肠。”若耶溪即浣纱溪，相传是西施浣纱处，所以乐府以后的《采莲曲》大多写若耶溪越女的采莲生活，秦观此词也不例外。

### 诗　曰

若耶溪边天气秋，采莲女儿溪岸头。
笑隔荷花共人语，烟波渺渺荡轻舟。
数声水调红娇晚，棹转舟回笑人远。
肠断谁家游冶郎，尽日踟蹰临柳岸。

### 曲　子

柳岸，水清浅，笑折荷花呼女伴。盈盈日照新妆面，水调空传幽怨。扁舟日暮笑声远，对此令人肠断。

新解

柳岸，水清浅，笑折荷花呼女伴——柳岸：是游冶郎站的地方。水清浅：是采莲女站的地方。写游冶郎站在柳岸上，看见一群采莲女活蹦乱跳在清清的浅水里，折荷花游戏，煞是可爱。

盈盈日照新妆面，水调空传幽怨——水调，曲调名。杜牧《扬州》诗："谁家唱水调，明月满扬州。"这句说：游戏够了，就借着水镜，重新整理一下妆面，然后哼起了《水调》曲，那带着幽怨情调的曲子，使岸上的游冶郎感伤不已。

扁舟日暮笑声远，对此令人肠断——天色暗下来了，采莲女满载而归，一路橹声一路笑，轻盈盈地走了，却惹得岸上的游冶郎迷了情，久久不能忘怀。

新评

(1)这是一首写情的小词。在清水回环、莲花盛开的秋季，水里传来佳人柔媚的笑声，搅动了岸边游子的绵绵情思，增加了旅途的无限惆怅。这种古代日常生活小景，经过诗人的艺术拍摄，显得格外鲜明生动而富有情趣。

(2)"笑折荷花呼女伴"很像柳永写的"嘻嘻钓叟莲娃"，都逼真地刻画出了戏水的情态。

(3)"扁舟日暮笑声远，对此令人肠断"与苏轼的"笑渐不闻声渐悄，多情却被无情恼"是一个造型。

(4)句句没有"游冶郎"三字，而处处都有"游冶郎"的影子。

## 调笑令

### 烟中怨

题解

唐南昭嗣作传奇《烟中怨》：越渔者杨父，一女绝色，为诗不过两句。或问"胡不终篇"，曰："无奈情思缠绕，至两句即思迷不继。"有谢生求娶焉，父曰："吾女宜配公卿。"谢曰："谚云少女少郎相乐不忘，少女老翁苦乐不同。且安有少年公卿耶？"翁曰："吾女词多两句，子能续之，称其意则妻焉。"示其篇曰："珠帘半床月，青竹满林风。"谢续曰："何事今宵景，无人解与同。"女曰："天生吾夫。"遂偶之。后七年春日，杨忽题曰："春尽花宜尽，其如自是花。"谢曰："何故为不祥句？"杨曰："吾不久于人间矣。"谢续曰："从来说花意，不过此容华。"杨即瞑目而逝。后一年，江上烟花溶曳，见杨立于江中，曰："吾本水仙，谪居人间，后偿思之，即复谪下，不得为仙矣。"

此词即本此，把杨氏女更名为阿溪。

### 诗　曰

鉴湖楼阁与云齐，楼上女儿名阿溪。
十五能为绮丽句，平生未解出幽闺。
谢郎巧思诗裁剪，能使佳人动幽怨。

琼枝璧月结芳期，斗帐双双成眷恋。

## 曲　子

眷恋，西湖岸，湖面楼台侵云汉。阿溪本是飞琼伴，风月朱扉斜掩。谢郎巧思诗裁剪，能动芳怀幽怨。

新解

眷恋，西湖岸，湖面楼台侵云汉——西湖：从诗里看，指的是鉴湖西部分。“楼上女儿名阿溪”，说明阿溪在这里居住。湖边多府第楼阁，巍峨耸立，故云湖面楼台侵云汉。

阿溪本是飞琼伴，风月朱扉斜掩——飞琼：仙女名。《汉武帝内传》：“王母乃命侍女许飞琼鼓震灵之簧。”风月朱扉：指阿溪仙宫里的住所。这句说：阿溪本来是神仙中人，她在仙宫里自有美丽的住所。

谢郎巧思诗裁剪，能动芳怀幽怨——幽怨：指阿溪为诗不过两句，就情思缠绵，思迷不继。

新评

此词将一个美丽的神话故事略加变化，歌颂了阿溪不爱富贵爱才子的品质，仙女思凡，自然是人性战胜了理性。

## 调笑令

### 离魂记

题解

唐人陈玄佑作传奇《离魂记》：衡州官吏张镒，有女名倩娘，甥名王宙。张曾应允二人为婚，后反悔。王宙恨而去之，倩娘亦抑郁成病。夜半，王宙闻一人至船，视之，乃倩娘。二人居蜀五年，生二子。以后二人携子归衡州。王宙先至家，言其事，舅氏张镒大惊，云倩娘在闺中卧病数年，未尝离家。遂派家人往视，果见倩娘在舟中，家人急还报，室中女亦闻喜而起，出与相迎，与船上倩娘合为一身。

## 诗　曰

深闺女儿娇复痴，春愁春恨那复知？
舅兄惟有相拘意，暗想花心临别时。
离舟欲解春江暮，冉冉香魂逐君去。

重来两身复一身，梦觉春风话心素。

## 曲 子

心素，与谁语？始信别离情最苦。兰舟欲解春江暮，精爽随君归去。异时携手重来处，梦觉春风庭户。

新解

心素，与谁语？始信别离情最苦——心素：心中的话。此句言倩娘不满父亲将自己另许他人，逼得表兄王宙出走，一腔怨愤无处诉说。

兰舟欲解春江暮，精爽随君归去——精爽：指倩娘的离魂。《离魂记》："夜方半，宙不寐，忽闻岸上有一人行声甚远，须臾至船。问之，乃倩娘徒行跣足而至。"

异时携手重来处，梦觉春风庭户——五年后王宙与倩娘重返衡州，使沉睡了五年的倩娘的真体一旦复苏，喜而自起，故云梦觉春风庭户。

新评

倩女离魂是一则美丽动人的爱情故事，少游用诗词的形式歌颂了倩女大胆而痴心的追求，表现了少游对封建礼教的蔑视。

## 南乡子

题解

词中的"徽真"，指的是崔徽的写真(画像)。崔徽系唐代名妓，蒲州人，与裴敬中相恋。秦观的《调笑令十首》中曾写过崔徽。此词之作也应是在汴京时。

妙手写徽真，水剪双眸点绛唇。疑是昔年窥宋玉，东邻，只露墙头一半身。　　往事已酸辛，谁记当年翠黛颦？尽道有些堪恨处，无情，任是无情也动人。

新解

妙手写徽真，水剪双眸点绛唇——《全唐诗》元稹《崔徽歌并序》："有丘夏善写人形，徽托写真寄敬中曰：崔徽一旦不及画中人，且为郎死。"秦观见到的大概就是丘夏画的崔徽像。正因为是"妙手"画的，所以眼睛才"水"晶晶的。绛唇：绛红色的嘴唇，唇吻很美，有似生人。

疑是昔年窥宋玉，东邻，只露墙头一半身——宋玉《登徒子好色赋》："天下之佳人，莫若楚国；楚国之丽者，莫若臣里；臣里之美者，莫若东家之子。增之一分则太长，减之一分则太短；著粉则太白，施朱则太赤。眉如翠羽，肌如白雪，嫣然一笑，惑阳城，迷下蔡。然此女登墙窥臣三年，至今未许也。”这句说：崔徽的容貌，就像宋玉描述的东邻女一样，真美啊。一半身：言明是崔徽的半身像。

往事已酸辛，谁记当年翠黛颦——翠黛颦：指崔徽与裴敬中离别后，痛不欲生，愁苦不堪。这句说：看到崔徽的画像这样美丽动人，栩栩如生，谁还会想到她当年的酸辛身世啊！

尽道有些堪恨处，无情，任是无情也动人——凡是看过崔徽像的人都说：画得不错，就是有一点遗憾，没画出她的“有情”处。但我秦观认为：这算不了缺憾，你们大概忘了崔徽当年的酸辛了吧，她是流着泪让人画的像，怎么会“有情”呢？就说像上的她无情吧，但这无情的模样也很动人啊！化自罗隐《牡丹诗》：“若教解语能倾国，任是无情也动人。”

新评

⑴此词是为崔徽画像题的词，写她的风态、幽情和愁恨，恰如写活人一般，使之有血有肉，可见其人，可闻其声。

⑵人们之所以抱怨“有些堪恨处”，“无情”，就是因为“往事已酸辛，谁记当年翠黛颦”，忘记了她的身世。这是一因一果的句式，学此词时应该好好体会到这点。

## 浣溪沙

题解

杨偍《古今词话》：“涪翁（黄庭坚的号）过泸南（在今四川），泸帅留府会，有官妓盼盼，性颇聪慧，帅常宠之。涪翁赠《浣溪沙》曰：脚上鞋儿四寸罗，唇边朱粉一樱多……盼盼拜谢，涪翁令唱词侑觞。”云此词为黄庭坚所作。唐时也有名妓关盼盼，秦观在《调笑令十首》中曾写过她，不知此处的盼盼为谁。

脚上鞋儿四寸罗，唇边朱粉一樱多，见人无语但回波。
料得有心怜宋玉，只应无奈楚襄何，今生有分共伊么？

新解

脚上鞋儿四寸罗，唇边朱粉一樱多——鞋儿只有四寸那么大小，那脚就是三寸金莲了，宋时就开始缠脚了。一樱多：形容唇略大于樱桃，且涂有朱粉，又像樱桃般红。这两句是写这位女子长得娇小可爱，“四寸罗”是形容，并非确指。

见人无语但回波——写她的眼睛有神而又多情，风情自在眼波中。这是点睛之笔，引出下片多情人的痴想。

料得有心怜宋玉，只应无奈楚襄何——宋玉《神女赋》：“楚襄王与宋玉游于云梦之浦，使玉赋高唐之事。其夜王寝，果梦与神女遇，其状甚丽。”这里以宋玉自喻，以楚襄正指题解中的泸帅，是说：我想你也有心于我，只因碍着泸帅的面，才没办法。化自李商隐《席上赠人》诗：“料得也应怜宋玉，只因无奈楚襄王。”

今生有分共伊么——伊：指此女子。我今生有缘分和你在一起吗？

新评

此词上片写一女子的美态，下片写因此而引起的非分痴想。自己太多情了，好像别人也有情于自己。那个“楚襄王”究竟是谁，难以确定，但可以肯定是这位女子的情人。

## 虞美人

题解

《绿窗新话》：秦少游寓京师，有贵官延饮，出宠妓碧桃侑觞，劝酒惓惓。少游领其意，复举觞劝碧桃。贵官云：“碧桃素不善饮。”意不欲少游强之。碧桃曰：“今日为学士拼了一醉。”引巨觞长饮。少游即席赠虞美人词曰：“碧桃天上栽和露……”阖座悉恨。贵官云：“今后永不令此姬出来。”满座大笑。

由此知该词作于汴京。

碧桃天上栽和露，不是凡花数。乱山深处水萦回，可惜一枝如画为谁开？　　轻寒细雨情何限，不道春难管。为君沉醉又何妨，只怕酒醒时候断人肠。

新解

碧桃天上栽和露，不是凡花数——这两句写仙桃的名贵高洁，不是凡花可比。把生长在天上的碧桃栽种在人间，而且是“和露”而栽。“和露”二字，写出了仙桃的勃勃生机和光艳的色泽，让人想见它的枝叶上挂着的晶莹露珠，把一株水灵灵的仙桃描绘出来，它不是人世间那些凡花俗草所能比拟的。此句化自唐高蟾《下第后上永崇高侍郎》诗：“天上碧桃和露种，日边红杏倚云栽”，乃双关语，以碧桃树喻碧桃其人美貌无比。

乱山深处水萦回，可惜一枝如画为谁开——前句写碧桃树所处的环境，本来山水之地是诱人的佳境，但着一“乱”字，则景象全非，凄凉冷落之感油然而生。后句言碧桃树固然美，但被弃掷在乱山回水之间，又有谁能了解它、欣赏它呢？这两句也是双关语，喻碧桃其人被贵官禁锢在自己的府第里，孤独幽凄，她的美丽有谁能知道呢？

轻寒细雨情何限——“轻寒细雨”是春天独有的特征，天意微暖，雨脚如丝，正是碧桃树生长的好季节。这里则用来比喻碧桃其人一身春光，姿容焕发，有无限的深情。

不道春难管——无奈春光不由人意，不能长留，碧桃树的美姿也就看不见了。喻碧桃为贵官所有，自己想和她痛饮一杯酒也不行。

为君沉醉又何妨，只怕酒醒时候断人肠——这句直接写碧桃其人。碧桃在与秦观对酒时曾说“今日为学士拼了一醉”，然后引巨觞长饮。因而这句以碧桃的口吻说：为了表达我对你秦观的深挚感情，就此拼却一醉，倒也简单，只怕我酒醒之后，再也见不到你秦观的面，那才愁得断人肠呢！

新评

(1) 由于侑觞的歌妓恰好名叫碧桃，因而作者就用双关的笔法，明写碧桃树，暗寓碧桃人。写她的美丽，她的身世遭遇，她那含愁凄凄、有苦难言的神态，刻画得非常生动。

(2) 在碧桃身上，作者寄予了自己的情感。碧桃美貌无比而不为世人所遇，自己才情双绝而屡遭人嫉恨，也都是身处“乱山回水”之中啊。

## 贬谪时期

### 江城子

题解

绍圣元年(1094)哲宗亲政，新党重新上台，旧党遭到打击。秦观也被划为苏轼之类的“元祐党人”之列，受到牵连，出为杭州通判。又因御史刘拯告他增损《神宗实录》，出杭途中，中道贬处州(在浙江)，任监酒税的微职。这首词写的是与所爱话别，但从“动离忧”等词句看，似是对这次政治摧折的痛恨，当在赴杭州途中所作。依此解。

西城杨柳弄春柔，动离忧，泪难收。犹记多情曾为系归舟。碧野朱桥当日事，人不见，水空流。　　韶华不为少年留，恨悠悠，几时休？飞絮落花时候一登楼。便做春江都是泪，流不尽，许多愁。

新解

西城杨柳弄春柔，动离忧，泪难收——这句是回忆离京时与所爱话别的情景。西城：当指汴京金明池，在城西，“池之东岸，临水近墙，皆垂杨”（宋孟元老《东京梦华录》），是话别的地点。“杨柳弄春柔”，是春天最美的景色，本该好好欣赏一番，但此时哪来的这种闲情呢？我被贬往杭州，与你生离死别，正是“泪难收”的时刻啊！秦观离京时在春三月，正与此词所写相合。词中的话别人也可能是秦观在京的诗友们，但此时秦观正倒大霉，诗友们欲躲避还恐来不及，倒是那些侠肝义胆的妓女们并不在乎这些，所以解为与秦观相爱的歌妓较为合适。

犹记多情曾为系归舟——可见上句中“泪难收”者是位歌妓。这句说：我秦观至今还记得，在离京时，你泪流满面，情意难舍，都是因为我就要坐船去杭州的缘故啊！秦观是南方人，这次被贬往南方，故称“归舟”。

碧野朱桥当日事，人不见，水空流——碧野朱桥：指当日在京时与所爱一起冶游之地。这句说：我现今正在赴往杭州的途中，回想起过去与你一起在“碧野朱桥”冶游欢娱的往事，我就惆怅不已；现在只能看见滔滔江水向东流去，再也看不见你了。意谓人去如流水。

韶华不为少年留，恨悠悠，几时休——韶华：春华，这里暗寓年华。少年：喻自己正年盛。明写：春华就要消逝了，此恨难休啊！意谓：我秦观再能活几天呢，这一去可能难复相见，老死他乡，这恨耿耿在心，休不了啊！

飞絮落花时候一登楼——楼：当是赴杭途中所登临之楼。飞絮落花，正是春归时节，也正是我秦观被贬逐时候，此情此景，难以忍受，还是登楼望远散散心吧。

便做春江都是泪，流不尽，许多愁——这一登楼，更让人受不了，登高远望，滔滔江水尽在眼底，这在我看来，多像离人的泪呀。春江水有多少，泪就有多少，可再多也没有我的愁多啊！时间，“飞絮落花时候”。地点，赴杭途中所登之楼。内容，回忆与所爱话别情景，抒发一腔怨恨之情。

新评

时间，“飞絮落花时候”。地点，赴杭途中所登之楼。内容，回忆与所爱话别情景，抒发一腔怨恨之情。

(1)“碧野朱桥”正是往日欢娱之处，只为人不见，转一番思念，种种景，种种情，如怨如诉。

(2)杨慎批《草堂》曰：“此结句又从坡公结句转出，更进一步。”认为“便做春江都是泪，流不尽，许多愁”化自苏轼《江城子·别徐州》词：“欲寄相思千点泪，流不到，楚江东。”其实乃变化于李后主：“问君能有几多愁？恰似一江春水向东流。”但却别具新意，不可一味拘泥于出处。诸如贺铸的：“试问闲愁都几许？一川烟草，满城飞絮，梅子黄时雨”；李易安的“只恐双溪舴艋舟，载不动许多愁”，都是写愁的名句，若问出处，未免迂腐。

## 望海潮

题解

此词多种版本均题作“洛阳怀古”，然细玩词意，乃感旧而非怀古，此题显然是后人妄加。从词意看，似乎是作于被贬赴杭途中。上片回忆与友人们游洛阳，“长记误随车”寓有政治上被误解之意；下片回忆在汴京西园与诗友们宴饮之事，“无奈归心，暗随流水到天涯”，是当时被遣离京的心情写照。词中的“西园”：当是汴京王诜的花园。王诜，字晋卿，娶英宗之第二女魏国大长公主，为驸马都尉，好文喜士。元虞集《西园雅集图跋》云：“西园者，宋驸马都尉王诜晋卿延东坡诸名士燕游之所也。……即图而观，云林泉石，欸然胜处也。傅衣冠十有四人。”为苏轼、苏辙、黄庭坚、秦观、陈师道、张耒、晁补之、王诜、米芾等。依此，词中所记或游洛阳，或宴西园，都是秦观与所谓“元祐党人”相聚，此词当是被贬后对这一政治事件的反思。依此解。

新解

梅英疏淡，冰澌溶泄，东风暗换年华。金谷俊游，铜驼巷陌，新晴细履平沙。长记误随车。正絮翻蝶舞，芳思交加。柳下桃蹊，乱分春色到人家。　　西园夜饮鸣笳。有华灯碍月，飞盖妨花。兰苑未空，行人渐老，重来是事堪嗟。烟暝酒旗斜，但倚楼极目，时见栖鸦。无奈归心，暗随流水到天涯。

新解

梅英疏淡，冰澌溶泄，东风暗换年华——写冶游洛阳的季节，是在初春时分。洛阳距离汴京很近，常是京都名贵的冶游地，所以秦观与诗友们在某年的初春也来了。梅花渐渐地稀落了，结冰的水流也正在溶化，冬天悄悄地走了，春天也不声不响地来了，这一切，都是“东风”的作用啊！“东风”是春天的风，所以它能够“换年华”。冰澌：流冰。《后汉书·王霸传》：“河水流澌，无船，不可济。”

金谷俊游，铜驼巷陌，新晴细履平沙——洛阳的名胜古迹很多，但以金谷园和铜驼街最为有名，点出这二处足以代表洛阳了。金谷园是西晋石崇所造的花园，在洛阳西北。铜驼街是西晋皇宫前的一条繁华街道，以宫前立有铜驼而得名。这二处是西晋名贵权要居集之所，也是冶游郎常聚之地，所以陆机《洛阳记》说："金马门外集众贤，铜驼陌上集少年。"游了金谷园、铜驼街，我们就一起走向郊外，"新晴细履平沙"，就是写去郊外踏青赏春。

长记误随车——可是这次游洛阳，出了一个大笑话，使我永不会忘，那就是"误随车"了。"误随车"出自韩愈《游城南十六首》中的《嘲少年》："直把春偿酒，都将命乞花。只知闲信马，不觉误随车。"也可能当时士女倾城，春游极盛，在那种"车如流水马如龙"的盛况下，秦观被某个美女所迷，真的"误随车"了；也可能秦观根本就没有"误随车"，只不过借此暗寓：自己只不过与这些诗友们冶游过几次，就被政敌误划为"元祐党人"了，其实自己很少议论朝政。

正絮翻蝶舞，芳思交加。柳下桃蹊，乱分春色到人家——这几句写眼前景，由回忆洛阳冶游的沉思中回到现实面前。那次游洛阳是在初春，可我这次赴杭途中看到的却是暮春景物：风絮飘扬，蝶儿飞舞，村落人家的庭院，柳丝袅袅，桃花鲜红，因此也就让人由此及彼，"芳思交加"，想起了当年游洛阳时的那番景致。

上片写被贬赴杭途中，看到一派暮春景象，不由得联想到那次洛阳春游，而重点在"长记误随车"，这大概就是政敌们诬我为"元祐党人"的一个证据吧。

西园夜饮鸣笳——又回忆起在汴京时的夜宴，这次赴宴的人大概还是冶游洛阳的那些诗友们。西园，见题解。

有华灯碍月，飞盖妨花——写诗友们赴宴时的盛况：各种华灯都点亮了，使得明月也失去了她的光辉；许多华美的车辆在园中飞驰，使得鲜花也相形见绌。

兰苑未空，行人渐老，重来是事堪嗟——又由回忆回到现实。兰苑：园林的美称，此处指西园。西园或许现在还是"华灯碍月，飞盖妨花"那番景象吧，但那次"夜饮"的人却已被东贬西谪，日渐衰老了。如果这些人有机会能重来西园，一定会感慨那次"夜饮"的。因为那次"夜饮"给他们带来了灾祸。

烟暝酒旗斜，但倚楼极目，时见栖鸦——过去了，往日的冶游，往日的夜饮，现在"倚楼极目"，哪来的"金谷"、"铜驼"、"华灯"、"飞盖"，只有暮烟、栖鸦、酒旗斜，一幅凄凉冷寞的景象。

无奈归心，暗随流水到天涯——唉，不想了，这次趁贬逐杭州，顺便回家看看吧！仕途坎坷，羁留异地，就很自然地想到故乡，一片思归的心，好像随着流水已到了遥远的故乡。

新评

(1)此词是贬往杭州途中回忆之作，主要目的是分析导致被贬逐之祸的原因，重点写了两事：一是洛阳春游；二是西园夜饮，大概就以这为证据，划为"元祐党人"的。其实秦观在朝里只做过校对黄本书籍、国史院编修这类位卑的官职，根本参与不了重大政事，只不过与苏轼等人在文学上时相唱还，才被划为"元祐党人"

的，所以他有“长记误随车”、“是事堪嗟”的慨叹。

⑵此词的结构比较特别，是这样安排的：在“正絮翻蝶舞”时节，我“芳思交加”，想起了那次“金谷俊游”；在“倚楼极目，时见栖鸦”时，我想起了那次“西园夜饮”。“絮翻蝶舞”和“栖鸦”是现在同时同地所见，“金谷俊游”和“西园夜饮”则是过去异时异地所为。

## 虞美人

题解

依词意看，很可能是离京赴杭途中所作。理由如下：⑴词里“柳花无数”、“琼枝玉树”与秦观暮春三月离京时间同。⑵“高城”疑指汴京，“联骖处”当是与所爱旧游之地。⑶词人赴东南杭州，而所爱在西北汴京，所以有“争奈无情江水不西流”之慨叹；而南下之船可到故乡，故曰“归舟”。依此解。

高城望断尘如雾，不见联骖处。夕阳村外小湾头，只有柳花无数送归舟。　琼枝玉树频相见，只恨离人远。欲将幽恨寄青楼，争奈无情江水不西流。

新解

高城望断尘如雾，不见联骖处——回望汴京，烟尘如雾，怎么也看不见当初与她并马冶游的地方。“高城望断”是表达词人思所爱的心情，在南下途中频频回首京都方向。

夕阳村外小湾头——点明“望高城”的地点，在“村外小湾头”；时间，“夕阳”时分。正因为是“夕阳”暮色，才有上句“尘如雾”。

只有柳花无数送归舟——“只有柳花送”，没有人送；而且“柳花无数”个在送，人却没一个来送。“柳花”比照出“人”，“无数”比照出“一”，极言旅途孤凄，备觉冷落。

琼枝玉树频相见，只恨离人远——琼枝玉树：喻美人。蒋防《霍小玉传》：“即令小玉自堂东阁子而出，生即拜迎，但觉一室之中，若琼林玉树互相照耀，转盼精彩射人。”这句说：一路上，我屡屡碰见美丽的女子，总会因此而想到你，但又无法见到你，只恨相隔愈来愈远了。

欲将幽恨寄青楼，争奈无情江水不西流——你在西边住，我向东边行，想让江水做信使，把我的幽恨告诉给你，可江水无情，不向西流，没办法呀！

新评

⑴“只有柳花无数送归舟”，而无人之意自出，不用多写，一点即明。

⑵上片结句有“柳花”，换头起句是“琼枝玉树”，衔接得很自然，但若不明典者，则不知“琼枝玉树”是喻人，为一憾也。

⑶“争奈无情江水不西流”与李白的“功名富贵若长在，汉水亦应西北流”等，都是用不可能办到的事情来比喻某种愿望不可能实现。

## 风流子

题解

从词里“北随云黯黯，东逐水悠悠”，“谁念断肠南陌，回首西楼”来看，“北”和“西”指的是汴京方向，“东”和“南”指的是杭州方向，因此当是作者被贬赴杭途中，北望京城，只觉云雾迷茫，东瞩征程，又感道路修远，逐客情怀，寄寓颇深。

东风吹碧草，年华换，行客老沧洲。见梅吐旧英，柳摇新绿，恼人春色，还上枝头。寸心乱，北随云黯黯，东逐水悠悠。斜日半山，暝烟两岸，数声横笛，一叶扁舟。　　青门同携手，前欢记，浑似梦里扬州。谁念断肠南陌，回首西楼。算天长地久，有时有尽，奈何绵绵此恨难休。拟待倩人说与，生怕人愁。

新解

东风吹碧草，年华换，行客老沧洲——沧洲：水滨之地，此处指赴杭途中，一路水程，故云。东风：春天的风，吹得遍野碧绿碧绿的，正是一年之中最美好的时节，本该好好欣赏一番，但此时的我，只不过一贬客，奔波在赴杭州的水路里。“老”字，喻旅途之苦。

见梅吐旧英，柳摇新绿，恼人春色，还上枝头——这就怪了，春色本该喜人，却闹得人一番烦恼，为什么？

寸心乱，北随云黯黯，东逐水悠悠——毛病在这里：寸心乱！乱得连春色也恼起来了。原来是一路回首北国，只见云雾暗淡，东望征程，又是江水悠悠，没个尽头，怎么能让人痛快起来呢！秦观此时还没有从被贬逐之祸的痛苦中解脱出来，所以在旅程中，心情甚乱，东南西北，碧草新绿，悉为愁肠。

斜日半山，暝烟两岸；数声横笛，一叶扁舟——正愁前路水悠悠，断魂又销夕阳前：这半山的斜晖，两岸笼罩的暮霭，是眼里所见；数声横笛，是耳里所闻。不管眼见的还是耳听的，都让人心烦。

青门同携手，前欢记，浑似梦里扬州——青门：汉代的长安城门叫青门，此处借指汴京城门。梦里扬州：用“十年一觉扬州梦”借喻在汴京的四年仕宦生活。人在最痛苦的时候，往往需要贴心的人来安慰，所以秦观虽身羁苦旅，仍念念不忘京中的旧爱。

谁念断肠南陌，回首西楼——南陌：指作者所在地。西楼：指汴京旧爱所在地。谁能够体会到我在旅途中思念你的愁苦呢？

算天长地久，有时有尽，奈何绵绵此恨难休——我想来，天再长，地再久，也总有个尽头的时候，可我的恨却怎么也消不了啊！化自白居易《长恨歌》：“天长地久有时尽，此恨绵绵无绝期。”

拟待倩人说与，生怕人愁——我想把这恨说给别人听，可担心别人也会被愁坏的。

新评

时间，在初春季节。地点，赴杭州船中。内容，忆所欢，抒新愁旧恨。“北随云黯黯”、“回首西楼”，一路牵挂着京城旧爱；“东逐水悠悠”、“断肠南陌”，瞻念前程不寒而栗。结句“拟待倩人说与，生怕人愁”，用此愁能感染他人愁，说明此愁之深。关于主题，《蓼园词选》说：“此必少游被谪后念旧时友人而作，托于怀所欢之辞也。情致浓深，声调清越，回环雒诵，真能奕奕动人者矣。”分析得很有道理。

## 临江仙

题解

少游赴杭州途中，曾去故里与家人告别。词中所提“南埭”，即召伯埭，在少游故里高邮之南，故称南埭。这首词当为事后追忆与妻子的这次短暂聚会而赋。

髻子偎人娇不整，眼儿失睡微重。寻思模样早心忪。断肠携手，何事太匆匆。　不忍残红犹在臂，翻疑梦里相逢。遥怜南埭上孤篷。夕阳流水，红满泪痕中。

新解

髻子偎人娇不整，眼儿失睡微重。寻思模样早心忪——由“寻思”可知，前两句是写妻子当时的情况。知道我第二天就要走，她一夜没睡好觉，眼皮儿都耷拉着有些发肿，头上的髻子也都乱了；每当我追忆起她这副模样时，心里总是不由得惊慌不定啊！心忪：心惊，心动不定，惶遽也。

断肠携手，何事太匆匆——因“携手”而“断肠”，意思是：回想起我俩手拉手相对无寐的情景，就让人愁得要断肠，为什么我们相聚的时间只有那么短暂呢？

不忍残红犹在臂，翻疑梦里相逢——残红：妻子留下的胭脂的痕迹。分别时，妻子的泪水和着胭脂流下，至今我的衣臂上还留着痕迹，我总不忍心去看，一看，就疑心我们是在梦里相逢了。

遥怜南埭上孤篷，夕阳流水，红满泪痕中——至今想起夕阳时分，我在家乡登船启程，你满脸胭脂泪的情景，就让人心里隐隐作痛啊！

新评

上片回忆早晨起床后妻子的愁容，一句“眼儿失睡微重”就把千痛万苦都写进去了；下片回忆黄昏送别时妻子的泪容，“残红犹在臂”可让人想见到妻子流了多少泪，而“翻疑梦里相逢”又写丈夫痴疑痴到了幻觉的地步。是一首很好的离别词。

## 点绛唇

题解

绍圣元年(1094)秦观被贬为杭州通判，尚未抵达杭州，又中途接旨，再贬为处州监酒税。此词抒发的是厌倦尘事、陶醉山水的感情，心境淡泊，不像刚被贬谪时那样痛心疾首，当为贬居处州后无心官务(事实上监酒税就是个闲小的官职)纵迹山水的生活写照。

醉漾轻舟，信流引到花深处。尘缘相误，无计花间住。
烟水茫茫，千里斜阳暮。山无数，乱红如雨，不记来时路。

新解

醉漾轻舟，信流引到花深处——多悠闲自在！“醉漾”，喝醉了酒摇船，那自然是随意所为，无目的地，任其顺流而下，一直到个幽深的花境里。“醉”倒未必醉，而“信流”二字，足以见作者心情多惬意，无忧无虑，顺乎自然，也可能隐寓着作者对人生的看法，随遇而安才是生存之道啊！而“花深”二字，则有“禅房花木深，曲径通幽处”之意，也有“山重水复疑无路”之意。

尘缘相误，无计花间住——平时我被尘事缠身牵累，无法到这幽静世界来享受，真是一大遗憾。尘缘：佛语，指尘世之事。

烟水茫茫，千里斜阳暮，山无数，乱红如雨——这才是“柳暗花明又一村”！

信流到了花深处，疑无路了，穿过去一看，好个豁然开朗的世界：烟水茫茫，斜阳千里，山峰无数，乱红如雨，真是人间仙境啊！

不记来时路——固然“山无数”容易迷路，恐怕多半被这仙境迷了魂，自然就记不得来时路了。陶渊明当年的武陵人游桃花源曾不记来时路，此时的秦观看来又成桃花源中人了。

新评

⑴此词写景如画，不见情语而处处有情。少游被贬谪后心情一直不好，这次回归大自然，心灵上受到洗涤，大有仙化之感，也就难怪词里处处有仙味。

⑵此词受陶渊明的《桃花源记》影响比较深，从构思到用语都有模仿的痕迹，可见秦观被贬官后已开始思索退身之路了，尽管此词写景很多，而主旨却在“尘缘相误”四个字。

## 千秋岁

题解

《词品》：“秦少游谪处州日，作《千秋岁》词，有‘花影乱莺声碎’之句。后人慕之，建莺花亭。陆放翁有诗云；池上春风柳十围，绿阴依旧语黄鹂；故应留与行人恨，不见秦郎半醉时。”据此可知此词作于少游在处州时。词里有“人不见”、“日边清梦断”之句，是在怀念过去京都时的诗友们。

水边沙外，城郭春寒退。花影乱，莺声碎。飘零疏酒盏，离别宽衣带。人不见，碧云暮合空相对。　　忆昔西池会，鹓鹭同飞盖。携手处，今谁在？日边清梦断，镜里朱颜改。春去也，飞红万点愁如海。

新解

水边沙外，城郭春寒退——水边沙外，点明主人公所在的地点，是在“城郭外”，也就是近郊。是在踏青赏春，气候宜人，已没有初春时的那种寒意了。

花影乱，莺声碎——这是眼所见，耳所闻，最能体现春的特征。一个“乱”字，可以使人想到东风吹来万花摇动的景象；而“碎”字，则将黄莺的啾啾声时高时低、时长时短的情态逼真地体现了出来，真是鸟语花香，春景迷人。这两句化自杜荀鹤《春宫怨》：“风暖鸟声碎，日高花影重。”而将“鸟”易为“莺”，则更具体，将“重”易为“乱”，更富有动态。

飘零疏酒盏，离别宽衣带——鸟花一派生机，而人却愁思重重。长时期地被贬来贬去，也就很少沾酒了；离别亲友们时间长了，自然人也就消瘦了，衣带显得宽了。柳永《凤栖梧》："衣带渐宽终不悔，为伊消得人憔悴。"

人不见，碧云暮合空相对——人不见，不见谁呢？江淹《休上人怨别》："日暮碧云合，佳人殊未来"，此处则指的是往昔的诗友们。

忆昔西池会，鹓鹭同飞盖——西池：指的是汴京城西的金明池，那里水曲柳明，是冶游的好去处。鹓鹭：本用来形容朝官行列整齐有序如同鹓鹭，岑参诗："岂思鹓鹭行，素多江湖意"，此处则指赴会的车辆一辆接一辆，绵绵不断。

携手处，今谁在——当年赴会的人，还有谁在那儿呢？元祐党人大多被外逐，故有此问。

日边清梦断，镜里朱颜改——日边：皇帝身边，此处指京城。每天总是梦想着在京城的生活，日复一日，容颜也就一天天地衰老了。

春去也，飞红万点愁如海——又是一个暮春，这就让人奇怪了，前面还是"花影乱，莺声碎"，怎么转眼间就"春去也"？其实，这个"春"，指的是人事方面的春，也就是昔日的"西池会"。"飞红万点"用来比喻被左贬右逐的元祐党人。整个政治集团一下子被对手打垮了，就像满树繁花霎时化做飞红片片，怎么能不让人"愁如海"呢！

新评

(1)《蓼园词选》评曰："此乃少游谪处州思京中友人而作也。起从处州写起，自写情怀落寞也。人不见，即指京中友。故下阕直接忆昔四句。日边，比京师也。梦断、颜改、愁如海，俱自叹也。"分析得很精当。

(2)这首词写得凄厉悲伤，秦观的朋友读了以后，都很有感慨。其中苏轼、孔平仲、黄庭坚、李之仪四人都有和韵《千秋岁》。苏轼有"岛边天外，未老身先退"，因为他被贬在海南岛。黄庭坚在秦观死后，追和《千秋岁》词，更是凄婉，有"洒泪谁能会？醉卧藤阴盖，人已去，词空在……波涛万顷珠沉海"的词句。可见此词对元祐党人感触之深，使之断肠。

## 好事近

### 梦中作

题解

《冷斋夜话》："秦少游在处州，梦中作长短句曰：山路雨添花……后南迁，久之北归，逗留于藤州，遂终于瘴江之上光华亭。时方醉起，以玉盂汲泉欲饮，笑视之而化。"依词意看，也当是在处州时，无心政务，陶情山水的写照。

春路雨添花，花动一山春色。行到小溪深处，有黄鹂千百。
飞云当面化龙蛇，夭矫转空碧。醉卧古藤阴下，了不知南北。

新解

春路雨添花，花动一山春色——春路：点明主人公是去近郊踏青赏春。雨添花：未必是雨，而是一夜露珠未落，花朵上点点露水，更增添了几分媚色。突然，风起花动，一大片一大片地摇摆，因此，“一山春色”就活现在人的眼前。无花则无春，一山春色，实则是一山花色。

行到小溪深处，有黄鹂千百——人容易去的路上，是“一山春色”；人不易到的“小溪深处”，则是“黄鹂千百”。春色让人大饱眼福，而这鹏声则让人大饱耳福，真是有色有声，其乐无穷啊！

飞云当面化龙蛇，夭矫转空碧——更有一番奇惊：行到半山，飞云扑面而来，恰似龙飞蛇舞，张牙舞爪，让人惊恐不已。而烟消云散，龙蛇匿迹，又是碧空万里。山间云色真是变幻莫测啊！

醉卧古藤阴下，了不知南北——这“醉”，不是吃酒吃醉了，而是被这花色鹂声云形陶醉了，“醉”情所至，进入“无我之境”，随意卧在古藤阴下，浑浑然与造化合为一体，也就“了不知南北”了。自是白眼看世之态。

新评

(1) 清代词评家冯煦说：“淮海(秦观)、小山(晏几道)，古之伤心人也。其淡语皆有味，浅语皆有致。”此词写山间小景，有色(花色)有声(鹂声)有形(云形)有情(人情)，真能代表秦词婉约幽丽的特点。

(2) 王国维《人间词话》说：“有有我之境，有无我之境……无我之境，以物观物，故不知何者为我，何者为物。”此词结句“醉卧古藤阴下，了不知南北”，就写的是“无我之境”。

## 促拍满路花

题解

此词写得哀怨凄厉，情思深沉，可能是在处州时回忆起旧日所爱而作。“不似寻常忆”，点明是在特殊环境中回忆的，而这特殊环境也只能是遭贬谪。依此解。

露颗添花色，月彩投窗隙。春思如中酒，恨无力。洞房咫尺，
曾寄青鸾翼。云散无踪迹。罗帐薰残，梦回无处寻觅。　轻

红腻白，步步薰兰泽。约腕金环重，宜装饰。未知安否？一向无消息。不似寻常忆，忆后教人，片时存济不得。

新解

露颗添花色，月彩投窗隙——露颗：露珠。月光下，花朵上挂满了晶莹透明的露珠，更增添了迷人的色彩；“月彩投窗隙”，点明主人公是在屋内推窗当月，遥思故人。

春思如中酒，恨无力——中酒：醉酒。愁思得过度了，就使人昏昏沉沉，如同醉酒一般无力。思什么呢？

洞房咫尺，曾寄青鸾翼——青鸾：青鸟，李商隐《无题》：“蓬山此去无多路，青鸟殷勤为探看”，指的是书信往来。离她那么近，近在“咫尺”，还要写信去试探她是否有情，可见是初恋时。初恋往往是最美好的，所以让人永远忘不了。

云散无踪迹——那情那景，恍如隔日，像“云散”一样无影无踪了，想起来真让人烦啊！

罗帐薰残，梦回无处寻觅——薰：指点燃香料；薰残：香料已燃完了。谓夜深了，我在梦里见到你的情景，醒来后全不见了，一片虚无冷落的气氛。

轻红腻白，步步薰兰泽——轻红腻白，红是胭脂，白是铅粉，你打扮得很美；以至于你走过后，都能留下一路诱人的花香味。兰泽：兰花的香味。

约腕金环重，宜装饰——金环：金质的手镯。你本来很纤细，再戴上金手镯，益发显得无力，但正是这样，更能显出你的袅袅轻姿来。你真会装饰啊！

未知安否？一向无消息——一向：长久了。

不似寻常忆，忆后教人，片时存济不得——存济：安顿或措置之义。这回忆与以前不同啊，少年不识愁滋味，为赋新词强说愁，那时候懂得什么是愁呢？而今，贬居他乡，孤处异地，才真正识尽愁的滋味了，所以一想起你，就让人一刻儿也安宁不了啊！

新评

此词写的是月夜思念故人的苦情。回忆往日初恋时是何等的纯真，及至见面后，她的装饰又是何等的适宜。把往日想得越美好，越反衬出现在的苦寂和愁闷，相形之下，苦乐自明。

## 江城子

题解

此词中“咫尺玉颜和泪锁春闺”与《促拍满路花》中“洞房咫尺，曾寄青鸾翼”，可能写的是同一人。依两词意看，秦观与她可能是初恋时的情人，两人感情深沉，费了一番周折才相会在一起。秦观被贬谪后，想起此事，总难以忘怀，写词聊表心意。

枣花金钏约柔荑，昔曾携，事难期。咫尺玉颜，和泪锁春闺。恰似小园桃与李，虽同处，不同枝。　　玉笙初度颤鸾篦，落花飞，为谁吹？月冷风高，此恨只天知。任是行人无定处，重相见，是何时？

**新解**

枣花金钏约柔荑，昔曾携，事难期——柔荑：《诗经·卫风·硕人》：“手如柔荑，肤如凝脂。”枣花金钏：刻有枣花的金质手镯。事难期，是说：我们的爱情还费了一番周折呢，不像预料的那样顺利啊。

咫尺玉颜，和泪锁春闺——这就是“事难期”。没有想到，我们近在咫尺，却难以相见，你也被“锁”在春闺里，暗自掉泪，没有办法。看来，一定是有人反对我们的爱情呢！

恰似小园桃与李，虽同处，不同枝——就像园中桃树和李树，虽然同处一园，却不能同枝。

玉笙初度颤鸾篦——玉笙：笙的美称。篦：妇女头上装饰品。鸾篦：鸾形的篦子。这句写两人初会时的情景。由于爱情被阻隔，见面极不容易，及至见了面，她显得很激动，吹起玉笙来，头上的鸾篦也微微颤抖。

落花飞，为谁吹——由回忆写到眼前。你现在还吹玉笙吗？现在正是“落花飞”的季节，你如果吹笙的话，那又是为谁而吹呢？是不是为我呢？“落花飞”一语双关，暗喻人如落花，飘落他乡。

月冷风高，此恨只天知——正是在“月冷风高”的时刻，我在追忆着这些事，此情此恨，没个可倾诉处，只有老天爷才知道我一片苦心啊！

任是行人无定处，重相见，是何时——行人：指自己到处遭贬谪。尽管我被贬谪着，没有个固定的去处，但我相信我俩还是会见面的，只是那会在什么时候呢？苦恼中带着希望，希望中又掺着惆怅。

**新评**

(1)秦观此时身处逆境，他把过去的友情看得格外珍重。他与此女子是经过一番曲折才相爱的，彼此爱得真挚深沉，因此秦观在此词中倾注了自己的全部感情。

(2)结句苦恼自己“无定处”；但马上又来了个安慰，我们是会“重相见”的。此话一出口，又觉得没把握，“是何时”呢？连我自己也答不上来，还安慰什么呢？

把一瞬间的思想变化写得真实，切情切理。

## 河传

题解

绍圣三年(1096)，秦观被人谒告在处州法海寺题诗诋毁朝政，再次被削秩贬徙郴州(在湖南)。此词可能是借伤春来记载这次变故，“一霎薄情风雨”、“篱枯壁尽因谁故”，可能就是喻当时风云突变，处境险恶。即依此解。

乱花飞絮，又望空斗合，离人愁苦。那更夜来，一霎薄情风雨，暗掩将，春色去。　篱枯壁尽因谁故？若说相思，佛也眉儿聚。莫怪为伊，底死萦肠惹肚。为没教，人恨处。

新解

乱花飞絮，又望空斗合——暮春时分，乱花飞絮因风而起，向空中拼凑合拢。一个“又”字，点明以前就是在这个时分，自己被贬离京，现在又被贬离处州。

离人愁苦——此情此景此身，有说不尽的愁和苦。

那更夜来，一霎薄情风雨，暗掩将，春色去——那天夜里，只一会儿的薄情风雨，就把春天给断送掉了，花也没了，柳絮也打尽了，看不见一点春色了。喻自己本来就是一飞絮，可政敌还不放过，还要从处州赶到郴州，真是残酷无情啊！

篱枯壁尽因谁故——篱枯壁尽：指的是篱壁间物，也就是家园花木，已枯尽了。李汉老《汉宫春》：“雪打风吹，正篱枯壁尽，却有寒梅。”这句说：一场薄情风雨，家园的花木都凋零了，这是因谁的缘故呢？意谓：我平白无故地又要遭贬，这是谁从中作梗呢？

若说相思，佛也眉儿聚——相思：思春。看到春天被残凋了，佛爷也会聚眉发愁的。实则指自己政治上的苦境。

莫怪为伊，底死萦肠惹肚——伊：指春天，实寓政治遭遇。为了思春，我至死也会念念不忘的，这没有什么奇怪的。

为没教，人恨处——只是春天已不在了，我连个泄恨的地方也没有。

新评

此词上片写无情风雨将春折杀；下片写思春伤春，空怀遗恨。实际上，上片写政治上风云突变，自己刚刚得到的平静生活又被搅乱；下片抒发自己遭变后的苦情、恨情。据史料记载，少游在处州期间，朝廷曾遣使承望风指，候刺过失，他就是因题诗佛壁有所诋毁而再遭贬的。到处都有政敌的耳目，他写作品也不得不含蓄隐约，不敢直言。此后，秦观的词大多用暗寓来表现政治上的苦闷。

## 木兰花

题解

绍圣三年(1096)秦观被贬往郴州，曾途经长沙，结识了一位义妓。据宋洪迈《夷坚志》记载："长沙义妓者，不知其姓氏，善讴。尤喜秦少游乐府，得一篇，辄手笔口哦不置。少游坐钩党南迁，道经长沙，访潭土风俗，妓籍中可与言者。或举妓，遂往访。……媪出设位，坐少游于堂。妓冠帔立堂下，北面拜。少游起且避，媪掖之坐以受拜。已，乃张筵饮，虚左席，示不敢抗。母子左右侍。觞酒一行，率歌少游词一阕以侑之。饮卒甚欢，比夜乃罢。"如此记载确实，那么，这首词所写很像当时的情景。依此解。

秋容老尽芙蓉院，草上霜花匀似剪。西楼促坐酒杯深，风压绣帘香不卷。　　玉纤慵整银筝雁，红袖时笼金鸭暖。岁华一任委西风，独有春红留醉脸。

新解

秋容老尽芙蓉院，草上霜花匀似剪——点明相会的时间在秋季，地点在芙蓉院。芙蓉院：栽有木芙蓉的院落。因为是严秋，所以芙蓉树已开始凋零了，院落里的花草上也匀匀地洒上了一层白霜。匀似剪：形容霜花棱角分明的形状。

西楼促坐酒杯深，风压绣帘香不卷——促坐：靠近而坐。酒杯深，点明主人对客人的一片深情，频频斟酒，不让杯子有空的时候。外面秋风呼呼，吹得绣帘吱吱作响，可满屋子仍然散发着惬意的香味。看来主人是经过一番精心布置的，是薰过香料的。

玉纤慵整银筝雁，红袖时笼金鸭暖——筝：古乐器，其上弦柱斜列如雁行。如李商隐《昨日》诗："十三弦柱雁行斜"。金鸭：指手炉。这句说：她用纤长的手指，慢慢弹着饰有白银的古筝，弹累了，手冷了，就在手炉上稍稍取暖休息。这是写义妓为秦观弹筝侑酒的情形。

岁华一任委西风，独有春红留醉脸——春红：形容酒后红晕。这句说：尽管岁月已到了秋季，万物凋零了，可她的脸上似乎还留着春天的颜色，红艳艳的，其实那是酒后红晕啊！这句写义妓酒后姿色更美。

新评

这首词写长沙义妓热情地为他设酒洗尘，并弹筝佐饮。秦观政治上屡遭挫折，加之徙途坎坷，遇上这么一位古道热肠、早已倾慕自己的义妓，自然会有相见恨晚、酒逢知己之感。于是，他饱含深情，记下了这次不寻常的相会，描绘了义妓的风韵神态。“慵整”，看似漫不经心，实则是轻车熟路；“独有春红留醉脸”，写美人醉酒，容色添春之态，很是形象传神。

## 阮郎归

题解

秦观被贬徙郴州，途经长沙，在此稍住数日即启程南下。此词写的就是长沙饯别的场面，其中“红妆”可能就是那位长沙义妓。

潇湘门外水平铺，月寒征棹孤。红妆饮罢少踟蹰，有人偷向隅。　　挥玉箸，洒真珠，梨花春雨馀。人人尽道断肠初，那堪肠已无！

新解

潇湘门外水平铺，月寒征棹孤——潇湘：湘水在湖南零陵县西与潇水合流，称潇湘，此处指长沙。因为是秋天，水位高，所以长沙门外的湘江已是与堤岸齐平了。上句点明送别的地点。下句点明送别的时间，是在寒夜。而即将启程的船只有孤零零的一个，越发使送别的场面增添了冷落的气氛。

红妆饮罢少踟蹰，有人偷向隅——红妆：指长沙义妓。少：稍稍地。向隅：刘向《说苑·贵德》：“今有满堂饮酒者，有一人独索然向隅而泣，则一堂之人皆不乐矣。”遂成为哭泣的代名词。这句说：饮完了饯行的酒，义妓稍稍犹豫了一下，就掉转脸哭泣开了。“红妆”和“有人”实际上是一人，就是义妓。“有人偷向隅”取自于“有一人独索然向隅”之意。

挥玉箸，洒真珠，梨花春雨馀——连用三个形象比喻义妓的眼泪：如玉箸，如珍珠，如春雨，连连不断。玉箸：玉质的筷子。真珠：即珍珠。

人人尽道断肠初，那堪肠已无——面对义妓挥泪如雨，秦观心情万般难受，难受得无法抑制，只得说：别人都说离别时是断肠时，可他们也只不过断了一点点肠；而我呢，肠早就断完了，早就没了，现在想断肠也没肠可断。真是愁极之语！难怪杨慎批《草堂》曰：“此等情绪，煞甚伤心。秦七太深刻矣！”

新评

⑴“月寒征棹孤”，月寒之夜送别，就够凄凉的了，加上又只是一只孤船，气氛更冷落。此句好就好在五个字写出了两种“冷”态。

⑵“少踟蹰”然后才“偷向隅”，很符合义妓的性格：先强自忍着，忍不住了才偷偷哭泣，哭得伤心了就放声大哭，就“挥玉箸，洒真珠，梨花春雨馀”。这三个比喻也很形象，使“泪”有了“美”态。

⑶结句“那堪肠已无”，是秦观泣血之语，是长时期压抑的情绪的爆发，也是他辛酸经历的总结，一颗受尽世事折磨的麻木痛苦的心跃然纸上。此语包含着作者无数的新愁旧恨，非伤情至深道不出，非真情实感亦道不出。

## 如梦令

题解

绍圣三年(1096)少游自处州再贬，冬季至郴阳道中，曾题诗一首于古寺壁，诗中有“饥鼠相追坏壁中”之句，与此词中“梦破鼠窥灯”都是写旅途中驿亭的苦况。谨依此，定此词为贬谪郴州途中作。

遥夜沉沉如水，风紧驿亭深闭。梦破鼠窥灯，霜送晓寒侵被。无寐，无寐，门外马嘶人起。

新解

遥夜沉沉如水——写夜宿驿亭的况味，说长夜在沉寂中消逝，沉静得像水一样死寂无澜。沉沉：形容夜色深沉。如水：比喻深夜在流逝。这句极言夜深人静，是写实，却也抒情，他推得非常之远，给人以时间上、情思上一种漫长和孤单之感。

风紧驿亭深闭——驿亭：点明地点是旅途歇宿的处所。寒风阵阵吹来，驿站的门久久关闭着不开。驿亭深闭：旅途凄寂之状，是叫人难受的。这句逼真地表现出夜宿驿亭的行客待晓和难耐的心情。

梦破鼠窥灯，霜送晓寒侵被——“梦破”是因为老鼠骚扰造成的。“鼠窥灯”是醒后所见。一个“窥”字，传神地刻画出老鼠偷油吃时在暗中观望动静的神态，那种悄悄的、胆怯的样子很形象。“寒侵被”，写醒后的感觉，使人感到被子单薄抵不住寒气。这两句极言驿站的脏乱、简陋、荒凉。

无寐，无寐，门外马嘶人起——“无寐”是睡不着了，失眠了，而二字重叠，除了协律，还突出地写明了旅客反侧难眠的苦闷情绪。词的最后一句，通过听觉写白昼又要来临的情况。"马嘶"二字，暗含催促征人继续踏上征途，意味着一天的旅途奔波又将开始。

新评

这首词通过夜宿驿亭的描写，绘出贬谪途中的情景，表达了作者旅途凄凉寂寞的心境。"遥夜沉沉如水"，夜本来是无所谓长短的，秦观词曾有"已被邻鸡催起怕天明"之句；但那是一对情人的欢娱，总觉得夜太短了；而此时的秦观，孤零零的一个人睡在饥鼠相追、被薄难以御寒的旅馆里，又愁又冷，自然相形之下，觉得夜太长了。此词的"风紧"、"鼠窥灯"、"寒侵被"，都是"遥夜"里的所闻、所见、所感，更增加了"遥夜"的一种负重感，压得人的心脏几乎负荷不了。这就是此词的特色。

## 踏莎行

题解

宋哲宗绍圣四年(1097)，秦观被贬官谪居郴州(治所在今湖南郴州市)，作此词。他以凄婉的笔调，描述贬居地的荒凉，抒写日益增浓的乡情和远谪后的愁苦心情。从词里"春寒"等词意看，可知写作时间是在初春。再从词里"孤馆"等词意看，可知写作时间是在郴州旅馆。

雾失楼台，月迷津渡，桃源望断无寻处。可堪孤馆闭春寒，杜鹃声里斜阳暮。　　驿寄梅花，鱼传尺素，砌成此恨无重数。郴江幸自绕郴山，为谁流下潇湘去？

新解

雾失楼台，月迷津渡，桃源望断无寻处——"雾"与"月"相对，代指清晨与黄昏。这两句是说：白天我站在旅馆的楼台上远望，但云雾弥漫，连楼台本身也看不清了，更不用说看远方；晚上我站在渡口边张望，但月色昏暗，连渡口附近的情形都看不清，更不用说看远方。就这样，我白天也望，晚上也望，但不是"雾失"，就是"月迷"，我怎么也望不见远方。望什么呢？望"桃源"，望的结果呢？就是"望断"，望不到。"桃源"即桃花源，是陶渊明《桃花源记》中的世外避难之所。秦观此时屡遭贬谪，已万念俱灰，在许多作品中都流露出寻求退路的思想，此词是这种思想的集中体现。想远祸全身，想找块净土，但总找不到。"雾失"、"月迷"暗含作者瞻念前程时的迷茫心情。

可堪孤馆闭春寒，杜鹃声里斜阳暮——可堪：那堪。这句说：既然白天"雾失"，晚上“月迷”，什么也看不见，再加上春寒料峭，那我干脆就独自关闭在寂冷的旅馆里吧。但在旅馆里也不得安宁，凄厉的杜鹃叫声，声声入耳，从窗隙中射进的昏黄光线历历在目，这叫人怎能忍受得了呢？相传杜鹃鸟的叫声像是在说“不如归去”，远离故乡的旅人听后容易引起乡思。秦观此时既然找不到避难的桃源，因而思乡之情油然生起，乡愁日益加重。

驿寄梅花，鱼传尺素，砌成此恨无重数——驿寄梅花，事见《荆州记》：“吴陆凯与范晔善，自江南寄梅花诣长安与晔，并赠诗曰：折梅逢驿使，寄与陇头人。江南无所有，聊赠一枝春。”此处指自己从郴州给亲友们写信。鱼传尺素，语出古乐府诗《饮马长城窟行》：“客从远方来，遗我双鲤鱼。呼儿烹鲤鱼，中有尺素书。”此处指亲友们从远方给自己来信。砌：堆集。这三句的意思是：我与亲友们频繁地书信往来，本打算排遣孤独，解除愁苦，谁知道痛苦不但没减少，反而增添了数不尽的遗恨。

郴江幸自绕郴山，为谁流下潇湘去——郴江源发黄岑山，北流经郴州，最后归入湘江。幸自：本自。这两句借物喻人，解释上句中的“此恨”是何恨：郴江啊郴江，你自己绕着你的郴山流多好呀，为什么偏偏要流到湘江呢？多遭罪呀！实际是说：秦观啊秦观，你自己待在家乡多好呀，为什么偏偏要离了家出外谋官呢？到如今落得个有家难归，有乡难返。这是深自责悔的意思，是觉得做官做错了，无限悔恨。

新评

这首词是作者对前程渺茫的感叹，对误入仕途的悔恨。他原来自恃才高，企图在政治上有所作为，但从做官之日起，不是遭嫉恨，就是遭贬谪，一贬再贬。所以万念俱灰，悔恨无穷，惟思退身之路。王国维《人间词话》说：“少游词最为凄婉，至‘可堪孤馆闭春寒，杜鹃声里斜阳暮’，则变而为凄厉矣。”又说：“有有我之境，有无我之境。泪眼问花花不语，乱红飞过秋千去。可堪孤馆闭春寒，杜鹃声里斜阳暮。有我之境也。有我之境，以我观物，故物皆著我之色彩。”指出了此词的写作特点，一是语言运用上的凄厉之音，二是有有我之境，把主观感情转移于客观事物，使全篇的自然景观都充满了作者极为浓厚的主观色彩。

中国社科院文研所编撰的《唐宋词选》对此词末二句的解释是：“作者以发问的口气，比喻人的离别不是出于自愿，而是被迫的。”这个理解是错误的。秦观在这里是悔恨自己自投官网，自入歧途，自寻烦恼。他之所以被远贬荒地，是做官的缘故，而做官是自愿，并没有人去逼迫他。此二句很像白居易的《白云泉》诗：“太平山上白云泉，云自无心水自闲。何必奔冲山下去，更添波浪在人间？”都写的是自寻烦恼。《冷斋夜话》说：“东坡绝爱其尾两句，自书于扇，曰：少游已矣，虽万人何赎！”苏轼也和秦观一样，被一贬再贬，甚至被贬到更遥远荒凉的海南岛，读这两句自然会有同感。

## 减字木兰花

题解

宋洪迈《夷坚志》记载：长沙义妓“自与少游别，闭门谢客”，终日抑郁不乐。此词写的可能就是两人分别后的苦况。上片作者自写，下片“黛蛾”当指义妓。又词里有“东风”二字，当是在绍圣四年(1097)春天时。

天涯旧恨，独自凄凉人不问。欲见回肠，断尽金炉小篆香。
黛蛾长敛，任是东风吹不展。困倚危楼，过尽飞鸿字字愁。

新解

天涯旧恨，独自凄凉人不问——天涯：当谓郴州，地处偏远，交通不便，而且作者心情不好，故有与世隔绝之感，呼为天涯。旧恨：旧恨很多，遭贬的恨，与义妓离别的恨，等等，一下子全涌在心头。这句说：我因被贬谪远居偏僻的郴州，本来就凝聚了许多旧恨，现在又交通不便，好久得不到你的音信和你的问候，我独自一人幽居此地，怎么会不感到凄凉呢？

欲见回肠，断尽金炉小篆香——金炉：铜炉也。篆香：其形盘曲，燃尽后，灰烬亦盘曲成圈。这句说：我愁苦之极，难以言状，你想见我的肠吗，那就看看你身边铜炉里的小篆香，那盘曲的灰烬就是我的肠。秦观在长沙与义妓告别时，曾赋有《阮郎归》词，结句曰：“人人尽道断肠初，那堪肠已无！”所以此词中也照应分别时的“无肠”，说“小篆香”就是“肠”。

黛蛾长敛，任是东风吹不展——下片是推测着写长沙义妓。说：现在正是“东风”季节，春暖花开时分，我想来，你一定也是愁思重重，整天聚着那黑黑的蛾眉，这愁眉，任是东风也吹不展啊！意谓无心赏春，春景再明媚也让人喜不起来。

困倚危楼，过尽飞鸿字字愁——字字愁：鸿雁成群飞行，常排列成“一”字或“人”字，故曰“字字愁”。这句说：你在屋里待得时间长了，闷了，一定是靠在高楼上，遥望着郴州方向，想让飞鸿捎个信，可飞鸿不理，那雁阵就是一个又一个的愁字啊！

新评

这首词写于郴州，时间是春季，主题是抒发愁思，遥寄对恋人的思念之情。“欲见回肠，断尽金炉小篆香”，肠已没了，要想见的话，就在金炉里，那盘曲的小篆香就是。真是深刻之语。“困倚危楼，过尽飞鸿字字愁”与白居易的《长相思》：“思悠悠，恨悠悠，恨到归时方始休，月明人倚楼”是一个形象。之所以“倚楼”，之所以看到“飞鸿字字愁”，就是因为人不归，人归了也就不愁了，不倚楼了。其寓意很显明。

## 如梦令

题解

从词中“人共楚天俱远”看，当是作于在郴州时，因为郴州属楚地。又云“春入柳条将半”，当在仲春季节。这首词也与同时期的作品一样，是慨叹谪居地的偏远和抒发思乡的情绪。

楼外残阳红满，春入柳条将半。桃李不禁风，回首落英无限。
肠断，肠断，人共楚天俱远。

新解

楼外残阳红满，春入柳条将半——残阳如血，映红了楼外的半壁天空，可知是黄昏时候，主人公站在楼台上，正在眺望远方，首先映入眼帘的是袅袅摇摆的柳条，他这时才想到：春天已经过去一半了，现在就快要结束了。

桃李不禁风，回首落英无限——这句是倒装句，意思是：看完了柳条，又回过头来看桃李，但桃李经不起东风的吹拂，落花纷纷。这句点明暮春的气氛已开始露出端倪了，同时说明主人公的情绪也因此受到感染。

肠断，肠断，人共楚天俱远——连用两个“肠断”，一是为了协律的需要，二是加强了感情上的渲染。看到了残阳如血，看到了桃李被无情地摧落，联想到自己被政敌迫害，赶到这偏远的郴州，不正如这桃李的命运吗？因此发出了“肠断”的呼喊。或者见落英而不见亲人，想探望他们而不能，因为“人共楚天俱远”，所以有“肠断”的呼喊。

新评

这首词一入手就写得很平淡，浅显，似乎主人公是闲意赏春的，看到“落英无限”也只不过略有憾意罢了。乃至发出“肠断，肠断”的呼喊，才使读者大吃一惊，原来前面的“残阳”、“落英”都不是闲笔，这微波中隐伏着凶浪啊！清代词评家冯煦就说过：“淮海、小山，古之伤心人也。其淡语皆有味，浅语皆有致。”董士锡也说：“少游正以平易近人，故用力者终不能到。”这首词就体现了这个寓强烈感情于淡语浅语之中的特点。

## 如梦令

题解

绍圣四年(1097)春，少游在郴州旅舍作《踏莎行》，词中有“可堪孤馆闭春寒，杜鹃声里斜阳暮”，与此词所写“孤馆悄无人”、“池上春归何处”，在时间、地点、心境上很相似，抒发的都是思乡的情，可定为同时之作。

池上春归何处？满目落花飞絮。孤馆悄无人，梦断月堤归路。无绪，无绪，帘外五更风雨。

新解

池上春归何处？满目落花飞絮——这两句写暮春过后的一幅残败景象。原来到池水边，是想赏心悦目的，可一看，池面上飘了一层层的落花飞絮，满目凄凉景致，春天的迹象一点儿也没有了，春天到底跑到哪儿去了呢？王国维说词“有有我之境，有无我之境”，“以我观物，则物皆着我之色彩，有我之境也”。这两句写的就是有我之境，包含了作者强烈的主观色彩。

孤馆悄无人，梦断月堤归路——这两句写夜里孤苦伶仃的状况。白天看不到春的迹象，晚上呢？旅馆里很沉寂，我孤零零的一个人待在这里，真寂寞啊，真想家啊！于是做了一个梦，梦见自己正沿着月色下的堤岸向家里归去，可好梦又偏偏被帘外的风雨声给打断了，真恼人。

无绪，无绪，帘外五更风雨——醒来后，坐也不是，立也不是，睡也睡不着，出又出不去(外面下着雨)，真是无头无绪啊，一点兴味也没有，就这样一直听着帘外传来的风声雨声。五更：一夜有五更。五更风雨：意思是说雨下了整整一夜。

新评

(1)此词在句式上多用倒装形式。“春归”是因“落花飞絮”而引起的，“梦断”是因“五更风雨”而引起的，这样做，一方面是为了协律的需要，而更重要的是为了突出“春归”和“梦断”，借以抒发自己的思乡情怀。

(2)“帘外五更风雨”，写的是风雨声，抒发的却是愁情。请看李煜的：“秋风多，雨相和，帘外芭蕉三两窠，夜长人奈何”，“无奈朝来寒雨晚来风”，都是用风声雨声表愁。这也是有我之境。风声雨声本无喜忧，在有情人听来，“风声雨声读书声，声声入耳”，那风声雨声多中听；而在无情人听来，则有如刀声格杀声，如李清照的“伤心枕上三更雨，点滴霖霪……愁损北人，不惯起来听”，“梧桐更兼细雨，到黄昏，点点滴滴。这次第，怎一个愁字了得？”可见愁人耳里的风雨声，都是不中听的。

## 鼓笛慢

题解

此词初读似是思念佳人，但细玩词味，一点佳人的影子也没有。肯定是作者摆了一个迷魂阵，在"佳人"的身上虚晃了几枪，然后转入他对友人们的怀念。作者初到郴州时，有"雾失楼台，月迷津渡，桃源望断无寻处"的慨叹，而此词却说："苦恨东流水，桃源路欲回双桨。"表现出他对"寻桃源"的疑虑，而更多的考虑则是"我如今怎向"，开始思索今后了，面对现实了。依此，此词当是作于在郴州时，主旨是总结自己的过去，考虑自己的未来。

乱花丛里曾携手，穷艳景，迷欢赏。到如今，谁把雕鞍锁定，阻游人来往？好梦随春远，从前事不堪思想。念香闺正杳，佳欢未偶，难留恋，空惆怅。　　永夜婵娟未满，叹玉楼几时重上？那堪万里，却寻归路，指阳关孤唱。苦恨东流水，桃源路欲回双桨。仗何人细与丁宁问呵，我如今怎向？

新解

乱花丛里曾携手，穷艳景，迷欢赏——一个"曾"字，点明这"携手"是过去的。那时的我们是多快乐啊，"穷艳景"，几乎把所有的好景都看尽了；"迷欢赏"，整日里欢聚在一起赏花观月，都痴迷了；总以为好日子还长着呢。这几句极言昔日的欢娱，为下面的愁苦留下一个比较的参照体。

到如今，谁把雕鞍锁定，阻游人来往——可见上面的"穷艳景，迷欢赏"已是明日黄花了。这句说：到如今，是谁把宴游的车辆都锁定了，不让我们往来呢？写到这，作者的用意已很明显了。元祐党祸后，秦观的好友苏轼被贬定州，再英州，再惠州，再琼州，越贬越远，苏辙、黄庭坚等人也是被一贬再贬，政敌总想把他们远远地隔离开，不让有聚会的机会。秦观每想到这就痛苦不堪，但又不能直言，只好暗寓在词中。因此，"穷艳景，迷欢赏"，未必就是写冶游，也可能是指他们一起激扬文字、指点朝政呢。

好梦随春远，从前事不堪思想——"好梦"，指昔日的欢娱。这欢娱像春归一样远远地去了，不可能再复现了。从前事，就是元祐党人最得志的时候。这些事也不敢再想啊，想起来就让人觉得难受。

念香闺正杳，佳欢未偶——香闺：女子的闺房，此处指友人的居所。这句说：我一直思念着贬居穷荒僻壤的友人们，好长时间了，得不到他们的音讯，想起他们的处境也都与我一样，孤单一人，没有个共解忧愁的伙伴。

难留恋，空惆怅——留恋：指留恋往日的欢娱。惆怅：指惆怅今日的难以聚会。这是无可奈何之语。

永夜婵娟未满，叹玉楼几时重上——到这里，"永夜"二字才点明上片中的思念都是在月色下抒发的，也说明作者愁苦至深，竟通宵难以入眠。婵娟：月亮的美称。孟郊《婵娟篇》："花婵娟，泛春泉；竹婵娟，笼晓烟；妓婵娟，不长妍；月婵娟，真可怜。"苏轼《水调歌头》："但愿人长久，千里共婵娟。"永夜婵娟未满，寓有"月有阴晴圆缺，人有悲欢离合"之意，以月缺未满象征人难以团圆。"玉楼"与上片"香闺"照应，明指美人住所，实指友人聚会之地，也就是起句所说的"携手"处。这两句是说：夜真长啊，可在长夜里月亮一直未圆，月未圆，人也就难以团圆，我何时才能重上玉楼与你相会呢？暗寓：我们遭贬的时间太长了，离别后也一直未能相见，何时才能重新聚集一堂呢？

那堪万里，却寻归路，指阳关孤唱——阳关：指阳关三叠曲，也就是王维写的《送元二使安西》："渭城朝雨浥轻尘，客舍青青柳色新。劝君更尽一杯酒，西出阳关无故人。"是古人离别时常唱的曲子。这句说：我在离家万里之外的郴州，总思念着何时能够返回家乡。可即使我真的能回乡，在离开郴州时，也只是孤零零的一个人，连个唱阳关送别曲的朋友也没有，这多让人受不了啊！

苦恨东流水，桃源路欲回双桨——这句写幻想的破灭。刚来郴州时，秦观还叹惜"桃源望断无寻处"，到现在，他终于醒悟过来了：普天之下，莫非王土，根本不可能有什么世外桃源。因此他形象地比喻说：东流水，我真恨你呀！原来总以为跟着你能找到一块世外桃源，现在看来白跑了一趟，还是回去吧，不要犹豫了。

仗何人细与丁宁问呵，我如今怎向——"欲回双桨"，但把船摇向哪里呢？作者不由得发问。我该找个人商量商量，细细筹划一下，我下一步的路该怎样走。这才是作者的寓意。

## 新评

这首词是作者在心情极为迷茫，思想极为复杂的情况下写成的。由于使用的是暗寓的手法，这就未免使词在整体的衔接上不够紧密，也给读者体味其真实用意带来一些困难。但从总体说，这首词主要在谈论四个问题：

(1)"从前事不堪回想"，想回到往昔京都的欢乐生活中去，这条路走不通。

(2)"叹玉楼几时重上"，朋友们何时才能聚会在一起，这条路也难走通。

(3)"那堪万里，却寻归路"，干脆退隐还乡吧，这条路实在不忍心去走。

(4)"桃源路欲回双桨"，想找块没有烦恼的理想避难地，我正在从这条路上退回来。四条路都走不通，“我该走向何方呢”？作者在结尾留下了一个悬而未决、有待思考的问题。这首词可以说是秦观对多年官场生活的一次大总结，灵魂的一次大洗涤，也是对今后去从出处的一次认真的考虑。

## 临江仙

题解

此词谓昔日曾经潇湘，又谓“遥闻妃瑟泠泠”，当为贬居郴州后回忆往日长沙生活而作。从词意看，可能遥寄对长沙义妓的思念。故定为作于郴州时。

千里潇湘挼蓝浦，兰桡昔日曾经。月高风定露华清。微波澄不动，冷浸一天星。　　独倚危樯情悄悄，遥闻妃瑟泠泠。新声含尽古今情。曲终人不见，江上数峰青。

新解

千里潇湘挼蓝浦，兰桡昔日曾经——这两句为倒装。挼蓝：古代挼取蓝草以取青色，故称挼蓝或揉蓝。此处以蓝喻水清澈可爱。如白居易词：“日出江花红胜火，春来江水绿如蓝。”黄庭坚词：“山泼黛，水挼蓝，翠相掺。”张景修词：“嫩水挼蓝，摇堤映翠，半雨半烟桥畔。”这句写：我过去从处州贬来郴州时，曾乘船经过湘江，千里湘江水始终是清澈如蓝的。

月高风定露华清——这句写当时的情景。月高风定，是秋季独有的特征。而露华清，则是从船上看两岸的花草上，露珠在月光照射下晶莹透亮的景象。环境是清静洁美的，喻人的情绪也是安稳的。

微波澄不动，冷浸一天星——这是从船上看水里时的景象。没有风，也就没有浪，整个江面平静静的，即使船儿划过后，划起的微波也很快就消失了。这时，好像一天星都浸泡在江水里，在瑟瑟发抖呢。“冷浸一天星”，既形象地写出了江水的清澈，满天星尽映在水中；又写出了当时深夜的寒意，“冷浸”是人感觉到的，写星星冷，实际上是人冷，把冷意从“一天星”上表现出来。

独倚危樯情悄悄，遥闻妃瑟泠泠——夜是冷的，水是凉的，人为什么还独自靠在高高的樯杆上不动呢？原来是他听瑟声听得入了迷，入了情，正悄悄地听着从远方传来的湘妃泠泠悦耳的鼓瑟声。妃：指湘妃，传说尧的两个女儿娥皇、女英是舜的妃子，舜南巡，葬于苍梧，娥皇、女英寻至湘江边，泪下沾竹，化竹为斑竹，二女亦投湘水，化为湘妃。文学作品中多以此为题材，如《楚辞·远游》：“使湘灵鼓瑟兮，令海若舞冯夷。”秦观至此，想起了传说中的湘妃的故事，于是也就在深夜来听湘妃的鼓瑟声。实际上并没有瑟声，只不过写他精诚所至所产生的幻觉。或者以湘妃喻长沙义妓。

新声含尽古今情——湘妃的瑟声是凄幽哀婉的，表达着她对舜帝的思念和悲哀，所以直至今天听起来仍觉得有无限的情意。也是写幻觉。

曲终人不见，江上数峰青——曲子弹完了，我也听得入迷了，可等抬头寻找湘妃时，她已悄然不见了，只剩下无数座山峰青青地玉立着，多清冷啊。这句写幻觉破灭后的凄凉情绪。白居易的《琵琶行》："曲终收拨当心画，四弦一声如裂帛。东船西舫悄无言，唯见江心秋月白。"写的就是这种凝神入化的意境。这两句来自钱起《省试湘灵鼓瑟》诗："善鼓云和瑟，常闻帝子灵。……曲终人不见，江上数峰青。"

新评

这首词写的是昔日途经湘江时的情景。上片写景，下片写情。但下片所写似幻觉，又似有寄托，或真的听见了岸边的乐器声而引起一番情思。

⑴写湘江夜景，"微波澄不动，冷浸一天星"，清幽可爱。据宋人吴炯《王总志》："潭守宴客合江亭，时张才叔在座，令官妓悉歌临江仙。有一妓独唱两句云：'微波澄不动，冷浸一天星。'才叔称叹，索其全篇。妓以实语告之：'贱妾夜居商人船中，邻舟一男子，遇月色明朗，即倚樯而歌，声极凄怨。但以苦乏性灵，不能尽记。但助以一二同列，共往记之。'太守许焉，至夕，乃与同列饮酒以待。果一男子，三叹而歌。有赵琼者，倾耳坠泪曰：此秦七声度也！赵善讴，少游南迁，经从一见而悦之。商人乃遣人问讯，即少游灵舟也。其词曰：'千里潇湘挼蓝浦……'崇宁乙酉，张才叔过荆州，以语先子，乃相与叹息曰：'少游了了，必不致沉滞恋此坏身，似有物为之。然词语超妙，非少游不能作，抑又可疑也。'"记载了此词在湘水一带广为流传的情形。

⑵"曲终人不见，江上数峰青"，以唐人诗入词，恰到好处，不见凿迹。清人杜文澜《憩园词话》："诗之幽瘦者，宋人均以入词，如'曲终人不见，江上数峰青'一联，秦少游直录其语。若是者不少，是在填词家善于引用。"

## 满庭芳

题解

《白雨斋词话》云："少游《满庭芳》诸阕，大半被放后作。恋恋故国，不胜热中。"这首词云"几处处砧杵声催"，抒发的是思乡情绪；又云"新欢易失"，可能指长沙义妓，因为正是在去秋与义妓结识的。因此，此词当作于在郴州时。

碧水惊秋，黄云凝暮，败叶零乱空阶。洞房人静，斜月照徘徊。又是重阳近也！几处处砧杵声催。西窗下，风摇翠竹，疑是故人来。　　伤怀，增怅望，新欢易失，往事难猜。问篱边黄菊，知为谁开？谩道愁须殢酒，酒未醒愁已先回。凭栏久，金波渐转，白露点苍苔。

新解

碧水惊秋，黄云凝暮——惊秋：因看见碧水，又是个寒秋，而心惊。惊是惊叹年华易逝，满目秋色，又是一岁消除了。正如杜审言《早春游望》所说：“独有宦游人，偏惊物候新。”秦观贬居郴州，神经也最为敏感，一看见季节变化就容易引起愁思。黄云凝暮，写的是暮色黄昏，但在谪人眼里，都是愁色。

败叶零乱空阶——败叶：点出西风无情扫落叶，秋已深了。零乱空阶，都点出主人公的无心绪，懒得去打扫，因而益发充满凄凉冷落的气氛。

洞房人静，斜月照徘徊——洞房：主人公所居。“人静”二字，说明夜已深了，一切喧嚣的夜声都停止了，月儿也开始西斜了，只有主人公还在月色下徘徊着，想着心事，难以入眠。这句与苏轼的“转朱阁，低绮户，照无眠”是一个意境，都是写愁人一夜的辗转反侧。

又是重阳近也——这句点明愁思的原因。原来是九月九日重阳节又快要到了，重阳节是佳节，是亲人团聚的节日，而我孤单一人远在贬地，怎能不感到愁苦呢？王维曾有重阳诗曰：“独在异乡为异客，每逢佳节倍思亲。遥知兄弟登高处，遍插茱萸少一人。”想来秦观此时的心情也是如此。

几处处砧杵声催——砧：捣衣石。杜甫《捣衣》诗：“秋至拭清砧。”砧杵：捣衣具。砧：垫石。杵：槌棒。何逊《赠族人秣稜兄弟》诗：“萧索高秋暮，砧杵鸣四邻。”钱起《乐游原晴望上中书李侍郎》诗：“千家砧杵共秋声。”每到秋节，妇女们便忙着捣衣，为家人或在外的丈夫准备做冬服。因此，诗人往往因砧杵声而思乡。如杜甫《秋兴》诗：“丛菊两开他日泪，孤舟一系故园心。寒衣处处催刀尺，白帝城高急暮砧。”因此这句也是写思乡情绪。

西窗下，风摇翠竹，疑是故人来——由砧杵声想到了故乡，想到了妻子，想着想着，猛听到西窗下翠竹叶响动，还道是妻子送寒衣来了呢？一看，原来是风摇翠竹。化自李益诗：“开帘风动竹，疑是故人来。”

伤怀，增怅望——思乡思妻子，想人人不来，自己又回不去，因此让人伤怀，惆怅的心情更沉重了。

新欢易失，往事难猜——新欢：可能指长沙义妓，是去秋才结识的，自分手后，无由得再见，所以说易失。往事：过去的恩恩爱爱，得意或失意之事，现在想起来，如同过眼烟云，已模糊不清了，记不详细了，所以说难猜。或解“难猜”为难以预料，亦可。

问篱边黄菊，知为谁开——黄菊无目的地开着，可人却有目的地看着。杜甫《秋兴》诗：“丛菊两开他日泪，孤舟一系故园心。”见菊而思人，人如菊花，今日鲜艳，明日就要衰落。因此这句既含思乡之情，又含自伤老大之意。

谩道愁须殢酒，酒未醒愁已先回——殢：滞留。殢酒：沉醉在酒里。这句说：人都说什么要解愁就必须沉醉在酒里，可我呢，酒还未醒，愁就又涌上心头了。意谓愁太重，什么也解不了。

凭栏久，金波渐转，白露点苍苔——金波：《汉书·礼乐志》：“月穆穆以金波。”苏轼《洞仙歌》词：“金波淡，玉绳低转。”都是喻月光浮动。这句写夜深了，月光也转动了好几个位置，可我还没有睡意。“白露点苍苔”，写眼前景，一片寒白，实则喻心情惨淡如彼。

新评

这首词写在深秋寒夜，地点在郴州，内容是抒发思乡情绪。

(1)“又是重阳近也”、“几处处砧杵声催”、“问篱边黄菊”，都寓含乡情、愁思。

(2)“风摇翠竹，疑是故人来”，写得蕴藉，状思虑之深以致产生幻觉，及至近前，风也，非故人也，能不黯然？很切情理。

(3)“酒未醒愁已先回”，谓薄酒难解浓愁，与李白的“借酒浇愁愁更愁”是一个意境。

(4)结句“白露点苍苔”，清远，一幅淡景，满腔愁绪。

## 阮郎归

题解

从词里“峥嵘岁又除”，推断此词可能作于春节过后没几天。又云：“衡阳犹有雁传书，郴阳和雁无”，慨叹新春的气息尚未散，看见别人合家团圆，自己孤苦一人，亲朋音讯久疏，故思乡情绪日重。

湘天风雨破寒初，深沉庭院虚。丽谯吹罢小单于，迢迢清夜徂。　乡梦断，旅魂孤，峥嵘岁又除。衡阳犹有雁传书，郴阳和雁无。

新解

湘天风雨破寒初，深沉庭院虚——湘天：即楚天，通指湖南一带地方，因作者时在楚地郴州，故云。破寒初：天气刚开始暖和了，即云冬季刚过去，寒意正在日渐消衰。虚：显得空落落的，因为尚无花草树木，故无一可看。同时点出作者内心的空虚。这句说：楚国一带正起了春风春雨，驱赶着寒冷的冬天，但庭院依然显得深沉、虚落，尚无春的气息。“深沉”、“虚”都是作者主观情绪的流露。

丽谯吹罢小单于，迢迢清夜徂——丽谯：《庄子·徐无鬼》：“君亦必无盛鹤列于丽谯之间。”郭象注：“丽谯，高楼也。”后指谯楼，即城门上的更鼓楼。小单于：唐代大角曲名，由北地传入。李益《听晓角》诗：“无数塞鸿飞不度，秋风卷入小单于。”徂：往也。杜甫《倦夜》诗：“万事干戈里，空悲清夜徂。”这句说：清冷的夜真长啊，就那么一刻一刻地过去了，而我怎么也睡不着，听着从更鼓楼传来的凄凉的小单于曲调，在暗自伤心。“迢迢”二字，写夜的长，夜的无边无际，同时也映出了人一夜反侧的苦境。

乡梦断，旅魂孤，峥嵘岁又除——峥嵘岁：不平常的一年、坎坷的一年。“乡梦”是被丽谯传来的乐曲声打“断”的，所以觉得“旅魂孤”，是近来越来越肯做“乡梦”了，思乡情绪日渐加重。而不平常的一年总算坎坎坷坷地过去了，别人在新年里都合家团圆，惟有我“旅魂孤”啊！

衡阳犹有雁传书，郴阳和雁无——衡阳和郴阳都在楚地，传说冬天北雁南飞，至衡阳回雁峰而止，再也不向南飞了。王勃《滕王阁序》：“雁阵惊寒，声断衡阳之浦。”范仲淹《渔家傲》：“塞下秋来风景异，衡阳雁去无留意。”这句说：衡阳虽偏远，雁子还能传书到那儿，可郴阳偏远得连雁子也飞不过来，得不到亲友们的音讯啊！这句与秦观的另一首《阮郎归》结句“人人尽道断肠初，那堪肠已无”是一个造型，都是愁苦之深，尖刻之语。

新评

写作地点在郴州，时间在初春的寒夜，内容是慨叹“旅魂孤”，思念远方的亲友们。

(1)“迢迢清夜徂”与他写的《如梦令》“遥夜沉沉如水”造意同，都是写一夜辗转反侧之苦状。

(2)“衡阳犹有雁传书，郴阳和雁无”，极言郴阳的偏僻、荒凉。本来衡阳就够荒凉的了，《埤雅》：“鸿雁南翔，不过衡山。盖南地极燠，雁望衡山而止，恶热故也。”可郴阳比衡阳还荒凉，一点亲人的音讯也得不到，穷苦之意全在这二句中。

## 江城子

题解

哲宗元符元年(1098),秦观奉诏自郴州徙横州(今广西横县)编管。元符二年(1099),又徙雷州(今广东徐闻县)。元符三年(1100)哲宗崩,徽宗继位,下赦令,迁臣多内徙。东坡自海南移廉州,途经雷州,与秦观见了一面。此词所云"南来飞燕北归鸿,偶相逢"及"重见两衰翁",可能记的就是这次相会,写久别重逢的慨叹。秦观并把自写的挽词出示东坡,东坡抚其背曰:"某尝忧逝,未尽此理,今复何言?某亦尝自为志墓文,封付从者,不使过子知也。"两个月后,秦观就在滕州中暑而卒。年五十二岁。

南来飞燕北归鸿,偶相逢,惨愁容。绿鬓朱颜重见两衰翁。别后悠悠君莫问,无限事,不言中。　　小槽春酒滴珠红,莫匆匆,满金钟。饮散落花流水各西东。后会不知何处是?烟浪远,暮云重。

新解

南来飞燕北归鸿,偶相逢,惨愁容——南来飞燕:自喻从郴州南徙雷州。北归鸿:比喻苏轼自琼州北还廉州。两人在雷州偶然相逢,作者没写喜悦之情,而是写"惨愁容",把几年遭贬离别的痛苦全凝集在这三个字里。

绿鬓朱颜重见两衰翁——绿鬓:头发花白呈灰绿色,故云。朱颜:古铜色的容颜,是衰老憔悴之态,非指红颜。写从元祐党祸后,两人即天各一方,及至此次相逢,都是一副衰弱的老态。"衰"字把几年来身心受到的摧残写了出来。

别后悠悠君莫问,无限事,不言中——两人所遭坎坷相同,所以秦观说:离别四五年了,这中间不知有多少伤心事,至于详情如何,你就别问了。实际上双方都明白对方的遭遇,痛苦之意全在"不言中"。

小槽春酒滴珠红——《苕溪渔隐丛话》前集卷二十一:"江南人造红酒,色味两绝。李贺《将进酒》云:'小槽酒滴真珠红',盖谓此也。"此句写两人共饮美酒。

莫匆匆,满金钟。饮散落花流水各西东——这是劝勉之词。不要着急,斟满酒盅痛痛快快喝一场吧,这一饮后,我们就像落花流水一样,又要浪迹天涯,还不知能否再相会呢。难言之苦隐含其中。柳永《雪梅香》词:"雅态艳姿正欢洽,落花流水忽西东。"都喻离别。

后会不知何处是？烟浪远，暮云重——烟浪，暮云，喻关山远隔，友人难以相会。杜甫《春日忆李白》诗：“渭北春天树，江东日暮云。”这句写得很沉郁，对以后的前程充满了迷茫和惆怅。

新评

这首词是秦观在生命后期写的，既沉郁，又疏落。之所以沉郁，是他对今后的前程依然充满悲观，反映在“惨愁容”、“暮云重”、“君莫问”这些抒情之句里。之所以疏落，是他经历的痛苦多了，也就看破了，想开了，故云：“莫匆匆，满金钟，饮散落花流水各西东，后会不知何处是”，这几句写得比较开放，在意境上很像李白的“将进酒，杯莫停”和王翰的“醉卧沙场君莫笑，古来征战几人回”及王维的“劝君更尽一杯酒，西出阳关无故人”，把以后的事儿都暂搁起，且图眼前喝一顿饱酒，也就不枉此一聚了。

## 桃源忆故人

题解

秦观在雷州时，曾作《青门饮》词(见补遗部分)，遥寄对长沙义妓的思念。词中有“恨与宵长，一夜薰炉”、“孤衾长闲馀绣”、“窗外晓寒轻透”、“严城画角，梅花三奏”等句，与此词所写相似。可断定此词也作于雷州。

玉楼深锁薄情种，清夜悠悠谁共？羞见枕衾鸳凤，闷即和衣拥。　　无端画角严城动，惊破一番新梦。窗外月华霜重，听彻梅花弄。

新解

玉楼深锁薄情种，清夜悠悠谁共——薄情种：自喻。玉楼：楼是“冰凉”的。清夜：夜是“寒冷”的。秦观啊，你这个薄情种，轻率地与义妓分别了。现在一个人待在楼房里，有什么意思呢？寒夜这么长，没个人做伴，你不觉得孤单吗？

羞见枕衾鸳凤，闷即和衣拥——偏偏惹人着恼的是，枕衾上还绣着鸳鸯凤凰的图案，看看鸟禽都知道厮守在一起，秦观啊，你连鸟禽都不如，不觉得羞愧吗？越想越烦闷，索性和衣躺在床上，不想了。

无端画角严城动，惊破一番新梦——不想行吗？连做梦都梦见了她，好快活！不料却被城头传来的画角声给惊醒了，好败兴！无端斥责画角：你没有理由打搅我啊。将怒迁在画角上，也是新奇。严城：即高城。

窗外月华霜重，听彻梅花弄——看来今夜是睡不稳了，就推开窗户透透气，真冷！月华照在厚厚的霜华上，好寒白！突然，从远方传来了凄凉的梅花三弄曲，吹得好伤心，我就这样入神地听着，一直听到底。原来是情未了！梅花弄：即梅花三弄，汉横吹曲名，凡三叠，故称。

新评

《草堂诗馀隽》卷四眉批："不解衣而睡，梦又不成，声声恼杀人。"评："形容冬夜景色恼人，梦寐不成。其忆故人之情，亦辗转反侧矣。"忆故人不可能如此，应是忆恋人，"鸳凤"字样便可作证。上片写入睡前，下片写梦醒后。结句写被梅花弄曲调所吸引，正是曲与情相吻合，此时的心境如何，全在一曲梅花弄里。

## 补遗部分

### 行香子

题解

本《词谱》。从词意看，是写春天的田园风光，调子轻松，兴趣盎然，当为秦观早年村居时期的作品。

树绕村庄，水满陂塘。倚东风豪兴徜徉。小园几许，收尽春光。有桃花红，李花白，菜花黄。　远远苔墙，隐隐茅堂。飏青旗流水桥傍。偶然乘兴，步过东岗。正莺儿啼，燕儿舞，蜂儿忙。

新解

树绕村庄，水满陂塘——陂：池子。《世说新语·德行》："叔度汪汪如千顷之陂。""村庄"二字点明主人公所在地点。

倚东风豪兴徜徉——倚东风：乘着东风的意思。徜徉：游荡，走来走去。这句说：我乘着舒意的东风，在村子里兴致勃勃地游来游去，欣赏着春天的景致。

小园几许，收尽春光——几许：多少，此处意思是多大，才那么一点点大。这句说：小园子才那么一点点大，就把春天的景象全收尽了，正是满园春色啊！有哪些呢？

有桃花红，李花白，菜花黄——或许还有好多呢，但主人公却挑选出这三种花作代表，树上是红的白的花，树下是黄的花，色彩多鲜明！红是浓的，白是淡的，而黄则不浓不淡，搭配得多么协调。衬托出主人公的审美意识也是浓烈中寓淡泊的。

远远苔墙，隐隐茅堂。飏青旗流水桥傍——出了小园，主人公突然看见远方隐隐约约有家茅堂。这茅堂被长满青苔的墙儿围着，紧靠着一座小桥，门口又飘扬着一面青色酒旗。看来，这是家小酒店无疑了。

偶然乘兴，步过东岗——赏春须酒佐兴，我突然萌发了去那家酒店饮酒的念头，就乘着一时的兴致，也不管路难走，步行着翻过东边的小山岗。

正莺儿啼，燕儿舞，蝶儿忙——啊！这里又是另一番景象，是鸟儿、蝶儿的世界，它们正在快活地戏耍着。也许这儿的鸟儿很多，但主人公眼里惟有莺儿、燕儿，因为它最能代表春天。而蝶儿则是春天的宠儿，没有它是不行的。这儿较偏僻，人迹稀少，所以比起村里的小园子来，是别一种春色啊！

新评

秦观的词大多使用浅语、淡语，用白描的手法来表现人物的情绪，这首词体现了这个特色，描绘出一幅百花争艳、燕舞莺歌的田园春光。秦词大多是哀怨的情调，抒发凄婉的感情，而这首词却一反常态，用轻松活泼的情调表现主人公赏春的喜悦心情，是秦词中难得的一首快活词。上片写的是村里的景致，选取了一个小园做代表，而重点在花。下片写的是村外的景致，选取一个小酒店做代表，而重点在鸟。“桃花红，李花白，菜花黄”与“莺儿啼，燕儿舞，蝶儿忙”，不仅很协律，很对偶，而且一为静态，一为动态，更能显出整个景象中动静对应的美感。花里肯定有鸟，而鸟里也肯定有花，上下分开写，一是避免了词意上的重复，二是同类相聚，比照之下，更有渲染力。

## 捣练子

题解

本《类编草堂诗馀》，或谓无名氏词，现从众定为秦作。从词意看，是代人写愁，为早期作品。

心耿耿，泪双双，皎月清风冷透窗。人去秋来宫漏永，夜深无语对银釭。

新解

心耿耿，泪双双，皎月清风冷透窗——耿耿：念念不忘意。主人公是一位闺妇，正在窗户里眼望一轮皎月，流着泪水，思念远方的情人。“冷”字，点明寒秋，而更多的是渲染气氛，心“冷”了，太凄凉冷落了。

人去秋来宫漏永——人：指情人。宫漏：即漏壶，古代计时器。人去秋来，是以前发生的事，人去了好长时间了，已是秋天了，还不见归来。宫漏永，则是写眼前，夜长人孤独难熬。

夜深无语对银釭——釭：灯。江淹《别赋》："冬釭凝兮夜何长"。银釭：银质的灯座。晏几道《鹧鸪天》词："今宵剩把银釭照，犹恐相逢是梦中。"这句写闺妇面对孤灯一盏，默默无语呆坐着。

新评

秦观词的结句最富有意蕴言中、韵流弦外、言有尽而意无穷的馀味，正如张炎《词源》所说"咀嚼无滓，久而知味"。这首词结句正体现了这个特色。"夜深无语对银釭"，将闺妇的寂寞惆怅表现了出来，还不知这愁思要延续到何时。思味凄凉，意境悠远，颇有游丝荡空、春水萦溪的艺术效果。

## 虞美人影

题解

《雨村词话》卷一："秦淮海遗词散失，多见别本，而时刻不载，如《虞美人影》：碧纱影弄东风晓……可知此外轶事更多矣。"或谓欧阳修作，然检《六一词》，无此首，故定为秦作。此词写春色明丽时节一位闺妇的愁思，怨恨丈夫不归，误了自己青春。

碧纱影弄东风晓，一夜海棠开了。枝上数声啼鸟，妆点知多少。　　妒云恨雨腰肢袅，眉黛不堪重扫。薄幸不来春老，羞带宜男草。

新解

碧纱影弄东风晓，一夜海棠开了——碧纱：轻薄透明的丝织品，此处可能指房内纱帐。写早晨一阵东风刮来，弄得纱帐摇摇摆摆，出门一看，大吃一惊，海棠花在一夜之间全开放了。怪不得"东风"这么殷勤，原来是报功来了。

枝上数声啼鸟，妆点知多少——海棠树上的小鸟正在唧唧啾啾叫个不停，它们的羽毛那么艳丽，与这海棠花一搭配，色彩更鲜明，把这春景打扮得多美啊！

妒云恨雨腰肢袅，眉黛不堪重扫——云雨：明谓春天雨露，暗喻男女风情。见云雨而妒恨，腰肢也消瘦了，也没有心思打扮了。

薄幸不来春老，羞带宜男草——薄幸：指丈夫。宜男草：萱草，又名忘忧草。《本草纲目》:“怀妊妇人佩其花则生男,故名宜男。”这句说:那个薄幸人总不归来,眼看我的青春也老了,佩带宜男草有什么用呢?

新评

《蓼园词选》曰:“第一阕言春色明艳,动闺中春思耳。次阕言抑郁无聊,青春已老,羞望恩泽耳。托兴自娟秀。”分析得比较切理。但不是“羞望恩泽”,而是盼望恩泽,人不在而不能得,故看见别的妇女佩带宜男草,自有羞恨。

## 醉蓬莱

题解

本《扬州琼华集》。琼花:周密《齐东野语》说:“扬州后土祠琼花,天下无二本,绝类聚八仙,色微黄而有香。仁宗庆历中,尝分植禁苑,明年辄枯。遂复栽还祠中,敷荣如故。”这首词上片写扬州琼花的美丽,下片写它的稀奇珍贵,为罕世珍品,故名动天下,倾国一睹为快。可能是秦观年轻时冶游扬州时而作。全词言语浅显生动,纯属叙述性文字,故不作新解、新评。

见扬州独有,天下无双,号为琼树。占断天风,岁花开两次。九朵一苞,攒成环玉,心似珠玑缀。瓣瓣玲珑,枝枝洁净,世上无花类。　冷露朝凝,香风远送,信是琼瑶贵。料得天宫有,此地久难留住。翰苑才人,贵家公子,都要看花去。莫吝金钱,好寻诗伴,日日花前醉。

## 御街行

题解

宋杨偍《古今词话》云:“秦少游在扬州刘太尉家,出姬侑觞。中有一姝,善擘箜篌。此乐既古,近时罕有其传,以为绝艺。姝又倾慕少游之才名,偏属意。少游借箜篌观之。既而主人入宅更衣,适值狂风灭烛,姝来且亲,有仓卒之欢,且云:‘今日为学士瘦了一半。’少游因作《御街行》以道一时之景。”此词可能作于少游冶游扬州时。少游另有一首《阮郎归》,有“宫腰袅袅翠鬟松”,所记情景与此词相似,可互为参证。

银烛生花如红豆，这好事而今有。夜阑人静曲屏深，借宝瑟轻轻招手。可怜一阵白蘋风，故灭烛，教相就。 花带雨冰肌香透，恨啼鸟，辘轳声晓，岸柳微风吹残酒。断肠时至今依旧。镜中消瘦。那人知后，怕你来僝僽。

**新解**

银烛生花如红豆，这好事而今有——红豆：俗称相思豆，红圆可爱，古人常用以象征爱情。如王维《相思》诗："红豆生南国，春来发几枝。愿君多采撷，此物最相思。"此处红豆一句双关，既形容灯花，又暗寓爱情。

夜阑人静曲屏深，借宝瑟轻轻招手——宝瑟：即题解中的箜篌。

可怜一阵白蘋风，故灭烛，教相就——白蘋：水中藻类植物，此处用"白蘋风"借指秋风。秦观《阮郎归》词有"无端银烛殒秋风"之句。

花带雨冰肌香透——花带雨：形容女方鲜艳如带露的花朵。李白《清平调》："一枝红艳露凝香。"白居易《长恨歌》："梨花一枝春带雨。"冰肌：肌肤洁白如冰似玉。

恨啼鸟，辘轳声晓，岸柳微风吹残酒——辘轳声：井台上的打水声。"岸柳"句化自柳永《雨霖铃》词："今宵酒醒何处？杨柳岸晓风残月。"这句说：两人欢爱很短，早被窗外的鸟叫声、打水声给吵醒了。醒来了，就得分手了。那微风吹残酒的杨柳岸边，将是分别后我思念你的地方。

断肠时至今依旧。镜中消瘦——至今我还是愁思不已，就像我们分别时那样。人也一天天地消瘦了。

那人知后，怕你来僝僽——僝僽：骂詈、怨恨意。怕你来僝僽，倒装句，应为：怕来僝僽你。那人：指善掰箜篌者。这句说：从离别后我再也没见到她，我只担心她会怨恨我的。

**新评**

上片写幽会，下片写别后愁思。秦观词喜用方言俗语，如《满园花》："行待痴心守，甚捻着脉子，倒把人来僝僽。"在一篇庄词严语中，偶点缀一两句俗语，颇能收到"万绿丛中一点红"的艺术效果，顿时使全词为之起色。这首词的结句就有这个特点。

## 阮郎归

**题解**

本《草堂诗馀》。代人写愁，为早期作品。

春风吹雨绕残枝，落花无可飞。小池寒绿欲生漪，雨晴还日西。　　帘半卷，燕双归，讳愁无奈眉。翻身整顿着残棋，沉吟应劫迟。

**新解**

春风吹雨绕残枝，落花无可飞——绕残枝：是指落花被风吹雨打后绕在残枝上，无处可飞。借伤春自悼。

小池寒绿欲生漪，雨晴还日西——雨停了，但还稀稀落落地有几点，下在小池里，激起一小圈一小圈的涟漪，所以说“欲生漪”。“绿”是形容池水的清澈，白居易《江南好》词：“春来江水绿如蓝。”“寒”是主人公的感觉，点明心“冷”了。

帘半卷，燕双归，讳愁无奈眉——讳：隐讳，隐瞒。看到燕子双双归来，可人没归来，自己有愁，但想把这愁隐瞒在内心里，可无奈却从眉端流露出来了。

翻身整顿着残棋，沉吟应劫迟——劫：弈棋术语。《棋经》曰：“先投子曰抛，后应子曰劫。”应劫：即应敌、应对意。这句说：我极力整顿情绪打起精神，想下好这盘棋，但还是因内心痛苦而精力分散，下棋时犹豫不决，落子迟缓。

**新评**

上片景，落花归燕，全是抚景伤情之语。下片则抒情。“讳愁无奈眉”，不想让对棋人窥透自己的心思，但眉不掩愁，没办法。刻画愁人微妙的心理变化，很逼真。结句言既已整顿精神了，却仍应敌迟缓。用具体动作形容愁之深难以排除，很形象。

## 满江红

姝　丽

**题解**

本《草堂诗馀》。少游青年时曾赴会稽看望祖父、叔父，郡守程公辟很看重他，馆之蓬莱阁。“一日，席上有所悦，自尔眷眷不能忘情”（《艺苑雌黄》），可能即此姝丽也。秦观在会稽时，还写过一首《满庭芳》“雅燕飞觞”，中有“娇鬟，宜美盼。双擎翠袖，稳步红莲。坐中客翻愁”。与此词所写似为同一人同一事，可互为参照。这首词写得显露，也易理解，故不作新解和新评。词中“金缕”，是曲调名，为“姝丽”所唱曲。这二句说：我现在有分和你一起喝酒，听你唱曲，什么时候能够有缘和你共结欢爱呢？自作多情，非分之想也。

越艳风流，占天上、人间第一。须信道、绝尘标致，倾城颜色。翠绾垂螺双髻小，柳柔花媚娇无力。笑从来、到处只闻名，今相识。　　脸儿美，鞋儿窄。玉纤嫩，酥胸白。自觉愁肠搅乱，坐中狂客。金缕和杯曾有分，宝钗落枕知何日？谩从今一点在心头，空成忆。

## 念奴娇

### 小孤山本

题解

本《皖词纪胜》。迟大魁《小孤山志》："宿松县(今属安徽)东有山在水中央，为小孤山，邻彭泽间。突兀巑岏，一柱直插天半。旧云髻山，相沿日久，遂指小孤为小姑，非也。以特立不倚，故得名。其云小者，则从彭泽之大孤别言之耳。"秦观以叙述性的语言，描写了长江中这一"中流砥柱"的奇观。可能作于他早年冶游生活时期。结句"行人过此，为君几度击楫"，赞美小孤山能激起人慷慨向上。事本《晋书·祖逖传》："(祖逖)仍将本流徙部曲百馀家渡江，中流击楫而誓曰：'祖逖不能清中原而复济者，有如大江。'"

不作新解和新评。

长江滚滚东流去，激浪飞珠溅雪。独见一峰青崒嵂，当住中流万折。应是天公，恐他澜倒，特向江心设。屹然今古，舟郎指点争说。　　岸边无数青山，萦回紫翠，掩映雪千叠。都让洪涛恣汹涌，却把此峰孤绝。薄暮烟霏，高空日焕，谙历阴晴彻。行人过此，为君几度击楫。

## 夜游宫

题解

本《历代诗馀》。也是代人写闲愁，属早期作品。

何事东君又去，满空院落花飞絮。巧燕呢喃向人语。何曾解，说伊家，些子苦？　　况是伤心绪，念个人久成睽阻。一觉相思梦回处。连宵雨，更那堪，闻杜宇。

新解

何事东君又去，满空院落花飞絮——东君：春神，指春天。

巧燕呢喃向人语。何曾解，说伊家，些子苦——巧嘴的燕子呢喃着向人说话，但谁能理解它呢？它说的是谁家的痛苦呢？些子：一些。

况是伤心绪，念个人久成睽阻——个人：那人也。赵闻礼《鱼戏春水》词：“愁肠断也，个人知未？”睽：离别。意谓：我思念着那个人，他已经离别很久了。

一觉相思梦回处。连宵雨，更那堪，闻杜宇——杜宇：传说中的古代蜀国国王，周代末年，在蜀始称帝，号曰望帝，后归隐，让位于其相开明。时适二月，子鹃鸟鸣，蜀人怀之，因呼鹃为杜鹃。这句说：我正做着相思梦，却被雨声给惊醒，这雨一下就是一夜，更让人受不了的是，那悲哀的杜鹃声时时从窗外传进来。

新评

主题是伤春，“念个人”。借助两个形象表达自己内心的痛苦，一是“何曾解，巧燕呢喃向人语”，二是“更那堪闻杜宇”。抽象的“愁”通过这两个具体的形象体现出来。

## 一斛珠

### 秋　闺

题解

本《草堂诗馀》。写离愁，早期作品。

碧云廖廓，倚栏怅望情离索。悲秋自觉罗衣薄。晓镜空悬，懒把青丝掠。　　江山满眼今非昨，纷纷木叶风中落。别巢燕子辞帘幕。有意东君，故把红丝缚。

新解

碧云廖廓，倚栏怅望情离索——离索：离群索居。《礼记·檀弓》：“吾离群而索居，亦已久矣。”白居易《和微之四月一日作》：“两地诚可怜，其奈久离索。”这句言情离索，是指丈夫久去不归，自己独居的凄凉冷落之感。

悲秋自觉罗衣薄——“薄”字，点明寒意，寓心寒也。

晓镜空悬，懒把青丝掠——青丝：黑发。这句写女主人公因丈夫不在，无心打扮的懒散之态。

江山满眼今非昨，纷纷木叶风中落——以木叶落形容心情的凄凉冷落，暗喻自己的青春年华也正如这衰秋。

别巢燕子辞帘幕。有意东君，故把红丝缚——东君：春神，此处指东风。红丝：指缠在蜘蛛网或游丝上的落花。这句说：燕子在离开窝巢时还知道向人来告辞，东风还知道爱护花朵，不让它落在泥土里，而把它缠在游丝上。可人呢？

新评

主人公是一位闺妇，借伤秋自悼自哀，怨恨丈夫久游不归。结尾三句写燕子有情，东风有意，含“人无情”的寓意于言外，正是秦观词结句的特点。上片结句云“懒把青丝掠”，下片结句云“故把红丝缚”，一懒一勤，一青丝一红丝，上下对应，很有妙意。

## 南歌子

题解

《苕溪渔隐丛话》后集卷二十九引《艺苑雌黄》曰：“朝云者，东坡侍妾也。尝令就少游乞词，少游作《南歌子》赠之云：霭霭迷春态……何其婉媚也。”本此，可知这首词是赠东坡侍妾朝云的，作于在汴京时。

霭霭迷春态，溶溶媚晓光。不应容易下巫阳，只恐翰林前世是襄王。　　暂为清歌住，还因暮雨忙。瞥然归去断人肠，空使兰台公子赋高唐。

新解

霭霭迷春态，溶溶媚晓光。不应容易下巫阳，只恐翰林前世是襄王——《高唐赋》：“昔者，楚襄王与宋玉游云梦之台，望高唐之观，其上独有云气。王问玉曰：‘此何气也？’玉对曰：‘所谓朝云者也。’昔者，先王尝游高唐，怠而昼寝，梦见一妇人曰：‘妾巫山之女也。’”据此知，霭霭、溶溶都是形容早晨的云气，暗合东坡侍妾的名字“朝云”。翰林：指东坡。这句说：朝云本来是巫山之女，她是与楚襄王有缘分的。现在的“朝云”成了你东坡的侍妾，她可能以为你东坡的前身是襄王，才嫁给你的。不然，她是不肯下巫阳的。上片因东坡侍妾的名字恰好与巫山神女事巧合，故借此取笑东坡。

暂为清歌住，还因暮雨忙。瞥然归去断人肠，空使兰台公子赋高唐——暮雨：

《高唐赋》:“妾在巫山之阳,高丘之阻,旦为朝云,暮为行雨,朝朝暮暮,阳台之下。”此处指东坡侍妾朝云。兰台公子:《风赋》:“楚襄王游于兰台之宫,宋玉、景差侍。”后遂以兰台公子称宋玉。汉人以兰台谓宫中藏书处。唐人以兰台谓秘书省。少游时为秘书省正字,故自况为兰台公子。这句说:你“朝云”既然是神女,那就会早早晚晚在巫山自为云雨的,只不过暂时到人间小住一刻,歌舞一番。等到你扔下我们,回到巫山,那就白白让我这个兰台公子写了这首词了。下片还是借《高唐赋》故事取笑东坡和朝云,连自己也捎带上了。

新评

因东坡侍妾朝云的名字巧合巫山神女事,敷衍出一首打油词。而且因自己是秘书省正字,巧合“兰台”二字,也夹杂进去一起插科打诨。敷演巧合得不露一点牵强附会之迹,显示了少游高超的艺术表现力。

## 木兰花慢

题解

本《阳春白雪》。从词意看,是作者过秦淮河时而抒发的一腔愁恨,如“千古行人旧恨”、“便无情到此也销魂”。作者年轻时曾在这一带冶游过,但不可能有这些恨情。元祐党祸后,作者被贬谪杭州,又道贬处州,很可能是这次经过秦淮河时而作。故依此解。

过秦淮旷望,迥萧洒,绝纤尘。爱清景风蛩,吟鞭醉帽,时度疏林。秋来政情味淡,更一重烟水一重云。千古行人旧恨,尽应分付今人。　　渔村望断衡门。芦荻蒲,雁先闻。对触目凄凉,红凋岸蓼,翠减汀蘋。凭高正千嶂黯,便无情到此也销魂。江月知人念远,上楼来照黄昏。

新解

过秦淮旷望,迥萧洒,绝纤尘——秦淮河,长江下游支流,源出江苏大茅山等地,因秦时所开,故名秦淮。萧洒:寥廓凄清貌,杜甫《玉华宫》诗:“万籁真笙竽,秋色正萧洒。”这句写秦淮河一带的天空在秋季显得寥廓清丽,没有一点纤尘。

爱清景风蛩,吟鞭醉帽,时度疏林——蛩:蟋蟀,白居易《禁中闻蛩》诗:“西窗独暗坐,满耳新蛩声。”这句写清景风声中传来蟋蟀悦耳的叫声,为这秋色所陶醉,一会儿在马背上吟诗,一会儿在疏林里散步。

秋来政情味淡，更一重烟水一重云——政：正，正是。突然想起自己是被贬谪之人，兴味一下子全没了，故云“政情味淡”，更忍受不了一重烟水一重云，那都是浓浓的愁啊！

千古行人旧恨，尽应分付今人——行人：此处指在贬途中奔波之人。这句说：千百年来有多少人有着被贬谪的恨，而这恨如今都让我一个人领略了。

渔村望断衡门——衡门：横木为门，指简陋的房屋。《诗·陈风·衡门》：“衡门之下，可以栖迟。”杜甫《东屯月夜》诗：“春农亲异俗，岁月在衡门。”渔村陋房，指贬途中借宿之地。这句是倒装，意为：望断渔村衡门。

芦荻蒲，雁先闻——望不见亲友们，只能望见芦荻蒲，那儿正徘徊着一群大雁，凄凉的叫声让人听了难受。

对触目凄凉，红凋岸蓼，翠减汀蘋——这是看到的又一番凄凉景象：不论是岸边的还是水里的花草，都凋零了，花叶败落了。化自柳永《八声甘州》词：“是处红衰翠减，冉冉物华休。”

凭高正千嶂黯，便无情到此也销魂——这句写：那就登高吧，一远望，千山万峰都昏昏暗暗的，没个舒心处。因而发出感叹：就是无情的人到了此种境界也得销魂呀！

江月知人念远，上楼来照黄昏——还是江边的月亮有点情分，它知道我正在思念远方的亲友，所以驱散了黄昏的黑暗，在楼顶上照着我这天涯孤客。

新评

写作时间在秋季。地点在被贬途中的一个渔村。内容是描绘秋景的凄凉，抒发被贬谪的苦恨之情。起头几句情绪还轻松些，但从“秋来政情味淡”开始，就一层恨过一层了。这种恨，是受贬谪之人独有的恨，所以是深沉的、刻骨的。

(1)“便无情到此也销魂”，秦观最肯用这笔法，假设一个形象，这形象本无恨，可也被感染了，也恨了，从而衬托自己的恨更深刻。比如“佛也须眉皱”、“佛也眉儿聚”，在他的作品里就是借佛言恨，使恨更深。

(2)结句清远，使“江月”也有了情，正如使“无情”人有了恨一样，“江月”也在体谅着人的苦衷。怪不得前人都说秦观的词是“情语”、“恨语”，的确如此。

## 添春色

题解

《苕溪渔隐丛话》前集卷五十引《冷斋夜话》：“少游在黄州，饮于海桥，桥南北多海棠，有老书生家于海棠丛间，少游醉宿于此，明日题其柱曰：唤起一声人悄……

东坡爱其句，恨不得其腔，当有知者。”又清人王敬之刻《淮海集》中案曰：“国朝闵叙奥述海棠桥在横州西，宋时建。故老传曰：此桥南北，旧有海棠，书生祝姓者家此。宋秦少游谪横，尝醉宿其家。明日题词而去。”可见《冷斋夜话》中的“黄州”、“海桥”为“横州”、“海棠桥”之误。本此，可知此词作于元符元年(1098)秦观自郴州徙往横州以后。

唤起一声人悄，衾冷梦寒窗晓。瘴雨过，海棠晴，春色又添多少。　　社瓮酿成微笑，半缺瘿瓢共舀。觉倾倒，急投床，醉乡广大人间小。

新解

唤起一声人悄，衾冷梦寒窗晓——由下片热情的主人请秦观喝酒可知，是主人在天亮时把他从梦中“唤起”了。起来后，才感觉到被子抵御不住寒气，由于刚做完梦，故云“梦寒”。

瘴雨过，海棠晴，春色又添多少——瘴雨：旧指南方山林间湿热蒸郁易使人发病的雨水。这是走出户外看到的景象。不是海棠晴，而是天晴了，雨后海棠含苞怒放，又给春色增添了许多媚丽。

社瓮酿成微笑——社：社日，古代春、秋两次祭祀土神的日子。瓮：坛子。社瓮：此处指社酒。杜甫《遭田父泥饮美严中丞》诗：“田翁逼社日，邀我尝春酒。”这句写：好客的主人给我端来了一坛子刚酿成的社酒，我禁不住高兴了起来。

半缺瘿瓢共舀——瘿：瘿瘤，植物上囊状的赘生物。此处指葫芦瓢上有许多疙瘩。看来这酒器也太寒陋了，瓢子上有瘿瘤且不说，而且还有个半缺口。但我们却喝得很痛快，一人一瓢轮着喝。

觉倾倒，急投床，醉乡广大人间小——醉乡：王绩《醉乡记》：“醉之乡去中国，不知其几千里也。其土旷然无涯，无丘陵阪险。其气和平一揆，无晦朔寒暑。其俗大同，无邑居聚落。其人甚清。”杜牧《华清宫》：“乾坤入醉乡。”这句写醉后感觉，借此抒发白眼看世之情。

新评

这首词是秦观被贬后难得的一首快活词。上片写雨后春景，虽然下的是令人讨厌的瘴雨，但却给春添了几分色彩，人的心情是畅快的。下片写醉酒，虽然是村野薄酿，酒器寒陋，但人却是“微笑”的，喝得很痛快。结句“醉乡广大人间小”，气势落拓不羁，是秦词中少有的豪迈的语句。

## 青门饮

题解

《古今词话》云:“秦少游尝惓一妹,临别,誓阖户相待。后有毁之者,少游作词谢日:风起云间……”又《夷坚志》记载:少游在长沙遇一义妓,“为留数日,娼不敢以燕惰见,愈加敬礼。将别,嘱曰:‘妾不肖之身,幸得侍左右。今学士以王命不可久留,妾又不敢从行,恐重以为累。唯誓洁身以报。他日北归,幸一过妾,妾愿毕矣。’少游许之。”此词中有“湘瑟声沉,庾梅信断”,当以“湘瑟”指长沙义妓,以“庾梅”指自己被贬在雷州(庾梅,即庾岭,与雷州都在今广东)。故知此词作于徙至雷州后。

风起云间,雁横天末,严城画角,梅花三奏。塞草西风,冻云笼月,窗外晓寒轻透。人去香犹在,孤衾长闲馀绣。恨与宵长,一夜薰炉,添尽香兽。　　前事空劳回首。虽梦断春归,相思依旧。湘瑟声沉,庾梅信断,谁念画眉人瘦?一句难忘处,怎忍辜耳边轻咒。任人攀折,可怜又学,章台杨柳。

新解

风起云间,雁横天末,严城画角,梅花三奏——梅花三奏:即梅花三弄。“三奏”是为了押韵。琴曲名,全曲主调反复三次,故称“三弄”。秦观《桃源忆故人》词有“无端画角严城动”,“听彻梅花弄”,所写意境与此词很相似,可能是同时之作,可互为参照。这几句写早晨起来后所见所闻。

塞草西风,冻云笼月,窗外晓寒轻透——冻云,“冻”是作者的感觉,形容秋天早晨又冷又闷的气氛。

人去香犹在,孤衾长闲馀绣。恨与宵长,一夜薰炉,添尽香兽——秦观《桃源忆故人》:“玉楼深锁薄情种,清夜悠悠谁共?羞见枕衾鸳凤,闷即和衣拥。”馀绣:即指枕衾上的鸳凤图案。薰:香草。兽:兽形的炉子。“薰炉”、“香兽”是同一物,即燃香草用的兽形的炉子。这几句写主人公一夜愁思绵绵,反侧难眠。

前事空劳回首。虽梦断春归,相思依旧——前事:指与长沙义妓交往事。

湘瑟声沉,庾梅信断,谁念画眉人瘦——湘瑟:湘妃的鼓瑟声,借指长沙义妓。庾梅:庾岭之梅。秦观此时刚过了庾岭,到了雷州,所以借庾岭指自己一方。梅信:用陆凯诗:“折梅逢驿使,寄与陇头人。”指自己给义妓的信。这句说:你我一在湘水,一在庾岭,音信久断。谁会惜怜你在一天天消瘦呢?

一句难忘处，怎忍辜耳边轻咒——一句：指离别时义妓向秦观说的话：“唯誓洁身以报。”这句说：你在我耳边发的誓，我至今难忘，我怎能辜负你的一片痴情呢？

任人攀折，可怜又学，章台杨柳——因为有人诋毁秦观让一妓为他守洁(见题解)，所以秦观写此词说：你还是不要等我了吧！但我也不忍心又让你过那种卖身的生活呀！章台：汉代长安街名，旧时多借指妓院。韩翃《章台柳》词：“章台柳，章台柳，昔日青青今在否？纵使长条似旧垂，也应攀折他人手。”

新评

这首词与《桃源忆故人》，都是写长沙义妓。秦观自与义妓分别后，写了许多怀念她的作品，可见是把她视为患难知音的。义妓誓要洁身以报秦观，在当时遭到一些人的非议，这首词就反映了他复杂矛盾的心理状态。同时也表现了他对义妓刻骨铭心的爱。

# ◎文

## 游汤泉记

题解

汤泉，据清·陈廷桂《历阳典录》卷六云：“惠济汤泉，在江浦西四十里，旧属和州。”和州即今安徽和县，当时称历阳县。这篇文章是追叙，作于熙宁十年(1077)九月，游汤泉时间为熙宁九年(1076)八月。

漳南道人昭庆隐汤泉山之八月[1]，集贤孙公谓其游曰[2]：“漳南去几时，已甚久，且闻其所寓富山水，盍往访焉[3]？”于是余与道人参寥请从之。具鞍马，戒徒御，翌日出高邮西郭门，驰六十里，宿神居山之悟空寺[4]。神居高不逾三四引[5]，而股趾盘薄甚大，旁占数墟，俗呼土山。或曰：昔老姥炼丹于此[6]，功成仙去。今寺有石药臼者，乃其遗物也。

又驰四十里，宿黄公店，从者以雨告，止焉。又驰六十里，次六合[7]，馆寿圣寺之香积院。院有庞眉老僧主之[8]，应客淡然，若无意于世者。与之言，心如其貌，盖有道者也。又驰七十里，次真相院[9]。明日漳南来逆，相劳苦如平生欢。遂与俱行，驰二十五里，至汤泉，馆惠济院。院则漳南之所寓也。景申[10]，遂浴于汤泉之墟。西惠济二百步，周袤不逾一成[11]，有泉五：一曰太子汤，旧传梁昭明所游[12]，今废于野。一在居民朱氏家。其三则隶于惠济。而惠济三泉旁，皆甃石为八方斛[13]，窍其两崖，一以受虚，一以泄满。泉输其中，晨夜不绝。其色深碧沸白，香气袭人。爬搔委顿之病，浴之辄愈。赢粮自远而至者，无虚时。刘梦得《和州记》云[14]：“地有沸井。”即此泉也。

噫，泉之为汤者众矣，彼汝水、骊山[15]，尝为乘舆后宫之所临幸。方其盛时，绮疏璇题[16]，鱼龙飞动[17]，眩人目睛。势徂事变，鹿豕得而辱焉[18]。其僻昧不闻于世者，又皆蔽于丛薄，堙于土涂，抱清怀洁，历千百年，莫或稍试于用。二者皆有恨焉。独是泉出无亢满之累，其仁足以及物。岂所谓“无出而阳，无入而藏，柴立乎其中央”者欤[19]！余三人者，既嘉泉之近于道，又贪其有功于尘垢疾病也，日不一至，再日必至焉，率以为常。

越三日，乌江令阎求仁来[20]。求仁，余乡友也。遂与俱行，东南驰八里，至龙洞山下。弃马而徒步，山形斗起，蒙笼曲道尤难登。扪萝进者五里，然后至其山椒[21]。是日风曀[22]，望建业江山[23]，蟠龙踞虎之状[24]，皆依约而得之。自山椒转而西南，盘纡径复，又二里，而至龙洞。其上嵬炭崟岑，不可穷竟。门则大穴也，渐下十数丈，窅然深黑，日光所不及，揭炬然后可行。腹中空豁，可储粟数万斛。屏以青壁，而泉啮其趾；盖以乳石，而鼠家其窦。仰而视之，或突然傲岸而出，若有恃者；或侵寻而却[25]，若有畏者。云挠而鸟企[26]，鼻口呀而断腭[27]，露其陬牙[28]，横逻卒愕之变[29]，疑生于鬼神，虽智者造谋，而巧者述之，未必能尔也。惜乎闷于龛岩敻绝[30]，人迹罕至之地，世莫得而窥焉。夫岂负天下之奇胜者，固不欲售其伎，必待夫至诚笃好之士，然后与之接耶？或曰：洞有小蛇，青色而赤章。旱岁，祷雨多应云。

景夕还惠济。惠济有庵二：一在太子泉南百步崦中，隐者陈生居之。一未构基，在院西六十步大丘之原，丘势坡陁，前有小涧，涓涓而流，藩以齐篆[31]，闳以双松，每冷风自远而至，泛篆薄，激松梢，度流水，其音嘈然，如奏笙籁。巽向而望[32]，自定山转而西，服光晷[33]，薄星辰，亘二百里，迅驰而矗立，妒危而恬壮，分秀而取奇，各挟其伎，以效履舄之下[34]。孙公爱其地胜，欲寄以老焉。因请名曰：寄老庵。相率作诗以约之。明年庵成，发二奇石于双松之下，形势益振。于是环山数百里，尝以游观名者，迁延辟避[35]，推寄老焉。西庵之成久矣，其地迫遽无流水，非枯槁自谋之士，莫能居之，故蔑有闻者。是庵始基，已为贤士大夫所瞩。及成，遂以眺望浮游之胜，甲于一方，物之兴固自有时也哉。

汤泉之事既穷，余又独从参寥西驰七十里，入乌江邀求仁，谒项羽祠。饮系马松下[36]，凭大江以望三山[37]，憩于虚乐亭[38]。复还惠济，翌日乃归。

盖自高邮距乌江三百二十五里，凡经佛寺四，神祠一，山水之胜者二。得诗三十首，赋一篇。至于山林云物之变，溪濑潺湲之音，故墟荒落晨汲暝舂之状，悠然与耳目谋，而适然与心遇者，盖不可胜计。於戏，兹游之所得，可谓富矣。

明年，漳南自汤泉来，会于高邮。追叙去年登临之美，且叹日月之速，盛游之难再也。因撰次之，以备汤泉故事，时与同好者览之以自择焉。

熙宁十年九月记。

注释

〔1〕漳南道人：亦称显之禅老或昭庆禅师。熙宁九年住持汤泉之惠济院。

〔2〕集贤孙公：即孙觉，字莘老。熙宁九年49岁，丁祖母忧在故乡扬州高邮。

〔3〕盍：何不。

〔4〕神居山：山名，在高邮县西六十里。据《大清一统志·扬州府二》："神居山，一名土山。石山载土，在高邮州西六十里。"又据《舆地纪胜》："山不甚广，而股趾盘礴甚大，遂为州境之望。"

〔5〕引：长度单位。古以十丈为一引。

〔6〕老姥炼丹：据《大清一统志·扬州府》："南齐旦公尝结庵于此，炼丹仙去。"又据《太平寰宇记·神居》："上有石井石臼，山下人时见人著朱衣高冠，徘徊井侧，或云古列仙之宅焉。"

〔7〕六合：县名，今属江苏南京市。

〔8〕庞眉：眉毛花白。

〔9〕真相院：在汤泉。据秦观《寄老庵赋》："真相、惠济，二刹相望。殿寝中开，四注修廊。"

〔10〕景申：十二地支的第九位。合今之下午3时至5时。

〔11〕周袤不逾一成：方圆十里之内。古称十里见方为一成。《左传·哀公元年》："有田一成。"杜注："方十里为成。"

〔12〕梁昭明：即南朝梁昭明太子萧统，梁武帝之长子，好文学，编有《文选》三十卷。

〔13〕甃：以砖修井。《易·井》："井甃，无咎。"孔颖达疏引《子夏传》曰："甃，亦治也。以砖垒井，修井之坏，谓之为甃。"八方斛：八角形状的容器。斛，量器名，亦容量单位，古代以十斗为一斛。此处指用石头修成的蓄水池。

〔14〕刘梦得：刘禹锡字梦得，曾任和州刺史，其《和州刺史厅壁记》曰："地有沸井。"

〔15〕汝水：古水名，上游即今河南北汝河。骊山：在今陕西临潼东南，西北麓有温泉。唐时更名为华清池。

〔16〕绮疏：雕有花纹的窗户。陆机《赠尚书郎顾彦先》诗："玄云拖朱阁，振风薄绮疏。"璇题：以美玉装饰的椽头，亦称玉题。左思《蜀都赋》："金铺交映，玉题相辉。"昭明太子《七契》："璇题昭晰，珠帘彪焕。"

〔17〕鱼龙：古爬行动物，生活于海洋中，性凶猛。此处指装饰物上的鱼龙图案。

〔18〕势徂事变，鹿豕得而辱焉：徂，往。鹿豕，指山野无知之物。《孟子·尽心上》："舜之居深山之中，与木石居，与鹿豕游。"此处言"安史之乱"发生，华清池变为一片废墟，野兽横行，君王受辱。

〔19〕"岂所谓"三句：语出《庄子·达生》。意为：不过分显露，不过分深藏，一如树木挺立，顺其自然，没有心机。

〔20〕乌江：地名。秦置乌江亭，晋置乌江县。《括地志》："乌江亭即和州乌江县是也，晋初为县，《汉书》所谓乌江亭长杈船以待项羽，即此也。"

〔21〕山椒：山顶。

〔22〕曀：阴暗。《诗经·邶风·终风》："终风且曀。"毛传："阴而风曰曀。"

〔23〕建业：一称建康，又称秣陵、金陵，即今江苏南京市。

〔24〕蟠龙踞虎：《太平御览》引《吴录》云："诸葛亮至京，因睹秣陵山阜，叹曰：钟山龙盘，石城虎踞，此帝王之宅。"

〔25〕寻：古长度单位，八尺为一寻。

〔26〕乌企：如鸟企望。

〔27〕呀：张开。腭：组成口腔的顶壁。

〔28〕陬牙：角落中生长之牙。

〔29〕横遻：交错而生。卒愕：突然感到惊讶。

〔30〕闷：封闭。龛岩：高崖。敻绝：高远。敻，同“迥”，高远。

〔31〕藩以齐篥：编小竹条为篱。

〔32〕巽向而望：向东南而望。巽，东南方。

〔33〕服光晷：披着阳光。

〔34〕履舄(xì)：鞋。

〔35〕迁延：逍遥自在。《淮南子·主术训》：“迁延而入之。”高诱注：“迁延，犹徜徉也。”辞避：退居避世。

〔36〕系马松：相传为项羽系马处。

〔37〕三山：山名。在江苏南京市西南长江东岸，以有三峰得名。长江从西南来，此山突出江中，当其冲要。李白《登金陵凤凰台》诗：“三山半落青天外，二水中分白鹭洲。”

〔38〕虚乐亭：《历阳典录》卷六：“虚乐亭在乌江广圣寺。”

新评

《游汤泉记》是秦观游记中篇幅较长的一篇。作者运用扫描式的视角来写沿途风景，表达自己豁然的心境和与自然和谐相处的心情。他此时居住农村，家境并不富裕，每日苦读以应考，读书之馀还要从事一定的田间劳动，所以游汤泉给他带来了难得的安闲恬适和轻松快乐。文章抒旷远情怀，夹叙夹议，情景双绘，引人入胜。如写“院有庞眉老僧主之，应客淡然，若无意于世者。与之言，心如其貌，盖有道者也”，是高人对常人的渲染；写“山林云物之变，溪濑潺湲之音……悠然与耳目谋，而适然与心遇”，是美景对游客的渲染，在行云流水般的抒写中自然流露出感情与感受，是本文的一大特色。

## 龙井题名记

题解

龙井，地名，在浙江省杭州市西湖西南山地中。有历史悠久的龙井寺。寺内有井，泉水出自山岩，甘洌清凉，四时不绝。以产龙井茶著名。题名，文体的一种。《文体明辨·题名》：“按题名者，记识登览寻访之岁月，与其同游之人也。其叙事欲简而赡，其秉笔欲健而严，独《昌黎集》有之，亦文之一体也。”元丰二年七月，苏轼被监察御史何正臣弹劾“为讥讽文字”，因诗获罪，系御史台狱，世称“乌台诗案”。其时秦观正在会稽省亲，闻讯后即渡钱塘江至吴兴探询。已而还杭州，于中秋后一日，夜游龙井，作是篇。

元丰二年中秋后一日，余自吴兴过杭〔1〕，东还会稽。龙井辩才法师以书邀予入山〔2〕，比出郭〔3〕，日已夕。航湖至普宁〔4〕，遇道人参寥，问龙井所遣篮舆[5]，则曰："以不时至，去矣。"

是夕，天宇开霁，林间月明，可数毛发，遂弃舟，从参寥杖策并湖而行。出雷峰[6]，度南屏[7]，濯足于惠因涧[8]，入灵石坞[9]，得支径[10]，上风篁岭[11]，憩龙井亭[12]，酌泉据石而饮之。

自普宁经佛寺十，皆寂不闻人声。道旁庐舍，或灯火隐显，草木深郁，流水激激悲鸣，殆非人间有也。行二鼓矣[13]，始至寿圣院[14]，谒辩才于潮音堂[15]，明日乃还。

注释

〔1〕吴兴：县名，在浙江省北部苕溪下游，濒临太湖，邻接江苏省。

〔2〕辩才法师：俗姓陈，名元净，字无象，杭州人。十六岁落发为僧，十八岁就学于天竺慈云法师，二十五岁赐辩才号。隐居天竺山。元丰二年，退居龙井寿圣院。

〔3〕出郭：出城。古代城池一般由内城与外郭构成。

〔4〕普宁：佛寺名。咸淳《临安志》卷七十八："普宁寺，在雷峰塔下，广顺元年建，号安吴寺，大中祥符初改今额。"

〔5〕篮舆：竹轿。《晋书·孙晷传》："富春车道既少，动经山川，父难于风波，每行乘篮舆。"

〔6〕雷峰：在今杭州西湖南岸。咸淳《临安志》卷二十三："雷峰，在净慈寺前，郡人雷氏筑庵居之，故名。世又谓之中峰。"

〔7〕南屏：山名，在杭州西湖旁。咸淳《临安志》卷二十三："南屏山，在兴教寺后，怪石耸秀，中穿一洞，上有石壁若屏障然。"

〔8〕惠因涧：溪水名，因在惠因寺侧而得名。

〔9〕灵石坞：据咸淳《临安志》卷三十："灵石坞，在杨梅坞后山。"又据光绪《杭州府志》卷三十三："灵石山，上多奇石，时时见瑞光，故曰灵石。中有坞，路最深者，人迹罕至，惟樵子往来其间。"

〔10〕支径：旁路，分路。

〔11〕风篁岭：据咸淳《临安志》卷二十六："风篁岭，在钱塘门放马场西，路通龙井，岭最高峻。元丰中，僧辩才师淬治修篁怪石，风韵萧爽，因名曰风篁。"

〔12〕龙井亭：据咸淳《临安志》卷七十一："龙井惠济庙，在风篁岭上。旁有德威亭，即旧龙井亭，东坡书匾。"

〔13〕二鼓：古代夜间击鼓报更，故以之为更的代称。二鼓即二更。

〔14〕寿圣院：据咸淳《临安志》卷七十八："龙井延恩衍庆院，在风篁岭，乾祐二年居民凌霄募缘建造，旧额报国看经院，熙宁中改寿圣院。"

〔15〕潮音堂：堂名，在寿圣院内。

新评

《龙井题名记》记述了作者在元丰二年中秋节后一日去访辩才法师时的所见所闻。全文不到二百字，把从杭州西湖至龙井一段路上的月色夜景，描绘得静谧幽绝，如诗如画。"是夕，天宇开霁，林间月明，可数毛发"，"濯足于惠因涧"，"酌泉据石而饮之”，美如仙界，勾人魂魄，简直是一幅神游图，令人神往。此文宛如苏轼的《记承天寺夜游》，在笔法与写意上有异曲同工之妙，难怪明代文学家徐渭读后评价说：“疑似东坡作。”（见明段斐君本《淮海集》）

### 附：苏轼《秦太虚龙井题名记跋尾》

览太虚《题名》，皆余昔时游行处。闭目想之，了然可数。始予与辩才别五年，乃自徐州迁于湖，至高邮，见太虚、参寥，遂载与俱。辩才闻余至，欲扁舟相过，以结夏未果。太虚、参寥又相与适越，云秋尽当还，而余仓卒去郡，遂不复见。明年，余谪居黄州，辩才、参寥遣人致问，且以《题名》相示。时去中秋不十日，秋潦方涨，水面千里，月出房、心间，风露浩然。所居去江无十步，独与儿子迈棹小舟至赤壁。西望武昌，山谷乔木苍然，云涛际天。因录以寄参寥，使以示辩才。有便至高邮，亦可以寄太虚也。元丰三年八月六日记。

## 主术

**题解**

主术，君主统治之道。此文作于元祐年间，主旨在于说明君王要善用执政之臣和议论之臣，使二者互制平衡，才能行之有效。

臣闻人主之术无他，其要在乎能任政事之臣与议论之臣而已。政事之臣者，宰相执政，和阴阳万物[1]，宰制百辟[2]，镇抚四夷，与天子经纶于帷幄之中者也。议论之臣者，谏官御史，学术知古始，器识通世务[3]，奋不顾身，与天子辨曲直争是非者也。今天下之事，有执政之臣以行之，有议论之臣以言之，则人主可以弁冕端委而无所事[4]。不然，则虽弊精神，竭筋力，以夜继日，犹无益也。

臣请以用人一事明之。士大夫以名列于仕版者，盖以万计，有智者，有愚者，有贤者，有不肖者。若智与贤，则功利之所从兴也。愚与不肖，则罪害之所从起也。夫人主以一身之思虑，一耳目之聪明，而当天下功罪利害之机，非有政事之臣，则百官之进退，奈何而不乱也？然人之难知久矣。实愚而似智，实智而似愚者有之；实贤而似不肖，实不肖而似贤者有之。申以亲疏之异，重以好恶之偏。夫以天下之智愚贤不肖，而付之于二三大臣之手，非有议论之臣，则进退当否，奈何而知之也？虽然，政事之臣者，人主之股肱；议论之臣者，人主之耳目。任政事之臣而忽谏官，略御史，犹股肱便利而耳目盲聩也。任议论之臣而轻宰相，薄执政，犹耳目聪明而股肱折也。要之，二者不可偏胜，使之适平而已。

汉成帝用王凤为大将军[5]，政事大小皆自凤出，天子曾不一举手。京兆尹王章言之[6]，为凤所陷，罪至大逆[7]。故阳朔之后[8]，天下以言为讳。唐明皇用李林甫为相[9]，十有九年，颛政用事[10]，补阙杜琎上书，斥为下邽令，由是谏诤路绝[11]。此则任政事之臣太胜也。汉武帝擢严助、朱买臣、吾丘寿王、司马相如、东方朔之徒于左右，朝廷有政事，辄令助等与大臣辩论，大臣数诎[12]。唐德宗晚年，宰相唯奉行诏书，所与图事者李齐运、裴延龄、韦渠牟而已[13]。此则任议论之臣太胜也。

臣闻仁祖时[14]，天下之事，一切委之执政，群臣无得预者[15]。除授或不当[16]，虽贵戚近属，旨从中出，辄为固执不行。一旦谏官列其罪，御史数其失，虽元老名儒上所眷礼者，亦称病而赐罢。政事之臣得以举其职，议论之臣得以行其言，两者之势适平。是以治功之隆，过越汉唐，与成康相先后[17]，盖繇此也。

陛下即位以来，图任老成，属以事。屡下明诏，使中外大臣举谏官，荐御史，保任骨鲠以备献纳之科[18]，可谓得人主之要术矣。愿鉴汉唐之弊，专取法于仁祖，常使两者之势适平，足以相制，而不足以相胜。则陛下可以弁冕端委而无事矣。

注释

〔1〕和：调和，调理。

〔2〕百辟：指诸侯。《书·洛诰》："汝其敬识百辟享，亦识其有不享。"孔传："奉上谓之享，言汝为王，其当敬识百君诸侯之奉上者，亦识其有违上者。"后泛指朝中大官。

〔3〕器识：器量与见识。《晋书·张华传》："器识弘旷，时人罕能测之。"《新唐书·裴行俭传》："士之致远，先器识，后文艺。"

〔4〕弁冕端委：语见《左传·昭公元年》："吾与子弁冕端委，以治民临诸侯。"《正义》曰："弁冕是首服，端委是身服。言弁冕端委，总举冠衣而言。"此处喻衣冠端坐，垂拱而治。

〔5〕汉成帝：汉元帝之长子，名骜。《汉书·五行志》："元帝崩，皇太子立，是为成帝。尊皇后为皇太后，以后弟凤为大司马大将军，领尚书事。上委政，无所不与。"

〔6〕王章：汉名臣。《汉书·王章传》："王章字仲卿，泰山钜平人也。……为京兆尹，时帝舅大将军王凤辅政。章虽为凤所举，非凤专权，不亲附凤。会日有蚀之，章奏封事，召见，言凤不可任用，宜更选忠贤。上

初纳受章言，后不忍退凤。章由是见疑，遂为凤所陷，罪至大逆。”

〔7〕大逆：在封建社会里，凡反抗封建秩序，特别是触犯封建统治者本身利益的，统称为大逆。

〔8〕阳朔：汉成帝年号(前24—前21)。

〔9〕唐明皇：即唐玄宗李隆基。李林甫：唐大臣，宗室。小字哥奴。因厚结武惠妃和武三思女，于开元二十三年(735)任礼部尚书、同中书门下三品，旋封晋国公。在职19年，权势甚盛，政事败坏。

〔10〕颛：同“专”。

〔11〕“补阙”三句：事见《新唐书·李林甫传》：“林甫居相位凡十九年，固宠市权，蔽欺天子耳目，谏官皆持禄养资，无敢正言者。补阙杜琎再上书言政事，斥为下邽令。因以语动其馀曰：‘明主在上，群臣将顺不暇，亦何所论？’……由是谏诤路绝。”

〔12〕“汉武帝”四句：事见《汉书·严助传》：“严助，会稽吴人。郡举贤良，对策百馀人，武帝善助对，由是独擢助为中大夫。后得朱买臣、吾丘寿王、司马相如、东方朔……上令助等与大臣辩论，中外相应以义理之文，大臣数诎，”

〔13〕“唐德宗”三句：事见《新唐书·韦渠牟传》：“陆贽免相后，上躬亲庶政，不复委权于下，宰相取充位行文书而已。至守宰御史，皆自推。简然处深宫，所倚而信者，裴延龄、李齐运、王绍、李实、韦执宜与渠牟等，其权侔人主。”

〔14〕仁祖：即宋仁宗，公元1023年至1063年在位。

〔15〕预：参与，干预。

〔16〕除授：拜官授职。

〔17〕成康：指周代的成王和康王。史称其时天下大治，刑措不用。

〔18〕骨鲠：喻刚直之臣。《史记·刺客列传》：“方今吴外困于楚，而内空无骨鲠之臣，是无如我何！”

新评

近代人林纾曾说：少游“策论，则与东坡同一轨辙”(见明·段斐君本《淮海集》眉批)。的确，秦观的政论文写得很活，注意联系当时的社会现实，很少作书生之空谈。《主术》一篇，中心论点是人主之术在于能任政事之臣和议论之臣。把政事之臣作为股肱，把议论之臣作为耳目。为了论证这个观点，他举例说明：汉成帝宠信王凤、唐明皇专任李林甫，有单用政事之臣的弊端；汉武帝重用严助、朱买臣等人，唐德宗重用李齐运、裴延龄之辈，也有单用议论之臣的害处。本朝的仁宗，既能使政事之臣得以举其职，又能使议论之臣得以行其言，所以今后的人主必须“鉴汉唐之弊，专取法于仁祖”。全文立意高远，论证严密，起承转合，层层深入，在古代政论文中，实为罕见。

## 人　材

题解

这篇政论文对人材进行论说，将人材分为成材、奇材、散材和不材，着重说明人主应起用奇材，扬其所长，弃其所短。全文层次分明，论证透辟。黄庭坚曾说：“少游五十策，其言明且清。笔墨深关键，开阖见日星。”(《晚泊长沙示秦初度》)读此文，方知黄评不妄。

臣闻天下之材，有成材者，有奇材者，有散材者，有不材者。器识闳而风节励，问学博而行治纯[1]，通当世之务，明道德之归，此成材者也。经术、艺文、吏方、将略，有一卓然过人数等，而不能饰小行、矜小廉以自托于闾里，此奇材者也。随群而入，逐队而趋，既无善最之可纪[2]，又无显过之可绳，摄空承乏[3]，取位而已，此散材者也。寡闻见，暗机会[4]，乖物理，昧人情，执百有司之事无一施而可，此不材者也。

古之人主，于成材则付以大任而备责之，于奇材则随所长而器使之，于散材则明赏罚而磨砺之，于不材则弃之而已。四者各有所处，然而奇材者，尤人主所宜深惜者也。盖天下之成材不世出，而散材者又不足以任能事，不材者适足以败事而已。是则任天下之能事者常取乎奇材。有奇材而不深惜焉，则将与不材同弃，而曾散材之不如矣。夫匠氏之于木也，楩楠豫章[5]，易直而十围者，必以为明堂之栋、路寝之楹[6]。七围八围者，虽多节，必以为高明之丽[7]。拱把而上者，虽小桡，必以为狙猿之杙[8]。稍修则以为榱桷，甚短则以为侏儒[9]。至于液樠轴解，亟沉而易蠹者，然后以之爨也[10]。今有楩楠豫章于此，七围八围，拱把而上，特以多节小桡之故，遂并弃之，岂不惜哉！

人主用天下之材亦何以异于此。今国家之人材，可谓富矣。养之以学校，而取之以贡举，名在仕版者，无虑数万。然一旦有事，则常若乏人。何哉？以臣观之，未能深惜天下之奇材故也。盖不深惜天下之奇材，则用之或违其长，取之则责其备，虽有嵚崎历落、颖脱绝伦之士[11]，执事者始以名闻，未及试之，而媒孽其短者[12]，固已环视而起矣[13]。夫奇材多自重，又不材者之所甚嫉也。以自重之势，而被甚嫉之毁，其求免也，岂不难哉！一旦有事，而常若乏人，其势之使然，无足怪也。

昔孟公绰为赵魏老则优，不可以为滕薛大夫[14]。裨谌能谋，于野则获，于邑则否[15]。黄霸为丞相，功名损于治郡时[16]。人固有所长，亦有所短也。皋陶喑而为大理，天下无虚刑[17]。师旷瞽而为太宰，晋国无乱政[18]。贤如萧何，而有市田请地之污[19]。直如汲黯，而有偏心忿骂之鄙[20]。文如长卿，而有临邛涤器之陋[21]。将如韩信，而有胯下蒲伏之辱[22]。吏如张敞，而有便面拊马之事[23]。此数子者，责其备，则彼将老于耒耜之旁，死于大山龛岩之下耳，人主岂得而用之？

陛下即位以来，屡下明诏，举监官御史台阁学校之臣，刺史牧民之吏，与夫可备十科之选者[24]，所得人材，盖不可胜数。臣愿陛下取其名实尤异者，用之而不疑。人情不能无小过，非有显恶犯大义，所当免者，宜一切置而不问，以责异时之功。则彼将输沥肝胆，捐委躯命，求报朝廷而不可得。一旦有天下四夷之事，何足患哉！

注释

〔1〕行治：行为治绩。《汉书·何武传》："九江太守戴圣礼经，号小戴者也，行治多不法。武为刺史，廉得其罪。"

〔2〕善最：即四善二十七最，古代考察官吏政绩的几项标准。

〔3〕摄空承乏：句出《左传·成公二年》："敢告不敏，摄官承乏。"注："摄承空乏。"意犹挂名充数，暂补空缺。

〔4〕机会：时机，行事的际遇时会。韩愈《与鄂州柳中丞书》："动皆中于机会，以取胜于当世。"

〔5〕楩楠豫章：皆良木名。《史记·司马相如列传》："其北则有阴林巨树，楩楠豫章。"颜师古注："楩，即今黄楩木也。楠，楠木。豫为枕木，章为樟木。"

〔6〕明堂：天子朝会宣政的殿堂。路寝：正厅。

〔7〕高明：谓楼观也。丽：通"欐"，栋梁之别名。《庄子·人间世》："三围四围，求高名之丽者斩之。"围，环八尺为一围。

〔8〕"拱把"三句：《庄子·人间世》："拱把而上者，求狙猴之杙者斩之。"两手曰拱，一手曰把。桡，曲折。杙，小短木。这三句意为：有些树只有一把粗或两把粗，虽然有些曲折，但可作为猴猿攀援的小短木。

〔9〕"稍修"二句：榱桷，椽子。侏儒，梁上短柱。这二句意为：那些一把粗两把粗的树，稍长些的可以作为椽子，太短的只能作为梁上短柱。

〔10〕"至于"三句：液樠，树中渗出脂液。轴解，腐烂瓦解。这三句意为：至于那些流液脂、易腐烂、急沉水、易虫蛀的木材，就把它们送入灶火中烧掉。

〔11〕嵚崎历落：比喻人杰出不群。《世说新语·容止》："周伯仁道桓茂伦，嵚崎历落，可笑人。"颖脱绝伦：谓脱颖而出之人。《史记·平原君列传》："毛遂曰：'臣乃今日请处囊中耳。使遂蚤得处囊中，乃颖脱而出，非特其末见而已。'"

〔12〕媒孽：酒母。比喻挑拨是非，陷人于罪。《汉书·司马迁传》："今举事一不当，而全躯保妻子之臣，随而媒孽其短。"颜师古注："媒，酒教；孽，曲也。谓酿成其罪也。"

〔13〕环视：惊愕而四顾。贾谊《治安策》："动一亲戚，天下环视而起。"

〔14〕"昔孟公绰"二句：见《论语·宪问》。注引孔安国曰："公绰，鲁大夫也。赵魏，皆晋卿，家臣称老。公绰性寡欲，赵魏贪贤，家老无职，故优。滕薛小国，大夫职烦，故不可为。"

〔15〕"裨谌"三句：见《论语·宪问》。注引孔安国曰："裨谌，郑大夫名也。谋于野则获，谋于国则否。郑国将有诸侯之事，则使乘车以适野，而谋作盟会之辞。"

〔16〕"黄霸"二句：黄霸，字次公，汉淮阳阳夏人。武帝时入仕，宣帝时为扬州、颍川刺史。以外宽内明得吏民心，户口岁增，治为天下第一。天凤三年，代丙吉为丞相。《汉书》本传云："霸材长于治民，及为丞相，

总纲纪号令，风采不及丙、魏、于定国，功名损于治郡。”

〔17〕“皋陶”二句：皋陶，相传曾被舜任为掌管刑法之官员。《史记·五帝本纪》：“皋陶为大理，平，民各伏得其实。”喑，哑。

〔18〕“师旷”二句：师旷，春秋时晋国之乐师。目盲，善弹琴。《淮南子·主术训》：“师旷瞽而为太宰，晋无乱政，有贵于见者也。”太宰，春秋时在王之左右而赞王命者。

〔19〕市田请地之污：《史记·萧相国世家》：“客有说相国曰：‘君灭族不久矣。上所为数问君者，畏君倾动关中。今君胡不多买田地，贱贳贷以自污，上心乃安。’于是相国从其计，上乃大悦。”此本为萧何释刘邦疑心之计。

〔20〕“直如汲黯”二句：汲黯，汉代人。官列九卿，而公孙弘、张汤为小吏，后与之同位。汲黯心胸狭窄，与张汤议论时，愤曰：“天下谓刀笔吏不可为公卿，果然。”

〔21〕“文如长卿”二句：司马相如，字长卿。尝与卓文君在临邛卖酒，文君当垆，相如洗酒器于市面。

〔22〕“将如韩信”二句：《史记·淮阴侯列传》：“淮阴屠中少年有侮信者，曰：‘若虽长大，好带刀剑，中情怯耳。’众辱之曰：‘信能死，刺我。不能死，出我袴下。’于是信孰视之，俛出袴下，蒲伏。一市人皆笑信，以为怯。”

〔23〕“吏如张敞”二句：张敞，汉代人。宣帝时为京兆尹。《汉书·张敞传》：“敞无威仪，时罢朝会，过走马章台街，使御吏驱，自以便面拊马。”颜师古注：“便面，所以障面，盖扇之类也。不欲见人，以此自障面则得其便，故曰便面。”拊马，拍打马匹。

〔24〕十科：北宋元祐初所设选士科目。《宋史·选举志》：“司马光为相，奏曰，欲乞朝廷设十科举士。”所设十科为：师表科、献纳科、将帅科、监司科、讲读科、顾问科、著述科、得实科、俱使科、请谳科。

新评

青年时代的秦观，理想高远，慷慨豪俊，立志献身疆场，报效祖国。他曾对挚友陈师道说：“往吾少时如杜牧之，强志盛气，好大而见奇，读兵家书，乃与意合，谓功誉可立致，而天下无难事。顾今二虏有可胜之势，愿效至计，以行天诛，回幽夏之故墟，吊唐晋之遗人。”（陈师道《淮海居士字序》）北宋的西、北二敌是辽与西夏，秦观的许多策论就是针对此而写的。《人材》的主旨是：无论何种政策，关键在于由什么人去执行。不能任人唯亲，而要任人唯贤。量材录用，人尽其才。《人材》是篇优美的政论文，文笔犀利，说理透彻，引古证今，富有说服力与感染力。善用比喻是本文的一大特色，以各种不同的木材比喻各种不同的人材，借以说明量材录用的道理，批判浪费人材的现象，委婉曲折，深入浅出，使读者既易明了，又易接受。

## 高无悔跋尾

题解

此跋作于元祐二年(1087)。高无悔，名永亨，先世为绥州人，后家居清涧。其兄高永能，字君举，因战功授宁州刺史，进四方馆使、荣州团练使。元丰五年，延州帅沈括欲筑永乐城，神宗命徐禧与内侍李舜举往助其事。二诏使赞同沈括的意见，高无悔反对，据理力争："城小人寡，又无水，不可守。"徐禧以为泄众人气，欲斩之，后经劝阻送延州狱。夏兵二十万进攻永乐城，高永能建议乘其未布阵而击之，徐禧曰："尔何知，王师不鼓不成列。"结果宋师溃败，城陷，徐禧、李舜举、高永能阵亡。无悔出狱后，钤辖蔡州兵马。

无悔将家子，为人沉鸷[1]，有奇略，习知边事[2]。结发与羌人战[3]，大小数十遇，未尝败北，斩级捕虏获牛马橐驼动以万计[4]。与其兄馆使皆为边人所推，号"二高"云。

元丰五年，延帅与二诏使城永乐[5]，问于无悔。对曰："永乐，羌人必争之地，而无险阻，无水泉，一日寇至，何以能守？"诏使大怒，以为沮议，遣归延安。既城永乐，羌人数十万奄至，城中戍者才三万人。馆使谓诏使曰："虏众十倍于我，若其尽至，不可当也。我尝破其众于无定河川，今前队罴甚，有惧我心，及未定击之，虽众可走。"诏使不许，曰："王者之师，不鼓不成列。"馆使以足顿地曰："事去矣！"已而城外围数重，诸将出战，无生还者。俄夺我水寨，城中穿井数十，皆不获泉。士卒饥渴困甚，不能执兵，城遂陷，二诏使及馆使皆死之。于是议者皆以"二高"料敌，有古良将之风，惜乎诏使之不能用也。

元祐二年，余为汝南学官[6]，被诏至京师，以疾归。无悔亦以失边帅意，徙内地，钤辖此郡兵马[7]。相从于城东古寺，日饮无何，绝口不挂时事。余酒酣，悲歌声震林木。无悔瞋目熟视，发上冲冠。人多怪之，余二人者自若也。

无悔一日出诸公所与尺牍，自韩魏公以下百馀番[8]，属余跋尾。余欣然濡笔，因以永乐之事载之，庶几见诸公所以称道无悔者[9]，非虚语也。

注释

〔1〕沉鸷：深沉勇猛。鸷，凶猛。《后汉书·马融传》："鸷兽毅虫，倨牙黔口。"

〔2〕边事：指边境的各种事务。

〔3〕结发：犹束发。指年轻的时候。《史记·平津侯主父列传》："臣结发游学，四十馀年。"

〔4〕橐驼：即骆驼。《史记·匈奴列传》："其奇畜则橐驼。"

〔5〕延帅：延州帅。延州治所宋时在广武(今延安东北)。

〔6〕汝南：郡名。汉高帝四年(前203)置。治所在上蔡(今河南上蔡西南)。

〔7〕钤辖此郡兵马：《宋史·职官志》七："总管、钤辖司，掌总治军旅屯戍、营房守御之政令。凡将兵隶属官训练、教阅、赏罚之事，皆掌之。"

〔8〕韩魏公：韩琦。仁宗时为陕西经略招讨使，与范仲淹同守西北，英宗时封魏国公。

〔9〕庶几：近似，差不多。《孟子·梁惠王下》："王之好乐甚，则齐国庶几乎！"

新评

秦观自幼立志高远，渴望有朝一日能领兵打仗，施展才能，收复汉唐以来的故国失地。但中进士后，仅仅得了一个蔡州教授的闲职，与他的初衷大相径庭。失望之馀，他遇到了同样失意归来的边将高无悔。二人都怀才不遇，满腔忧愤无处发泄，于是相约来到了蔡州城东古寺，"日饮无何，绝口不挂时事。余酒酣，悲歌声震林木。无悔瞋目熟视，发上冲冠。人多怪之，余二人者自若也。"把两人满腹牢愁、欲哭无泪、狂放不羁的形象，刻画得栩栩如生。人多言秦观诗失之软弱，其实不然，观此文，秦观亦有金刚怒目式的铮骨。

## 二侯说

题解

此文借里巷传说，讽刺官场中尔虞我诈，叛亲卖友，为有感而发之作。隋有侯白，《隋书·陆爽传》附载："爽同郡侯白，字君素，好学有捷才，性滑稽，尤辩俊。举秀才，为儒林郎。好为诽谐杂说，人多爱狎之。所在之处，观者如市。"此文中侯白并非实指，也许受此启发而虚构之。

闽有侯白，善阴中人以数〔1〕。乡里甚憎而畏之，莫敢与较。

一日，遇女子侯黑于路，据井旁佯若有所失〔2〕。白怪而问焉，黑曰："不幸堕珥于井，其直百金，有能取之，当分半以谢，夫子独无意乎？"白良久计曰：彼女子亡珥，得珥固可绐而勿与〔3〕，因许之。脱衣井旁，缒而下。黑度白已至水，则尽取其衣亟去，莫知所涂〔4〕。故今闽人呼相卖曰〔5〕："我已侯白，伊更侯黑。"

余谓二侯，皆俚巷滑稽之民，适相遭而角其技，势固不得不然，于其所亲戚游旧未必尔也。而今世荐绅之士闲居〔6〕，负道德，矜仁义，羞汉唐而不谈，真若无徇于世者〔7〕。一旦爵位显于朝，名声彰于时，稍迫利害，则释易而趋险，叛友而诬亲，挤人而售己，更相伺候〔8〕，若弈棋然，唯恐计谋之不工，侥幸一切之胜。而曾白黑之不若者，武相仍、袂相属也〔9〕。则二侯之事，亦何所怪哉！

注释

〔1〕阴中人：暗中算计人。数：计策。

〔2〕佯：假装。

〔3〕绐(dài)：欺骗。《穀梁传·僖公元年》："恶公子之绐。"《史记·高祖本纪》："乃绐为谒曰贺钱万，实不持一钱。"

〔4〕涂：通"途"，道路。《荀子·性恶》："涂之人可以为禹。"

〔5〕相卖：互相出卖，互相欺骗。《战国策·东周》："公何不令人谓韩魏之王曰：欲秦赵之相卖乎？"

〔6〕荐绅：同"搢绅"。《史记·五帝本纪·赞》："荐绅先生难言之。"裴骃集解引徐广曰："荐绅即搢绅也，古字假借。"搢绅，古代高级官吏的装束，亦用为官宦的代称。《晋书·舆服志》："所谓搢绅之士者，搢笏而垂绅带也。"

〔7〕徇：曲从。曾巩《寄欧阳舍人书》："恶能辨之不惑，议之不徇？"

〔8〕伺候：窥伺、守候。《后汉书·侯览传》："览伺候遮截，章竟不上。"韩愈《送李愿归盘谷序》："伺候于公卿之门。"

〔9〕武相仍：紧随其后。武，脚步。袂相属：举衣随行。袂，衣袖。此处谓当今为官者还不如侯白、侯黑，只不过是紧随其后的一类人罢了。

新评

这是一篇寓言式的小品文，寓深刻的哲理于生动的形象，读后发人深思。侯白善于暗中算计人，聪明绝顶，人多憎之，而侯黑则以其人之道还治其人之身，巧设机谋，请君入井，使侯白上当受骗，正所谓机关算尽太聪明，反误了卿卿性命。言已至此，作者意犹未尽，笔锋一转，直指"今世荐绅之士"，闲居时满口仁义道德，装出一副高风亮节之样，而"一旦爵位显于朝，名声彰于时"，则叛亲卖友，投机钻营，费尽心机。正如金·元好问《论诗三十首》所说："心画心声总失真，文章宁复见为人。高情千古闲居赋，争信安仁拜路尘。"

## 眇倡传

题解

这篇小品文以寓言的形式，揭示了一个深刻的哲理，读后发人深思。

吴倡有眇一目[1]，贫不能自赡，乃计谋与母西游京师。或止之曰："倡而眇，何往而不穷？且京师，天下之色府也，美盼巧笑[2]，雪肌而漆发，曳珠玉，服阿锡[3]，妙弹吹，籍于有司者[4]，以千万计，使若具两目，犹恐往而不售，况眇一焉，其瘠于沟中必矣[5]。"倡曰："固所闻也，然谚有之：心相怜，马首圆。以京师之大，是岂知无我俪者[6]！"遂行抵梁，舍于滨河逆旅。

居一月，有少年从数骑出河上，见而悦之，为解鞍留饮，燕终日而去。明日复来，因大嬖取置别第中[7]，谢绝姻党[8]，身执爨以奉之[9]。倡饭，少年亦饭；倡疾不食，少年亦不食。嗫嚅伺候[10]，曲得其意，唯恐或不当也。有书生嘲之曰："间者缺然不见[11]，意有奇遇，乃从相矢者处乎[12]？"少年忿曰："自余得若人，还视世之女子，无不馀一目者。夫佳目得一足矣，又奚以多为？"

赞曰：前史称刘建康嗜疮痂[13]，其门下二百人，常递鞭之，取痂以给膳。夫意之所蔽，以恶为美者，多矣，何特眇倡之事哉！《传》曰："播糠眯目，则天地四方易位[14]。"余尝三复其言而悲之。

注释

〔1〕吴倡：吴地妓女。眇：一只眼瞎。《易·履》："眇能视。"苏轼《日喻》："生当眇者不识日。"

〔2〕美盼巧笑：《诗经·卫风·硕人》："巧笑倩兮，美目盼兮。"

〔3〕服阿锡：穿着细丝细布做的衣服。《淮南子·修务训》："设笄珥，衣阿锡。"注："阿，细丝。锡，细布。"

〔4〕籍于有司者：指登记在册的官妓。《群谈采馀》："宋淳祐间，瑞州高安郑氏女，弃俗修道。乃与道士淫奔，得于龙兴新建之境，籍为官妓，道士就乐户。"

〔5〕瘠：没有完全腐烂的尸体。《荀子·荣辱》："是其所以不免于冻饿，操瓢囊为沟壑中瘠者也。"

〔6〕俪：配偶。《左传·成公十一年》："鸟兽犹不失俪。"注："俪，偶也。"

〔7〕嬖：宠爱。《列女传·殷纣妲己》："嬖幸于纣。"

〔8〕姻党：姻亲，因婚姻关系而形成的亲属。

〔9〕爨：烧火煮饭。

〔10〕嗫嚅：小心翼翼状。

〔11〕间者缺然不见：近来一直看不见你的踪影。间，近来。《汉书·叙传上》："帝间颜色瘦黑。"

〔12〕相矢：相誓。

〔13〕刘建康：应为刘南康，指南朝宋人刘邕。《宋书·刘穆之传》云："邕所至嗜食疮痂，以为味似鳆鱼。尝诣孟灵休，灵休先患炙疮，疮痂落床上，因取食之。灵休大惊。答曰：性之所嗜。南康国吏二百许人，不问有罪无罪，递互与鞭，鞭疮痂常以给膳。"

〔14〕"播糠"句：见《庄子·天运》："孔子见老聃而语仁义，老聃曰：夫播糠眯目，则天地四方易位矣。"

新评

这也是一则寓言式的小品文，作者把愤世疾俗之情、离经叛道之心，都倾注到了此文里，虚构出一段千古奇谈。京师乃天下美女云集之地，"美盼巧笑，雪肌而漆发"者犹恐往而不售，而一个瞎眼妓女竟博得了阔少的青睐，他曲意奉承，唯恐不当。行文至此，读者无不大惑不解：该女子有何奇特之处？少年的一席话如醍醐灌顶，揭破谜底，点透意旨："自余得若人，还视世之女子，无不馀一目者。夫佳目得一足矣，又奚以多为？”好一段至理名言，可谓千古绝论。“佳目得一足矣”，犹言“人生得一知己足矣”；“还视世之女子，无不馀一目”，是少年对人情世态的真实观照，他算看透了红尘浮世，故出此惊人之语。这也正是作者的点睛之笔，用意所在。

## 清和先生传

题解

《事物异名录·饮食·酒》云：“秦少游《清和先生传》，姓甘，名液，字子美。按谓酒也。”由此可知，此篇是为酒立传，称酒为“清和先生”。虽为游戏文字，但构思新颖，以丰富的典实，曲折隐晦的笔法，寓含了很多社会问题和社会现象，颇似韩愈的《毛颖传》。

清和先生姓甘，名液，字子美。其先本出于后稷氏[1]，有粒食之功。其后播弃[2]，或居于野，遂为田氏。田为大族，布于天下。至夏末世衰，有神农之后利其资[3]，率其徒，往俘于田而归。其偃强不降者与强而不释甲者，皆为城旦舂[4]。赖公孙杵臼审其轻重[5]，不尽碎其族，徙之陈仓[6]，与麦氏、谷氏邻居，其轻者犹为白粲与鬼薪仵[7]。已而逃乎河内[8]，又移于曲沃[9]。曲沃之民悉化焉。曲沃之地近于甘[10]，古甘公之邑也，故先生之生，以甘为氏。始居于曹[11]，受封于郑[12]。及长，器度汪汪，澄之不清，挠之不浊，有蕴藉，涵泳经籍百家诸子之言，无不滥觞。孟子称伯夷清，下惠和[13]。先生自谓不夷不惠，居二者之间，而兼有其德，因自号曰清和先生云。

士大夫喜与之游，诗歌曲引，往往称道之。至于牛童马卒、闾巷倡优之口，莫不羡之，以是名渐彻于天子。一召见，与语竟日，上熟味其旨，爱其淳正，可以镇浇薄之徒[14]，不觉膝之前席。自是屡见于上，虽郊庙祠祀之礼，先生无不预其选。素与金城贾氏及玉卮子善[15]，上皆礼之。每召见先生，有司不请，而以二子俱见，上不以为疑。或为之作乐，盛馔以待之，欢甚，至于头没杯案[16]。先生既见宠遇，子孙支庶，出为郡国二千石[17]，往往皆是。至于十室之邑，百人之聚，先生之族无不在焉。昔最著闻者中山、宜城、湓浦，皆良子弟也[18]。然皆好宾客，所居冠盖骈集，宾客号呶，出入无节，交易之所在委积。由是上疑其浊，小人或乘间以贿入，欲以逢上意而取宠。一日，上问先生曰："君门如市，何也？"先生曰："臣门如市，臣心如水。"上曰："清和先生，今乃信其清和矣。"益厚遇之。

由是士大夫愈从先生游，乡党宾友之会，咸曰："无甘公而不乐。"既至，则一坐尽倾，莫不注揖。然先生遇事多不自持，以待人斟酌而后行，尝自称："沽之哉，沽之哉，我待价者也！"人或召之，不问贵贱，至于斗筲之量，挈瓶之智[19]，或虚己来者，从之如流，布衣寒士，一与之遇如挟纩[20]。惟不喜释氏[21]，而僧之徒好先生者，亦窃与先生游焉。至于学道隐居之士，多喜见先生以自晦。然先生爱移人性情，激发其胆气，解释其忧愤，可谓能令公喜，能令公怒者邪。

王公卿士如灌夫、季布、李景俭、桓彬之徒[22]，坐与先生为党，而被罪者不可胜数。其相欢而奉先生者，或至于破家败产而不悔。以是礼法之士疾之如仇，如丞相朱子元、执金吾刘文叔、郭解、长孙澄皆不悦[23]，未尝与先生语。时又以其士行或久多中道而变，不承于初，咸毁之曰："甘氏孽子，始以诈得，终当以诈败矣！"久之，或有言先生性不自持，无大臣辅政之礼，置之左右，未尝有沃心之益；或虞以虚闲废事。上由此亦渐疏之。会徐邈称先生为圣人[24]，上恶其朋比，大怒，遂命有司以光禄大夫秩就封。宗庙祭祀未尝见，遂终于郑。仕于郡国者，皆不夺其官。

初，先生既失宠，其交游往往谢绝，甚者至于毁弃素行，以卖直自售。惟吏部尚书毕卓[25]，北海相孔融[26]，彭城刘伯伦[27]，笃好如旧。融尝上书辩先生之无罪，上益怒，融由此亦得罪。而伦又为之颂，与当世为有故，不著。今掇其行事大要者，著于篇。

太史公曰：先生之名，见于诗书者多矣，而未有至公之论也。誉之者美逾其实，毁之者恶溢其真。若先生激发壮气，解释忧愤，使布衣寒士乐而忘其穷，不亦薰然慈仁君子之政欤？至久而多变，此亦中贤之疵也。孔子称："有始有卒者，其惟圣人乎？"先生何诛焉？予尝过中山，慨然想先生之风声，恨不及见也，乃为之传以记。

注释

〔1〕后稷氏：古代周族的始祖。神话传说有邰氏之女姜嫄踏巨人脚迹，怀孕而生，因一度被弃，名弃。善于种植各种粮食作物，曾在尧舜时代做农官，教民耕种。周族认为他是开始种稷和麦的人。

〔2〕播弃：指繁衍流播。

〔3〕神农：神农氏，传说中农业和医药的发明者。相传远古人民过采集渔猎生活，他用木制作农具，教民农业生产。又传他曾尝百草，发现药材，教人治病。

〔4〕城旦舂：秦汉时刑罚，谓城旦刑与舂刑。《汉书·惠帝纪》："有罪当刑，及当为城旦舂者，皆耐为鬼薪白粲。"应劭注："城旦者，旦起行治城。舂者，妇人不预外徭，但舂作米。皆四岁刑。"

〔5〕公孙杵臼：春秋时晋国人，为赵朔门客。赵朔死，他与程婴藏匿赵氏孤儿。

〔6〕陈仓：地名。秦置县，即今陕西宝鸡市。

〔7〕白粲、鬼薪：古代刑罚。《汉书·惠帝纪》应劭注："取薪给宗庙为鬼薪：坐择米使正白为白粲。皆三岁刑也。"

〔8〕河内：古郡名，相当于今河南省北部地区。

〔9〕曲沃：春秋时晋地，即今山西曲沃县。

〔10〕甘：此处"甘"及"甘公"，皆虚拟之语。

〔11〕曹：春秋国名，故址在今山东省菏泽、定陶、曹县一带。

〔12〕郑：春秋国名，即今河南省郑州市一带。

〔13〕"孟子"句：见《孟子·万章下》："孟子曰，伯夷，圣之清者也。伊尹，圣之任者也。柳下惠，圣之和者也。"伯夷，商末孤竹君长子。初孤竹君以次子叔齐为继承人，孤竹君死后，叔齐让位，他不受，后二人都投奔到周。武王灭商后二人又逃到首阳山，不食周粟而死。柳下惠，即展禽，春秋时鲁国大夫，食邑在柳下，谥惠。以善于讲究贵族礼节著称。

〔14〕浇薄之徒：轻薄之人。

〔15〕金城贾氏、玉卮子：借指金制酒器和王制酒器。

〔16〕"欢甚，至于头没杯案"句：事见《三国志》裴松之注《曹瞒传》："太祖为人轻易无威重，每与人谈论，戏弄言诵，及欢悦大笑，至以头没杯案中，肴膳皆沾污巾帻，其轻易如此。"

〔17〕二千石：古代刺史食禄二千石，因以代指刺史。

〔18〕中山、宜城、湓浦：皆产名酒之地。中山，今河北定县、唐县一带。宜城，今湖北宜城。湓浦，今江西九江市。

〔19〕挈瓶之智：《左传·昭公七年》："虽有挈瓶之知，守不假器，礼也。"

〔20〕挟纩：穿上丝绵衣服。比喻受人抚慰，感到温暖。《左传·宣公十二年》："申公巫臣曰：师人多寒。王巡三军，拊而勉之，三军之士皆如挟纩。"

〔21〕释氏：指佛教。释是中国佛教用做释迦牟尼的简称。

〔22〕灌夫：字仲孺，汉武帝时为太仆。为人刚直，喜酒。后因酒使性，侮丞相田蚡，被劾为不敬，灭族。季布：汉初楚人，楚汉战争中，为项羽部将。项羽死后，刘邦拜其为郎中。汉文帝时欲以为御史大夫，人言其勇，使酒难近，遂罢。李景俭：唐穆宗时为谏议大夫，性矜诞，使酒纵气，语侵宰相王播，坐贬漳州刺史。桓彬：后汉人，少与蔡邕齐名，举孝廉为郎。使酒任性，遂被罢官。

〔23〕朱子元：即朱博，字子元。《汉书·朱博传》："博为人廉俭，不好酒色游宴，自微贱至富贵，食不重味，案上不过三杯。"刘文叔：即刘秀，字文叔，东汉光武帝。史书说他每独居，辄不衔酒肉。郭解：汉时人，好任侠，《史记·游侠列传》谓他"短小精悍，不饮酒"。长孙澄：北周洛阳人，拜大将军，不喜饮酒。

〔24〕徐邈：取谐音"虚无缥缈"意，即虚无之人。

〔25〕毕卓：字茂世，晋朝人。官至吏部郎、平南长史，常饮酒废事。尝谓人曰：右手执酒杯，左手执蟹螯，拍浮酒池中，便足了一生。

〔26〕孔融：东汉末年人。《后汉书·孔融传》："常叹曰：坐上客恒满，尊中酒不空，吾无忧矣。"

〔27〕刘伯伦：即晋朝人刘伶，字伯伦。尝自祝曰："天生刘伶，以酒为名。"

新评

这篇小品文，写得有声有色，情趣盎然，有多个看点。首先，它宛如一部酒史，以丰富的典实，诠释了酒文化的起源与发展。其次，以拟人化的手法，表明了清和先生(即美酒)与社会、与民俗、与文学等的关系，“士大夫喜与之游，诗歌曲引，往往称道之。至于牛童马卒、闾巷倡优之口，莫不羡之，以是名渐彻于天子。”再次，亦即本文的寓意所在，通过清和先生的交游，所看到的世态炎凉：“上疑其浊，小人或乘间以贿入，欲以逢上意而取宠。”“其相欢而奉先生者，或至于破家败产而不悔。以是礼法之士疾之如仇。”“先生既失宠，其交游往往谢绝，甚者至于毁弃素行。”因而，在清和先生身上，我们能够看到秦观的影子和他对人世的感悟，与其说在写清和先生，不如说在写他自己。

## 和陶渊明归去来辞

题解

秦瀛《淮海先生年谱》元符三年(1100)庚辰：“先生既别苏公，无何，被命，复宣德郎。放还，于是作《归去来兮》词一篇。”由此知此篇作于元符三年，时秦观在雷州。渊明，即陶潜，浔阳人。为彭泽令时，因不愿为五斗米折腰，挂冠而去，归隐田园，作《归去来辞》以抒志。此篇抒情赋，即步陶渊明《归去来辞》原韵而写成。

归去来兮，眷眷怀归今得归[1]。念我生之多艰，心知免而犹悲[2]。天风飘兮余迎，海月炯兮余追。省已空之忧患，疑是梦而复非。及我家于中途，儿女欣而牵衣。望松楸而长恸，悲心极而更微。

升沉几何？岁月如奔。嗟我宿昔，通籍璧门[3]。赐金虽尽，给札尚存[4]。愧此散木，缪为牺尊[5]。属党论之云兴，雷霆发乎威颜[6]。淮南谪于天庖，予小子其何安[7]。岁七官而五谴[8]，越鬼门之幽关[9]。化猿鹤之有日[10]，讵国光之复观[11]。忽大明之生东[12]，释累囚而北还。酾天汉而一洗[13]，觉宇宙之随宽。

归去来兮，请逍遥于至游。内取足于一身，复从物兮何求[14]？荣莫荣于不辱，乐莫乐于无忧。乡人告予以有年[15]，黍稷郁乎盈畴[16]。止有弊庐，泛有扁舟。濯余足兮寒泉，振余衣兮古丘。洞胸中之滞碍，眇云散而风流。识此行之匪祸，乃造物之馀休[17]。

已矣哉！桔槔俛仰无已时[18]，举觞自属聊淹留。汝今不已将安之？

封侯既绝念，仙事亦难期。依先茔而洒扫，从稚子而耘耔[19]。修杜康之废祠[20]，补由庚之亡诗[21]。为太平之幸老，幅巾待尽更奚疑[22]！

注释

〔1〕眷眷：眷恋不舍的样子。

〔2〕心知免而犹悲：元符三年元月哲宗崩，徽宗即位，对元祐党人有所放松。七月，诏复秦观宣德郎，从雷州放还衡州(治所在今湖南衡阳市)。“免”即指此事。

〔3〕通籍：籍是二尺长的竹片，上写姓名、年龄、身份等，挂在宫门外，以备出入时查对。通籍谓记名于门籍，可以进出宫门。《汉书·魏相传》：“光夫人显及诸女，皆通籍长信宫。”后来也称初做官为通籍，意谓朝中已经有了名籍。杜甫《夜雨》诗：“通籍恨多病，为郎忝薄游。”璧门：宫门。此处指元祐年间在秘书省校对黄本书籍。

〔4〕赐金：特指皇帝所赐之金。给札：特指皇帝给笔札令为文赋之类。秦瀛《淮海先生年谱》谓元祐八年：“先生以才品见重于上，日有砚墨器币之赐。”赐金、给札即言此。

〔5〕“愧此”二句：《庄子·人间世》：“散木以为舟则沉，以为棺椁则速腐，以为器则速毁，是不材之木也。”缪，通“谬”。《庄子·天地》：“百年之木，破为牺尊，青黄而文之。”牺尊即祭器。此处散木喻无用之人，牺尊喻朝廷之臣。

〔6〕“属党论”二句：谓宋哲宗亲政后，重用新党，严惩元祐党人。秦观坐党籍，改为馆阁校勘，出为杭州通判，道贬监处州酒税。

〔7〕“淮南”二句：用淮南王典故。《抱朴子·祛惑》：“昔淮南王刘安升天见上帝，而箕坐大言，自称寡人，遂见谪，守天厨三年。”此二句意为：淮南王尚且被贬为天厨，我一个小小官员又是什么人呢？

〔8〕岁七官而五谴：秦观历仕蔡州教授、太学博士、秘书省校对黄本书籍、正字、国史院编修、杭州通判(未到任)、监处州酒税，凡七官。自绍圣元年一贬方杭州通判，再贬为监处州酒税，三贬削秩徙郴州，四贬编管横州，五贬移置雷州，故云五谴。

〔9〕鬼门关：古关名，在今广西北流西。界于北流、玉林两县间，双峰对峙，中成关门。古代为通往钦、廉、雷、琼的交通冲要，因“其南尤多瘴疠，去者罕得生还”(《太平寰宇记》)，故名。秦观自郴州徙横州、雷州，当过此关。

〔10〕“化猿鹤”句：语见《艺文类聚》卷九十引《抱朴子》：“周穆王南征，一军尽化，君子为猿为鹤，小人为虫为沙。”

〔11〕讵：岂。国光：国家的光明之日。此句与上句意谓：难道说国家的盛景又能重新看到，那些南贬的君子化为猿鹤归来？

〔12〕大明：原指日月，此处指君主。喻徽宗即位，形势好转。

〔13〕酾：疏导。《汉书·沟洫志》：“乃酾二渠，以引其河。”天汉：天河，银河。此处用杜甫《洗兵马》诗“安得壮士挽天河，尽洗甲兵长不用”之意。

〔14〕“请逍遥”三句：取意于《列子·仲尼》：“外游者，求备于物。内观者，取足于身。取足于身，游之至也。求备于物，游之不至也。于是列子终身不出，自以为不知游。”

〔15〕有年：丰收之年。

〔16〕郁：茂盛。盈畴：遍于田野。

〔17〕馀休：馀荫。《汉书·外戚传》：“愿归骨于山足兮，依松柏之馀休。”

〔18〕桔槔：井上汲水器。《庄子·天运》：“且子独不见夫桔槔者乎？引之则俯，舍之则仰。”

〔19〕耘耔：除草培土。《诗经·小雅·甫田》：“今适南亩，或耘或耔。”

〔20〕杜康：传说中酿酒的发明者。

〔21〕由庚：《诗经·小雅》笙诗篇名，有目无辞。

〔22〕幅巾：古代男子用绢一幅束头发，一种表示儒雅的装束。末二句谓在太平盛世平静终老，以儒雅的姿态度完馀生。

新评

在秦观的思想中，有积极进取的一面，也有消极颓丧的一面。秦观逃避现实的办法是借助佛老，遁入虚无，此篇赋文即集中地体现了他的这种世界观。秦观性格中有多愁善感的天然禀赋，同样是遭受贬谪和流放，甚至于他比别人的境遇还好一些，但别人都挺过来了，他却过不了这道坎。这篇赋文可以说是秦观生命中的最后乐章，因为作完此文后仅一个月，他就溘然去世。文中表达了他对馀生的最后渴望："封侯既绝念，仙事亦难期。依先茔而洒扫，从稚子而耘耔。修杜康之废祠，补由庚之亡诗。为太平之幸老，幅巾待尽更奚疑！"想做一个与世无争的乡间老人，在天伦之乐中度完残年。至此，我们可以感受到一位才华横溢的文学大师的惨然心境，这是他自作的临终告白，也是他自唱的生命挽歌。

# ◎附　录

## 秦观年谱简编

**宋仁宗皇祐元年己丑(1049),一岁**

秦观,字太虚,改字少游,别号邗沟居士,学者称淮海先生。先祖居江南,后徙扬州。为高邮州(宋时称军)武宁乡左厢里人。祖父承议公,讳某,曾官于南康。父元化公,讳某,师事著名学者胡瑗,有声太学。母戚氏。秦观《书王氏斋壁》:"皇祐元年,余先大父赴官南康,道出九江,余实生焉。"

**至和元年甲午(1054),六岁**

始入小学。

**至和二年乙未(1055),七岁**

父元化公游太学归,以王观名名秦观。秦观《李氏夫人墓志铭》:"至和中,先君游太学,事安定先生胡公。岁时归觐,具言太学人物之盛,数称海陵王君观及其从弟觌有高才力学,而文流辈无与比者。"

**嘉祐三年戊戌(1058),十岁**

略通《孝经》、《论语》、《孟子》大义。

**嘉祐八年癸卯(1063),十五岁**

父元化公卒。

**宋英宗治平四年丁未(1067),十九岁**

娶潭州宁乡县主簿徐成甫长女徐文美为妻。

**宋神宗熙宁二年己酉(1069),二十一岁**

作《浮山堰赋》。

**熙宁三年庚戌(1070),二十二岁**

叔父秦定登进士第,授会稽尉。携祖父承议公赴任。

**熙宁五年壬子(1072),二十四岁**

孙觉守吴兴,秦观以亲戚为其幕僚。在孙的指导下,读兵家书,作《郭子仪单骑见虏赋》。又有《吴兴道中》、《陈令举妙奴诗》、《陪李公择观金地佛牙》等诗。

**熙宁七年甲寅(1074),二十六岁**

秦观在扬州一寺壁上题诗,署苏轼名。

**熙宁八年乙卯(1075),二十七岁**

显之长老住高邮,秦观与之游,作有诗文多篇。闰月十八日,岳父卒。二十日,岳母蔡氏殉之。秦观作《徐君主簿行状》、《蔡氏夫人行状》、《蔡氏哀词》。

**熙宁九年丙辰(1076),二十八岁**

孙觉因祖母卒回高邮守孝闲居,杭僧参寥来高邮,秦观得以结识参寥。八月,秦观、参寥陪同孙觉往访漳南道人于历阳之惠济院,浴汤泉,游龙洞,谒项羽祠,做诗三十首,《汤泉赋》一篇。

**熙宁十年丁巳(1077),二十九岁**

闲居高邮,从事耕作,有《田居四首》及《纳凉》诗。九月,彰南道人昭庆来高邮,秦观应邀作《游汤泉记》。

**宋神宗元丰元年戊午(1078),三十岁**

春,在家读书准备应考,有诗。孙觉将赴任,秦观作《奉和莘老》、《次韵莘老》二诗。夏四月,将入京应举,途经徐州,携李公择书谒苏轼,与苏轼初次见面,正式成为门下士。有《别子瞻》、《戏云龙山人二绝》诗。秋试落第,过泗州东归,参寥做诗慰之,苏轼有和作,并有书。退居高邮,作《掩关铭》,有《叹二鹤赋》、《黄楼赋》,苏轼以为"有屈宋姿"。与苏轼、苏辙兄弟常有书信往来,作词《南乡子》"妙手写徽真"。岁暮,代参寥作《与钟公实启》,并有《寄孙传师著作》诗。

**元丰二年己未(1079),三十一岁**

正月十五日,作《五百罗汉图记》。春,作《次韵参寥三首》。三月,苏轼自徐州徙知湖州,途经高邮,与秦观、参寥相会,三人结船过无锡,游惠山,各有诗。六月,赴会稽看望祖父承议公,得以结识州守程公辟,与之游鉴湖,访兰亭,谒大禹庙,留下不少诗篇。有《望海潮·秦峰苍翠》、《满庭芳·雅燕飞觞》、《南歌子·夕露沾芳草》、《虞美人·行行信马横塘畔》等词。七月,苏轼因乌台诗案下狱,秦观前往湖州看望。八月,复过杭州,与参寥月夜游西湖,谒辩才大师于潮音堂,应邀作《龙井记》、《龙井题名记》。九月,复去越州。岁暮,与程公辟别,赋《满庭芳·山抹微云》词。

**元丰三年庚申(1080),三十二岁**

在高邮闭门读书。春,作《寄程公辟》、《竹诗》等。苏辙被贬迁途经高邮,秦观伴其游扬州,互有诗酬唱。是岁鲜于侁为扬州守,待秦观以礼,秦观为作《鲜于子骏使臣生日》诗,《扬州集序》,词《望海潮·星分斗牛》。秋,黄庭坚、李之仪等先后途经高邮,与秦观相会,相与唱和,秦观称黄为"江南第一等人物"。

**元丰四年辛酉(1081),三十三岁**

春,叔父秦定入京改官,秦观侍祖父还高邮,安厝亡婶于扬州。夏,与弟秦觌、秦觏习制科之文。秋应省试,在扬州,作《中秋口号》诗。十月,作《徐氏夫人墓志铭》。冬末,作《与苏公先生简》,致书苏轼,言及兵法、治盗等策论。

**元丰五年壬戌(1082),三十四岁**

春,应礼部试,落第。有诗词赋落第后的惆怅心情。西游洛阳,做诗《白马寺晚泊》、《春日杂兴》，作词《望海潮·梅英疏淡》、《画堂春·落红铺径水平池》。至黄州会见苏轼，结识陈季常。秋归高邮，作《圆通禅师行状》等文，赋《长相思·铁瓮城高》词。

**元丰六年癸亥(1083)，三十五岁**

闲居高邮。春，有诗词多首，追忆往日之交游。四月，曾巩卒，秦观为作哀词。得晋人王羲之《兰亭序》墨本，作《兰亭跋》，书《兰亭序后》。闲居无事，作《蚕书》。编《逆旅集》，自为序。九月，王观母卒，秦观为作《李氏夫人墓志铭》。辑《精骑集》，自为序。蒙诏狱于淮南，有《银杏帖》及《对淮南诏狱》二诗。

**元丰七年甲子(1084)，三十六岁**

春，王定国自宾州放归，秦观作《次韵马忠玉喜王定国还自宾州》。友人龚深之赴金陵见王安石，途经高邮，秦观做诗送之。五月，苏轼自黄州移汝州，与参寥游庐山。十月，秦观前往润州，与苏轼同游金山，有诗多首，如《宿金山》、《金山晚眺》。十月末，与苏轼别，苏轼挥泪赋词以赠。返高邮，编《淮海闲居集》，自为序。序云："元丰七年冬，余将西赴京师，索文稿于囊中，得数百篇。辞鄙而悖于理者，辄散去之。其可存者，古律体诗百十有二，杂文四十有九，从游之诗附见者五十有六，合成二百一十有七篇，次为十卷，号《淮海闲居集》。"赴京师前，为投谒，作有《谢王学士书》和《谢曾子开书》。岁末，西行赴京师。

**元丰八年乙丑(1085)，三十七岁**

春，在京师，登焦蹈榜进士第。作《谢及第启》。三月五日，神宗崩，作《神宗皇帝晏驾功德疏》。除定海主簿，未赴任。五月，为干谒，作《上吕晦叔》书。十月，司马光被召为门下侍郎，孙觉、李常亦有诏令还朝，秦观写有诗文庆贺。复除蔡州教授，回家接母，途经南都，与太守王胜之游。慕马少游之为人，改字少游。陈师道《秦少游字序》："元丰之末，余客东都，秦子从东来，别数岁矣，其容充然，其口隐然。余惊焉，以问，秦子曰……今吾年至而虑易，不待蹈险而悔及之，愿还四方之事，归老邑里如马少游，于是字以少游，以识吾过。"回高邮，作《谒先师文》。岁末，奉母夫人到蔡州教授任。

**宋哲宗元祐元年丙寅(1086)，三十八岁**

在蔡州教授任。春，有《登第后青词》和《拟郡学试东风解冻诗》、《拟郡学试近世社稷之臣论》、《送张和叔兼简鲁直》诗。三月，苏轼免试为中书舍人，秦观有《贺中书苏舍人启》。裴仲谟赴京任职，过汝南，秦观与游，唱诗多首。清明，有词赠营妓娄东玉和陶心儿，《水龙吟·小楼连苑横空》赠娄东玉；《南歌子·玉楼迢迢尽》赠陶心儿。蔡州连月阴雨，秦观作《祈晴文》，并考察蔡州山川形势，作《汝水涨溢说》。兴龙节为哲宗皇帝生日，秦观代蔡州太守作《进兴龙节功德疏》、《贺兴龙节表》。作有《与鲜于学士书》，谢其荐己入京；《与徐仲甫书》，贺其任楚州教授；

《答傅彬老简》，论苏轼兄弟文风。

**元祐二年丁卯(1087)，三十九岁**

春，在蔡州教授任。弟觌、觏客居京师，游张文潜、黄鲁直之门，鲁直以“寄寂”名其斋，赠以诗，秦观亦作诗赠两弟。夏初，得肠疾，作《书辋川图后》文。疾愈，赴京师，讲著述之科，作《鲜于子骏行状》。九月，哲宗正式发太皇太后、皇太后、皇太妃册宝，秦观代州守分别写祝贺受册表。

**元祐三年戊辰(1088)，四十岁**

春初，被召至京师，以应制科，上进策三十篇。时洛党、蜀党交恶，秦观属蜀党，遭受排挤。与黄庭坚、张耒、晁补之俱在京师，人称“苏门四学士”。加上陈师道、李廌，人称“苏门六君子”。是年，秦观广作诗文，诗作有《和东坡红鞓带》、《次韵太守向公登楼眺望二首》、《送王元龙赴泗州粮料院》、《赠蹇法师翊之》等。

**元祐四年己巳(1089)，四十一岁**

在蔡州教授任。三月，苏轼出知杭州，秦观弟秦觏从之。孙觉病归高邮，有诗赠秦观，秦观次韵酬答。六月底，范纯仁罢相，出知许州，特荐秦观堪备著述之科，檄至，秦观作书辞谢。八月，欧阳修夫人薛氏卒，秦观代作祭文。应友人王叔瞻之请，为作《书王氏斋壁》一文。当年诗作有《次韵裴秀才上太守向公二首》、《送蔡子骧用蔡子骏韵》等。

**元祐五年庚午(1090)，四十二岁**

春，仍在蔡州教授任。孙觉卒于高邮，作《孙莘老挽词》四首。五月，因范纯仁推荐，被召至京师，应制科，除太学博士，校对黄本书籍。九月，李常卒，为作《行状》。冬十月，藤达道卒，秦观作挽词二首。十月八日，哲宗生辰，秦观作有贺文贺诗。是岁，写有《魏景传》、《眇倡传》、《庆禅师塔铭》、《祭监税主簿文》等文。

**元祐六年辛未(1091)，四十三岁**

在京师，供职秘书省。春日，有诗寄参寥。二月，以刘挚为右仆射中书侍郎，苏颂为尚书左丞，秦观做诗贺之。三月，弟秦觏登马涓榜进士第，成亲，授仁和县主簿，秦观做诗送之。七月，诏除秦观为校书秘书省正字。八月初一，赵君锡迫于贾易压力，上表要求罢秦观正字，秦观亦自请辞免。八月底，罢秦观正字，依旧校对黄本书籍。九月，辩才法师卒，秦观做诗悼念。十月，哲宗幸临太学，秦观有诗。十一月，傅尧俞卒，作挽词二首。

**元祐七年壬申(1092)，四十四岁**

在京师秘书省供职。春，因家贫乞米于钱穆父，有诗《春日偶题呈钱尚书》。三月上巳日，游金明池，有诗词记燕集之盛。六月，道士姚丹元来京，苏轼兄弟与秦观均以诗相赠。十一月，哲宗祭天地于南郊，秦观有诗词多首。是年，写有《送冯梓州序》、《李状元墓志铭》、《录壮愍刘公遗事》等文。

**元祐八年癸酉(1093),四十五岁**

在京都秘书省供职。春,有《元日立春三首》。正月十五日,作《次韵东坡上元扈从三首》。四月,应祖无颇之请,为其作《祖氏先茔记》。七月,诏令秦观为国史院编修官,授左宣德郎,秦观上辞表,不允。到职,有谢表。八月十二日,诏赐秦观笔墨器币,秦观作《赐砚记》。九月,太皇太后崩,作挽词。苏轼出知定州,朝士相送。元祐年间,秦观仕途处于顺境,较为得意。受京师世风影响,创作《调笑令》词十首。又能看到宫藏法帖,得以遍览王羲之、钟繇、怀素等名家墨迹。

**绍圣元年甲戌(1094),四十六岁**

哲宗改元祐九年为绍圣元年。春,在京师。得知李之仪从中山归来,有诗。三月,新党执政,迫害旧党,秦观出为杭州通判。离京前以词抒愁,写有《望海潮·梅英疏淡》、《江城子·西城杨柳弄春柔》、《风流子·东风吹碧草》、《虞美人·高城望断尘如雾》等。闰四月,御史刘拯上表,言秦观影附苏轼增损《神宗实录》,请改贬监处州酒税,上从之。在往处州途中,有诗《赴杭停至汴上作》、《艇斋》、《送酒与泗州太守》、《题金华山寺壁》、《精思》等。词作有《满庭芳·晓色云开》。

**绍圣二年乙亥(1095),四十七岁**

在处州。春,作词《千秋岁·水边沙外》、《好事近·春路雨添花》。做诗《题务中壁》、《处州闲题》、《文英阁二首》、《处州水南庵二首》等。

**绍圣三年丙子(1096),四十八岁**

春,在处州,被罢职。夏初,朝廷遣使承望风指,候刺过失,卒无所得,遂因诗中写有佛书语,以此为罪名,削秩徙郴州。遭此突变,行前有诗《留别平阇黎》以记恨。途经庐山,有《白鹤观》诗,《梦中题维摩诘像赞》。十月,将过洞庭湖,作《祭洞庭文》。夜泊湘江,赋词《临江仙·千里潇湘挼蓝浦》。途经长沙,结识一义妓,为赋《木兰花·秋容老尽芙蓉院》、《阮郎归·潇湘门外水平铺》、《减字木兰花·天涯旧恨》。冬,途中赋词《如梦令·遥夜沉沉如水》。诗作有《题郴阳道中一古寺壁二绝》。岁末至郴州贬所。除夕之夜,作词《阮郎归·湘天风雨破寒初》。

**绍圣四年丁丑(1097),四十九岁**

在郴州。春,赋词《踏莎行·雾失楼台》、《点绛唇·醉漾轻舟》、《鼓笛慢·乱花丛里曾携手》、《如梦令·池上春归何处》、《如梦令·楼外残阳红满》。在郴州期间,考订前代法书,著文若干篇。秋,归心日增,赋有词《满庭芳·碧水惊秋》、《鼓笛慢·那堪万里》。冬,诏命编管横州,苦恨再次远谪,有诗《自警》、《冬蚊》。除夕,自觉孤苦难堪,赋词《阮郎归·乡梦断》。

**元符元年戊寅(1098),五十岁**

春,自郴州徙横州,自悔为官误身,作《反初》诗。至横州,寓浮槎馆,作《醉乡春·唤起一声人悄》。晁补之自信州谪地赶来看望秦观。春暮,赋《青门饮·前事空劳回首》。九月，诏特除名，永不收叙，移送雷州编管。十月，叔父秦定受牵连，贬知濠州。在横州，作《宁浦书事六首》，叙述日常生活。

**元符二年己卯(1099)，五十一岁**

自横州徙雷州。时东坡在琼州，隔海相望，时通音问。诗作有《雷阳书事》三首、《海康书事》十首、《饮酒诗》四首。

**元符三年庚辰(1100)，五十二岁**

元月哲宗崩，徽宗即位。秦观在雷州，自觉不久于人世，效陶渊明自作挽词。五月，大赦，得知苏轼将内移廉州。六月，苏轼内移廉州，与秦观相会于海康。与苏轼别，赋词《江城子·南来飞燕北归鸿》。七月，诏复秦观宣德郎，放还衡州。八月十二日，行至滕州光化亭，中暑醉卧。忽索水饮，家人以一盂注水进，笑视之而卒。子秦湛闻耗自旅次来奔丧，扶榇北还。苏轼闻耗，大哭不已，两日为之食不下。参寥、黄庭坚、张耒、晁补之等各有哀辞。

**宋徽宗建中靖国元年辛巳(1101)**

秦湛奉秦观灵柩停殡于潭州。七月二十八日，苏轼卒。十一月二十九日，陈师道卒。

**崇宁元年壬午(1102)**

九月，诏立《元祐奸党碑》，苏轼、秦观等人被列名。

**崇宁二年癸未(1103)**

诏令焚毁苏轼、秦观等文集。各地遍立党人碑。

**崇宁四年乙酉(1105)**

诏除党人禁，秦湛得以奉父柩归葬于广陵。后秦湛通判常州，合葬父母之柩于惠山之阴。

## 秦观研究主要文献

**1. 主要版本：**

北宋刻本《淮海集》

南宋绍兴年间刻本《淮海集》

日本内阁文库藏宋乾道高邮军学本《淮海居士长短句》

明高邮州守胡民表刻本《淮海集》

明钞本《淮海词》

清初虚止道人钞本《淮海先生文集》

乾隆《四库全书》本

秦元庆家塾本《淮海集》

2. 主要著作：

徐培均《淮海居士长短句》，上海古籍出版社，1985年版。

徐培均《淮海集笺注》，上海古籍出版社，1994年版。

王醒《秦观词详解》，花山文艺出版社，1992年版。

周义敢等《秦观集编年校注》，人民文学出版社，2001年版。

## 《秦观集》名言警句

△月明船笛参差起，风定池莲自在香。(《纳凉》)(第003页)
△草隐月崖垂凤尾，风生阴穴带龙腥。(《和孙莘老游龙洞》)(第005页)
△死水失狂澜，衰木回故貌。(《次韵参寥莘老》)(第006页)
△菰蒲深处疑无地，忽有人家笑语声。(《秋日三首》其一)(第008页)
△风定小轩无落叶，青虫相对吐秋丝。(《秋日三首》其二)(第008页)
△林梢一抹青如画，应是淮流转处山。(《泗州东城晚望》)(第010页)
△风惊玉露不成圆，一夜芙蕖泣秋月。(《和王通叟琵琶梦》)(第020页)
△背因书字曲，发为注经华。(《送陈太初道录》)(第022页)
△翡翠侧身窥渌酒，蜻蜓偷眼避红妆。(《游鉴湖》)(第024页)
△雨砌堕危芳，风轩纳飞絮。(《春日杂兴》)(第033页)
△有情芍药含春泪，无力蔷薇卧晚枝。(《春日五首》其二)(第041页)
△行人到此无肠断，问尔黄花知不知？(《题郴阳道中一古寺壁二绝》其一)(第048页)
△金钩细，丝纶慢卷，牵动一潭星。(《满庭芳》)(第058页)
△山抹微云，天粘衰草，画角声断谯门。(《满庭芳》)(第063页)
△伤情处，高城望断，灯火已黄昏。(《满庭芳》)(第063页)
△菖蒲叶叶知多少？惟有个蜂儿妙。(《迎春乐》)(第069页)
△自在飞花轻似梦，无边丝雨细如愁，宝帘闲挂小银钩。(《浣溪沙》)(第072页)
△流水落花无问处，只有飞云，冉冉来还去。(《蝶恋花》)(第084页)
△毕竟不成眠，鸦啼金井寒。(《菩萨蛮》)(第087页)
△两情若是久长时，又岂在朝朝暮暮。(《鹊桥仙》)(第088页)
△惟有画楼，当时明月，两处照相思。(《一丛花》)(第093页)
△旧欢新爱谁是主，啼笑两难分付。(《调笑令》)(第099页)
△便做春江都是泪，流不尽，许多愁。(《江城子》)(第112页)
△欲将幽恨寄青楼，争奈无情江水不西流。(《虞美人》)(第115页)
△不忍残红犹在臂，翻疑梦里相逢。(《临江仙》)(第117页)
△醉卧古藤阴下，了不知南北。(《好事近》)(第121页)

△人人尽道断肠初，那堪肠已无！（《阮郎归》）(第126页)
△雾失楼台，月迷津渡，桃源望断无寻处。可堪孤馆闭春寒，杜鹃声里斜阳暮。(《踏莎行》)(第128页)
△郴江幸自绕郴山，为谁流下潇湘去？（《踏莎行》）(第128页)
△欲见回肠，断尽金炉小篆香。(《减字木兰花》)(第130页)
△曲终人不见，江上数峰青。(《临江仙》)(第135页)
△西窗下，风摇翠竹，疑是故人来。(《满庭芳》)(第137页)
△衡阳犹有雁传书，郴阳和雁无。(《阮郎归》)(第138页)
△人去秋来宫漏永，夜深无语对银釭。(《捣练子》)(第143页)

图书在版编目（CIP）数据

秦观集 /（宋）秦观著；王醒解评．—2 版．—太原：三晋出版社，2008. 4（2024. 5 重印）
（中国家庭基本藏书·名家选集卷）
ISBN 978 - 7 - 5457 - 0003 - 9 - 01

Ⅰ. 秦… Ⅱ. ①秦…②王… Ⅲ. ①古典诗歌—作品集—中国—北宋②宋词—选集③古典散文—作品集—中国—北宋 Ⅳ. I214.412

中国版本图书馆 CIP 数据核字（2008）第 157731 号

秦观集

著　　者：（宋）秦　观　　解 评 者：王　醒

责任编辑：落馥香　　审 订 者：郭平凡
封面设计：敬人工作室　　版式设计：敬人工作室
责任校对：落馥香　　责任印制：李佳音

出版发行：山西出版集团·三晋出版社
地　　址：太原市建设南路 21 号
电　　话：（0351）4956036（咨询）　4922268（邮购）
传　　真：（0351）4922102
网　　址：www.sxskcb.com
邮　　编：030012

印刷装订：山西新华印业有限公司
（本书如有破损、缺页、装订错误，请与本社联系调换）

开　　本：787mm × 960mm　1/16
字　　数：200 千字
印　　张：12.5
版　　次：2008 年 8 月第 2 版
印　　次：2024 年 5 月第 2 次印刷
书　　号：ISBN 978 - 7 - 5457 - 0003 - 9 - 01
定　　价：48.00 元

版权所有，翻印必究。本书图文未经书面授权，不得以任何方式转载或公开发表。